Margherita Oggero

Der Duft von Erde und Zitronen

Margherita Oggero

Der Duft von Erde und Zitronen

Roman

Aus dem Italienischen von

Peter Klöss

Deutsche Verlags-Anstalt

Für Alberto, der mir so fehlt.

»Aber die Frage ist, was jeder mit den Karten,
die man ihm ausgeteilt hat, anfängt.«

AMOS OZ, *Eine Geschichte von Liebe und Finsternis*

Die Extante ist weder gut noch böse, sie ist vor allem unzufrieden, und manchmal regt sie sich auf.

Wie ich bin, weiß ich nicht, ich weiß nur, dass ich nicht ich sein möchte, sondern eine andere, mit einem anderen Leben. Am besten ganz ohne Leben, denn vorher, bevor man geboren wird, kann es einem nicht schlecht gehen, man ist ja nicht da. Wenn ich über diese Dinge nachdenke, schnürt es mir die Kehle zu, und ich würde am liebsten heulen, aber ich heule nicht, weil das nichts nützt. Stattdessen setze ich mich ans Fenster und schaue hinunter auf die Straße. So vergeht die Zeit.

Die Straße ist recht breit, und aus dem dritten Stock kann ich mehr als die halbe Fahrbahn und den gegenüberliegenden Bürgersteig überblicken. Die Fassaden der vier Häuser auf der anderen Seite natürlich auch, mit Fenstern und Balkonen. Die Balkone haben verrostete Geländer und stehen voller Blumentöpfe. Künstliche Pflanzen vom Chinesen, oft mit abgebrochenen Zweigen und von schmierigem Staub bedeckt, und alle mit den gleichen großen, rotgeäderten Blättern. Dicht an dicht stehen sie am Geländer wie eine Hecke, aber abends gerät der ganze Wald in Bewegung, und zum Vorschein kommen lauter Satellitenschüsseln, mit denen die Wohnungsbesitzer die Programme ihrer Heimatländer empfangen können. In dieser Vorstadtstraße leben nämlich fast nur Einwanderer, vor allem aus Afrika, Schwarze und Araber, bis auf die Extante, aber die ist eigentlich auch Einwanderin, nur nicht von ganz so weit, und ich auch.

Meine Tante besitzt keine Satellitenschüssel. Früher schon, aus zweiter oder dritter Hand, mal hatte man Empfang und mal nicht, deshalb hat sie sie irgendwann in den Müllcontainer geworfen, und die Topfpflanzen vom Chinesen gleich hinterher.

Für einen guten Empfang müsste die Satellitenschüssel nämlich ganz ausgefahren werden, aber das ist verboten, und wenn die Polizei sie entdeckt, muss man eine Strafe zahlen und die Schüssel abmontieren. Auf der Hofseite hat es keinen Sinn, weil man dort gar keinen Empfang hat, auf dem Dach ginge es, aber das möchte der Hausbesitzer nicht, und außerdem müsste man noch einen Techniker bestellen, und das wäre teuer. Ich mache mir nicht viel aus fernsehen, und selbst wenn, würde es nichts ändern, denn abends bestimmt die Extante, welchen Sender wir sehen, und tagsüber, wenn sie arbeiten geht, nimmt sie die Fernbedienung mit, damit ich, wie sie sagt, keine Schweinereien gucke.

Bestimmt will sie nur das Geld für Strom sparen, im Wohnzimmer und der Kochecke ist auch jede zweite Glühbirne rausgedreht, und in der Kammer, in der ich schlafe, gibt es nur eine kleine Neonröhre, die ein eisiges Licht macht. Die Nachttischlampe im Schlafzimmer der Tante hat eine starke Birne, aber die knipst sie nie an, weil sie einfach den Rollladen nicht ganz runterlässt und ihr das Licht von der Straße zum Ausziehen genügt. Und wenn sie den Kopf aufs Kissen legt, schläft sie sofort ein, weil der Notar sie den ganzen Tag von einem Amt zum anderen schickt und sie abends vom Anstehen todmüde ist, sagt sie.

Müde mag sie ja sein, aber dass sie sofort einschläft, liegt bestimmt an den Tropfen, die sie nimmt. Vielleicht ist sie gar nicht so tüchtig. Und nimmt die Fernbedienung nur aus Bosheit mit, um sich dafür zu rächen, dass man mich bei ihr einquartiert hat.

Melina war hochgewachsen und blass mit riesigen schwarzen Augen. Eine Schönheit. Sie war das Produkt einer trügerischen vorzeitigen Menopause, kam vierzehn Jahre nach Salvatore und achtzehn nach Antonio zur Welt, nachdem Assunta und Saverio seit einiger Zeit wieder ohne Verhütungsmittel miteinander schliefen. Und endlich auch ohne die Sorge, die Kinder könnten sie hören, denn die gingen am Wochenende abends ins Kino oder zum Bolzen oder auf Spritztour mit Freunden, während die Eltern den neu gewonnenen Hauch von Jugend und Freiheit genossen.

»Savè, ich muss dir was sagen.«

»Was ist los?«

»Ich bin schwanger.«

»Nein! Wie kann das sein?«

»Ich weiß nicht. Die Ärztin hatte gesagt, ich könnte ganz sicher sein und ich müsste mich in Zukunft auf Beschwerden einstellen, weil irgendwelche Hormone fehlen... typische Frauenleiden, meinte sie, Hitzewallungen, Schwindel, Übelkeit...«

»Und, hattest du so was?«

»Überhaupt nicht. Mir ging's prima, und jetzt geht's mir immer noch prima, hervorragend, genau wie damals, als ich mit Antonio und Salvatore schwanger war.«

»Und woher weißt du dann...«

»Die Röcke spannen plötzlich, und bei der Jeans kriege ich den Reißverschluss nicht mehr zu. Obwohl ich nicht mehr esse als vorher.«

»Na, letzten Sonntag beim Gattò hast du aber ganz schön zugeschlagen ...«

»Jedenfalls kam mir das komisch vor, und ich bin zu Zia Concetta gegangen, der Hebamme.«

»Und die meinte, du bist schwanger?«

»Ja, aber ich hab ihr nicht getraut, Zia Concetta ist ja schon ziemlich alt. Also bin ich zur Ärztin gegangen und habe eine Blutuntersuchung machen lassen, und ... tja, ich bin tatsächlich schwanger.«

»Und in welcher Woche?«

»Elfte oder zwölfte. Was sollen wir jetzt tun?«

»Na, was wohl? Wir behalten den Jungen – oder das Mädchen.«

»Freust du dich denn?«

»Mhm, weiß nicht ... eigentlich schon ... vor allem, wenn es ein Mädchen wird, Jungs haben wir ja schon.«

»Weißt du was, Saverio? Ich freu mich riesig. Das bedeutet, dass ich noch jung bin. Und ich freu mich auch darauf, noch einmal ein eigenes Baby im Arm zu halten.«

Es wurde ein Mädchen: Carmelina, genannt Melina. Antonio war irritiert und ein bisschen genervt, weil seine Freunde ihn mit ziemlich groben Scherzen aufzogen; Salvatore hingegen war Feuer und Flamme für dieses Kind, das nur aus Augen und schwarzem Haar zu bestehen schien, eine Puppe, mit der man stundenlang spielen und über den Boden kriechen und die man kitzeln konnte. Und sie ihrerseits liebte Tore abgöttisch und empfing ihn mit kleinen Freudenschreien, wenn er aus der Schule kam, trabte hinter ihm her durch die Wohnung und ging mit ihm spazieren oder ließ sich mit dem Fahrrad herumkutschieren.

»Weißt du, Savè«, sagte Assunta manchmal und bekreuzigte sich rasch, »wir sind echte Glückspilze. Niemand belästigt uns, wir haben beide eine gute Stelle, schöne Kinder, ein eigenes Haus, uns fehlt es an nichts.«

»Das größte Glück ist, dass die uns nicht auspressen oder zu etwas zwingen können. Aber wenn du nicht Grundschullehrerin geworden wärst und ich nicht bei der Eisenbahn angefangen hätte, wären wir denen ausgeliefert gewesen wie alle anderen. Trotzdem, Antonio wird nach der Uni hier kaum eine Stelle finden, und Tore wird auch kämpfen müssen, wenn er mit der Schule fertig ist.«

»He, Savè, welche Laus ist dir denn über die Leber gelaufen? Du hast Melina vergessen, kannst du für sie nicht auch noch ein bisschen schwarzmalen?«

»Sie ist noch klein, warten wir's ab.«

Antonio war um den Militärdienst herumgekommen, weil der Arzt der Musterungskommission ein minimales Herzgeräusch bei ihm festgestellt und diesem deutlich mehr Gewicht als notwendig beigemessen hatte.

Dahinter steckte keineswegs der Boss, Don Raffaele – nein, es hatte schlicht mit Tischtennis zu tun. Weil nämlich im Jugendzentrum des Dorfs, aus dem Saverio stammte, er und der spätere Militärarzt die besten Tischtennisspieler gewesen waren und bei den Amateurturnieren immer das Doppel gewannen. Dem Sohn eines Kameraden aus Jugendtagen versagt man keinen Gefallen, selbst wenn man gar nicht um einen gebeten wurde, ja gerade dann, weil man sich so nämlich richtig großzügig und selbstlos fühlt. Und wenn der zweite Sohn an der Reihe ist, macht man es genauso, schließlich war die Dankbarkeit der Eltern rührend, und beim Klassentreffen in einem Restaurant im Hinterland hatte man sogar eine Partie Tischtennis gespielt, beziehungsweise drei, und das Entscheidungsspiel hatte der Arzt gewonnen, schließlich wusste Saverio, was sich gehört.

Nach seinem Chemiediplom ergatterte Antonio ein Stipendium in Belgien und bekam dort direkt danach auch eine Stelle in einer Farbenfabrik angeboten.

»Willst du die denn annehmen? So weit weg, im Ausland, ganz allein…«, fragte seine Mutter.

»Wieso nicht? Wo finde ich hier eine solche Stelle?«

»Aber Farben, das ist doch gefährlich…«

»Züge sind auch gefährlich. Da werden Bomben gelegt, dauernd entgleisen sie, und Papa arbeitet trotzdem da.«

»Das ist doch nicht dasselbe…«, widersprach sie zaghaft, doch im Grunde wusste sie, dass sie verloren hatte.

Antonio war das Dorf irgendwann zu eng geworden, echte Freunde hatte er keine, und die einzigen Mädchen, mit denen er etwas gehabt hatte, waren Kommilitoninnen in Neapel. Unbedeutende Geschichten, aus denen nie etwas geworden war und denen er nicht nachweinte. Nach Neapel und Brüssel kam ihm das Dorf wie ein Gefängnis vor, ohne Gitter zwar, aber auch ohne Ausweg. Das Kino geschlossen, die Bars schwarz von Rauch und Fliegen, die Diskothek voller Dumpfbacken und billiger Mädchen, ein Blick zu viel, schon setzte es Prügel, Mopeds, die wie irre durch die engen Gassen bretterten, Häuser, die nie fertig gebaut wurden, während die Spitzen der Moniereisen vor sich hin rosteten, und über allem der Atem vom Boss.

Ein schwerer Atem, der dem Dorf und seinen Bewohnern die Luft nahm, selbst den wenigen, die nicht direkt davon betroffen waren.

Gewiss, ein paar Kilometer weiter lag die Küste mit einem Strand aus grobem schwarzem Sand, rechts und links begrenzt von Klippen, und die meiste Zeit herrschte ein mildes Klima, die Sonne schien, und außerdem lebten hier Mama, Papa, Tore und Melina. Trotzdem gab Antonio dem Regen und der Kälte Brüssels den Vorzug, wo die Straßen sauber waren und man nirgendwo Abfallhaufen oder umgekippte und angezündete Müllcontainer sah, wo die Bewohner zurückhaltend waren und sich fast immer an das Gesetz hielten und wo die Autofahrer Fußgängern am Zebrastreifen Vorrang gewährten.

Mit der Einsamkeit würde er schon fertigwerden.

Ich stehe hinter den geschlossenen Gardinen am Fenster und sehe alles, während die anderen, aus den Häusern gegenüber und von der Straße, mich nicht sehen können. Das ist gut, ich muss unsichtbar bleiben. Ich schaue hinunter und denke nach. Wer unglücklich ist, denkt viel nach.

Ich denke mir Sachen über die Leute aus, die vorbeikommen, die in die Bar mit den Spielautomaten gehen, in den chinesischen Friseurladen, ins Gewerkschaftsbüro, in die Grillbude. Nur während der steinernen Stunde ist niemand zu sehen. Die steinerne Stunde dauert gar keine Stunde, nur einen Augenblick, manchmal eine Minute, manchmal auch drei oder vier. Ich mag sie sehr, und ich nenne sie so, weil plötzlich alles stillsteht, wie versteinert. Nichts bewegt sich, keine Menschen, keine Autos, es ist, als wäre die Erde stehen geblieben, ohne dass man ein Bremsgeräusch gehört hätte.

Dann kommt es mir vor, als könnte gleich alles Mögliche passieren, ein Erdbeben oder eine Explosion, es ist wie die Ruhe vor dem Sturm, wie wenn man den Atem anhält, bevor man losschreit oder in Tränen ausbricht, oder wie wenn man vor Angst sogar das Atmen vergisst. Aber es passiert nie was Besonderes, die Autos fahren wieder vorbei, die Jugendlichen betreten und verlassen die Bar, die Kunden des chinesischen Friseurladens, die durchgehend geöffnet haben, kommen oder gehen, nur die Gewerkschaft und die Grillbude haben um die Zeit die Rollläden heruntergelassen, da kommt oder geht keiner mehr.

Bei der Gewerkschaft geben sich tagsüber die Alten die Klinke in die Hand, gegen Abend werden die Besucher immer jünger. Da müsste sie auch mal hingehen und sich über ihre Rechte informieren, hat die Extante gesagt, weil der Notar ihr viel zu wenig zahlt für die vielen Stunden. Aber vorher müsste sie sich einen neuen Job suchen, weil der Notar sie dann unter irgendeinem Vorwand entlassen würde, und ohne Arbeit würde sie nicht über die Runden kommen, weil ihr Mann, den sie immer noch so nennt, obwohl er nicht mehr ihr Mann ist, ihr nur wenig Unterhalt zahlt und ihre Ausgaben stetig steigen, denn das Leben in der Stadt ist teuer.

Aber sie sucht sich nie einen anderen Job.

Zum chinesischen Friseur gehen Männer wie Frauen, weil es dort so billig ist. Als ich in den Norden kam, bin ich auch bei einem gewesen, aber nicht bei dem hier, sondern in einem anderen Viertel, weit weg, und ich bekam einen Jungenschnitt verpasst, mit dem ich mich fast nicht wiedererkannt hätte.

Antonio kam immer über Weihnachten und für zehn Tage im August nach Hause. Dann überschüttete Assunta ihn mit Aufmerksamkeit und Fragen, bis er es bei aller Liebe kaum erwarten konnte, zurück nach Belgien zu fahren. Die Vertrautheit zum Bruder aber hatte sich gehalten wie zu Jugendzeiten, und abends vor dem Einschlafen unterhielten sie sich in der Dunkelheit des Zimmers.

»Warum wolltest du eigentlich nie studieren, Tore?«

»Ach … ein Akademiker in der Familie reicht doch.«

»Gefällt dir deine Arbeit denn?«

»Es ist das, was ich immer wollte. Ich hab Kraftfahrzeugmechaniker gelernt und arbeite als Kraftfahrzeugmechaniker. Und ohne dass der Boss sich eingemischt hätte, dem reicht es wahrscheinlich, dass mein Chef Schutzgeld zahlt, oder vielleicht weil Mama drei Jahre die Grundschullehrerin seines ältesten Sohns war. Ich mag Autos, die Werkstatt ist nur fünfzehn Kilometer entfernt, das Gehalt ist nicht übel, was willst du mehr?«

»Gar nichts, wenn es für dich okay ist …«

»Und du? Fühlst du dich da im Norden noch wohl?«

»Ja, das ist was ganz anderes. Du hättest mich längst mal besuchen können …«

»Ich krieg doch immer nur im August Ferien, und da bist du hier.«

»Ach, du willst einfach deinen Arsch nicht von hier wegbewegen, noch nicht mal für ein paar Tage.«

»Vielleicht will ich nicht in Versuchung geraten.«

»Also ist das Leben hier für dich auch eine Qual?«

»Für mich nicht so sehr. Aber wenn ich mich umschaue, erschrecke ich. Bloß, wenn wir alle weggehen, wer bleibt dann noch? Nur die. Die und die Alten. Aber jemand muss sich um Mama und Papa kümmern, wenn sie mal alt sind. Und um Melina, solange sie nicht untergekommen ist.«

»Du meinst, solange sie nicht geheiratet hat.«

»Heiraten, studieren, arbeiten, was sie will.«

»Und du, denkst du nicht ans Heiraten? Ein anständiges Mädchen von hier, ohne Flausen im Kopf, die dir viele Kinder schenkt, zur Freude von Mama und Papa?«

»Willst du mich verarschen, Antonio?«

»Ganz bestimmt nicht. Vielleicht bin ich bloß ein bisschen neidisch.«

»Ich denke, dir geht's gut in Belgien?«

»Schon, aber irgendwas fehlt immer. Etwas, dem man hinterherweint, obwohl man es vielleicht hasst. Und wenn ich dann hier bin, bin ich gereizt, ganz kribbelig, nicht zuletzt weil Mama mich die ganze Zeit nervt: Isst du auch genug? Und wo? Hast du abgenommen? Hast du was am Magen? Und was machst du abends? Und mit wem triffst du dich? Und wer hält dir eigentlich die Wohnung sauber? ...«

»Und hast du jetzt eine feste Freundin? ... Apropos, hast du eine?«

»Ja, aber wir wollen nicht heiraten, beide nicht, und auch nicht zusammenleben. Vielleicht hält es ja, im Moment läuft es gut, ohne große Verpflichtungen.«

»Was macht sie?«

»Sie ist Dolmetscherin im Parlament und macht nebenher Fachübersetzungen.«

»Wie heißt sie?«

»Julie. Mann, jetzt nervst du aber auch!«

»'tschuldige. Ich kann auch aufhören.«

»Wieso? Willst du etwa noch mehr wissen?!«

»Na klar: Wie sieht sie aus? Blond oder braun, groß oder klein ...«

»Oh Mann! Sie hat rotbraune Haare, ist groß, schlank, aber mit den richtigen Rundungen. Nicht direkt eine Schönheit, aber ihr Gesicht fällt auf. Ich weiß nicht, ob sie Mama gefallen würde: Sie kann nicht kochen, ist unordentlich, hat eine unaufgeräumte Wohnung, und wenn sie ein bisschen Zeit hat, liest sie lieber, anstatt Staub zu wischen oder aufzuräumen, und außerdem ist sie sieben Jahre älter als ich.«

»Auweia, die würde ihr bestimmt nicht gefallen.«

Zu allen Mädchen war Assunta nett und nachsichtig, außer zu denen, die sich für Salvatore zu interessieren schienen. Die Eifersucht einer süditalienischen Mamma, tief verwurzelt und unbewusst. Als Saverio sie darauf hinwies, schnaubte sie und leugnete alles, in Tores Liebesangelegenheiten mische sie sich bestimmt nicht ein, er könne tun, was er wolle, wie sein Bruder im Norden mit seiner Geheimniskrämerei. Bei dem wisse ja auch keiner, wer ihn in den Fängen habe, eine wahre Hexe müsse das sein, wo er doch nie darüber reden wolle, geschweige denn sie der Familie vorstellen. Vielleicht – Gott behüte – sei sie ja verheiratet, eins dieser Weiber, die dem Ehemann Hörner aufsetzen, die von einem Bett ins andere hüpfen, wie hier im Süden, wenn die Oliven geerntet werden...

»Seit wann ernten wir die Oliven im Bett, Assuntì?«

»Stell dich nicht dümmer als du bist, Savè. Findest du es etwa normal, dass er in seinem Alter noch keine Frau hat? Wenn er bloß nicht zu den Huren geht und sich was einfängt und Gesundheit und Leben ruiniert, anstatt eine Familie zu gründen, wie es an der Zeit wäre.«

»Hör schon auf, Assuntì, du regst dich umsonst auf. Antonio ist eben zurückhaltend, er behält seine Angelegenheiten lieber für sich.«

»Es sind auch unsere Angelegenheiten. Immerhin ist er unser Sohn, oder etwa nicht?«

»Sobald es uns etwas angeht, wird er es uns schon wissen lassen.«

»Das glaubst aber auch nur du...«

Die erste Zeit konnte ich gar nicht begreifen, dass ich hier war. Mir tat alles weh, ich hatte blaue Flecken auf Armen und Beinen, überall Kratzer und im Kopf einen Presslufthammer. Die Tage wollten nicht enden, nachts träumte ich schlecht, immer dasselbe. Oft wachte ich schreiend auf, und die Extante musste aufstehen und mir ein Glas Wasser bringen. Irgendwann habe ich herausgefunden, wie ich den Albtraum unterbrechen und auf Befehl aufwachen kann, schweißgebadet zwar, aber ohne zu schreien, und inzwischen kommt er nur noch in verwaschenen Farben und Umrissen wie ein Plakat, das noch vom Vorjahr hängen geblieben ist.

Das Eingesperrtsein macht mich verrückt. Nur zu dem chinesischen Friseurladen hat mich die Tante gleich geschleppt. Sie hat sich von Alfonso das Auto geliehen, ihm aber nicht gesagt, wofür sie es brauchte. Den Friseurinnen, die nur Chinesisch sprachen, hat sie mit den Händen wie mit einer Schere gezeigt, bis wohin sie schneiden sollten. Da haben sie spitze Schreie ausgestoßen und große Augen gemacht, die gar nicht mehr chinesisch aussahen, aber es war nicht klar, ob sie es nun gut fanden oder nicht. Vielleicht war es ihnen auch egal, ich war eine Kundin unter vielen, obwohl um diese Uhrzeit – halb zwei nachmittags – kein Mensch im Salon war, bis auf eine alte Frau, die mit ihren paar Fransen unter der Trockenhaube saß.

Meine Haare haben sie behalten, eine schnitt, die andere hielt die Hände darunter, fing die langen Strähnen auf und legte sie vorsichtig auf einem Rollwägelchen ab. Die machen bestimmt eine Perücke aus deinen Haaren, meinte die Tante hinterher, und tatsächlich mussten wir fürs Schneiden nichts bezahlen. Als ich hinausging, spürte ich nicht nur den Presslufthammer innen, sondern mir war auch kalt am Kopf. Jetzt hat jemand anders meine Haare auf dem Kopf und fragt sich nicht, wem sie vorher gehört haben.

Mir haben sie gehört, mir.

Salvatores Freundin hieß Graziella. Sie war bei dem Volkswagenhändler angestellt, in dessen Werkstatt er arbeitete. Ein paar Monate nahmen die beiden kaum Notiz voneinander, redeten nur Geschäftliches und grüßten höflich. Dann spielte ein plötzlicher Regenschauer nach Feierabend Schicksal: Salvatore bot Graziella an, sie nach Hause zu fahren, und als er sich ihr während der Fahrt durch die Sturzfluten einmal kurz zuwandte, sah er sie zum ersten Mal richtig an.

»Danke fürs Mitnehmen«, sagte Graziella vor ihrem Haus, die Hand schon am Türgriff.

»He, warte, wenn du jetzt aussteigst, wirst du doch klatschnass.«

»Aber das kann ja noch dauern, und du hast es vielleicht eilig...«

»Warum sollte ich. Ich hab ja keine Frau, die auf mich wartet.«

»Aber vielleicht eine Freundin, oder?«

»Auch nicht. Und du?«

»Was, ich?«, fragte sie unschuldig.

»Hast du keinen Freund?«

»Nein.«

»Nie einen gehabt?«

»Nur belanglose Freundschaften, auf dem Gymnasium, du weißt schon... aber nichts Ernstes.«

Es folgte ein langes Schweigen, während der Regen weiter auf das Autodach prasselte und die Scheiben beschlugen. Schließlich gab Salvatore sich einen Ruck:

»Hättest du Lust, mal mit mir auszugehen? Auf eine Pizza, zum Beispiel?«

»Gern. In deinem Dorf oder in meinem?«

»Wie du magst.«

»Lieber woanders. Dann fangen sie nicht gleich an zu tratschen.«

»Willst du nicht, dass deine Eltern davon erfahren?«

»Meinen Eltern erzähle ich es schon. Sie wissen auch, wer du bist. Nein, es ist wegen der Dorfbewohner, die mischen sich immer in die Angelegenheiten anderer, statt sich um ihren eigenen Kram zu kümmern.«

»Wie wär's in Neapel?«

»Das ist aber ganz schön weit...«

»Na und. Eine gute halbe Stunde, dabei können wir uns ja unterhalten.«

»Einverstanden«, sagte sie lächelnd.

»Freitagabend?«

»Ja.«

Sie hat sofort »gern« gesagt, überlegte Tore auf dem Nachhauseweg. Sie hat sich nicht geziert, und als ich Freitag vorschlug, hat sie auch nicht so getan, als hätte sie weiß Gott was für Verpflichtungen. Ein anständiges Mädchen, das sieht man auch auf der Arbeit: immer freundlich, aber nie indiskret. Und wenn ihre Eltern wissen, wer ich bin, muss sie ihnen schon von mir erzählt haben. Komisch, dass sie mir nie aufgefallen ist. Ich bin ihr wohl schon aufgefallen!

»Du musst unsichtbar bleiben«, schärft die Extante mir immer wieder ein.

»Für wie lange?«, frage ich.

»Weiß nicht.«

»Das ist ja wie im Gefängnis«, beklage ich mich.

»Lieber im Gefängnis als tot«, erwidert sie schroff und wendet sich, damit sie die Unterhaltung nicht fortsetzen muss, anderen Dingen zu. Sinnlosen Dingen, wie eine Pfanne hochheben und gleich wieder hinstellen. Wenn sie das macht, frage ich besser nicht weiter.

Onkel Tore, Tante Graziella, Angela, Oma und Opa und Toto fehlen mir sehr. Wie gern würde ich wenigstens mit ihnen telefonieren, aber das geht nicht. Zu gefährlich.

»Bist du verrückt?«, fuhr die Extante mich an, als ich sie einmal bat, nur eine Minute übers Handy mit Zuhause sprechen zu dürfen. »Hast du vergessen, was passiert ist?«

Ich bin nicht verrückt, und ich vergesse auch nichts. Aber schön ist es nicht.

Assunta entging nicht, dass ihr Sohn plötzlich öfter duschte und mehr auf seine Kleidung achtete.

»Er hat eine feste Freundin«, sagte sie zu Saverio, »tut aber genauso geheimnisvoll wie der andere da im Norden.«

»Soll er dir vielleicht auch Bescheid sagen, wann er niest und sich die Nase putzt? Er ist ein Mann, wann begreifst du das endlich?«

»Er ist immer noch unser Sohn, schon vergessen?«

»Wie könnte ich, wo du mich dauernd daran erinnerst? Tore hat uns nie Grund zur Sorge gegeben, also lass ihn bitte in Ruhe.«

»Wer stört ihn denn? Er lebt hier wie ein Pascha, wird bedient und angehimmelt.«

»Aber ständig spürt er deinen Atem im Nacken.«

»Wie bitte?!«

»Ach, komm schon. Du hast die reinsten Röntgenaugen, kontrollierst heimlich seinen Kilometerzähler, umschleichst ihn mit deinen Fragen wie eine Raubkatze.«

»Was soll das heißen, wie eine Raubkatze?«

»Na, wie du ständig um das, was du wissen willst, herumkreist und ihn ganz irremachst.«

»Sonderlich irre scheint er mir nicht zu sein ...«

»Gott sei Dank, sonst wäre er ja kein Mann!«

»Immer bist du auf seiner Seite, nie auf meiner.«

»Aber Assuntì, ich trage dich doch auf Händen ... komm,

lass uns ins Schlafzimmer gehen, wenn du dich wie eine Löwin aufführst, gefällst du mir noch besser.«

»Und wenn Melina hereinplatzt?«

»Sie ist doch im Katechismusunterricht, nun mach schon.«

Melina besaß weder das nachgiebige Wesen Salvatores noch die stille Entschlossenheit Antonios. Sie war impulsiv, voller Fantasie und Begeisterung und manchmal melancholisch. Ob zu Hause oder draußen, ständig redete oder sang sie vor sich hin, und in der Schule war es ein hartes Stück Arbeit für die Lehrerin, sie zum Stillsein zu bewegen. Und zwar ohne Strenge, schließlich war Assunta eine Kollegin.

»Und wenn ich ganz leise singe?«

»Nein.«

»Und dabei den Mund zumache?«

»Nein.«

»Wieso nicht?«

»Weil das stört. Schau dir deine Klassenkameraden an: Siehst du nicht, dass sie alle still sind?«

»Aber nur, weil sie keine Lieder kennen.«

»O doch, aber sie können auch still sein.«

»Ich mag die Stille nicht, sie ist hässlich wie die Dunkelheit.«

»Hast du Angst im Dunkeln?«

»Ja, im Dunkeln kommen die Monster.«

»Aber in der Stille nicht.«

»Doch, doch. Sie kommen ganz leise angeschlichen, wie Quallen im Meer, und wenn sie einen berühren, machen sie brennende rote Streifen.«

»Bist du denn schon mal von einem berührt worden?«

»Nein, ich singe doch. Meine Lieder machen den Monstern Angst. Die kriegen Ohrenschmerzen davon.«

»Ich weiß ein Lied, wenn die Monster das hören, haben sie mindestens einen halben Tag lang Angst. Wenn du willst, singen wir es alle zusammen, bevor der Unterricht beginnt. Sollen wir?«

»Morgen, heute vertreibe ich die Monster lieber allein.«

Und zu Hause plagte sie ihre Mutter, die sowieso schon erschöpft war, nachdem sie den Vormittag über mit knapp dreißig Schülern gekämpft hatte.

»Mama, machst du mir ein Schwesterchen?«

»Du hast doch schon zwei Brüder, genügen die dir nicht?«

»Die sind aber schon groß, ich will eine kleine Schwester zum Spielen. Machst du mir keine, weil du zu alt bist?«

»Weil ich zu alt bin, genau.«

»Und weil du keinen dicken Bauch mehr kriegst?«

»Genau.«

»Ich will aber, dass du wieder jung bist und mir eine Schwester machst.«

»Das Kräutlein Will...«

»Kräutlein wie?«

»Kräutlein Will.«

»Was ist das für ein Kräutlein?«

»Das kann ich dir nicht sagen, das hat noch keiner gefunden.«

»Wenn ich groß bin, finde ich es. Dann bringe ich es dir und du wirst wieder jung und machst mir eine Schwester.«

»Aber wenn du groß bist, hast du bestimmt keine Lust mehr zum Spielen.«

»Mit dem Kräutlein Will werde ich wieder klein, wenn ich möchte. Würde dich das freuen?«

Mitte Oktober war es bei uns im Süden noch schön, draußen genügte ein dünnes T-Shirt, die Sonne schien warm, der Himmel war strahlend blau. Als ich wegfuhr, trug ich deshalb nur ein Sweatshirt und Jeans, aber saubere, nicht die anderen, die zerrissen und verdreckt waren. Als ich hier aus dem Auto stieg, fing ich gleich an zu frieren, sogar im Haus, weil die Heizung klein gestellt war, und noch mehr, als wir zum chinesischen Friseur fuhren.

Die ersten zwei Wochen lief ich in der Wohnung hin und her und zählte die Schritte, von morgens bis abends, bis die Tante zurückkam. Die ersten Tage allerdings lag ich mit schmerzenden Gliedern stundenlang im Bett und starrte an die Decke der Kammer, in der die Extante eine Klappliege aufgestellt hatte; dann schaute ich auf die Straße hinunter, und als es nicht mehr so wehtat, begann ich Gymnastik zu machen und holte die Schulbücher aus dem Rucksack, an die ich zum Glück gedacht hatte, als Oma ein paar Klamotten und Schuhe in die Reisetasche stopfte. Auch die Sparbüchse mit dem Geld, das Papa mir zu früh zum Namenstag geschenkt hat, habe ich mitgenommen. Er vertut sich nämlich immer mit dem Datum und schenkt mir statt zum achten Dezember was zum zweiundzwanzigsten September, vielleicht weil sie in Deutschland einen anderen Heiligenkalender haben und die Immaculata früher begangen wird. Vielleicht macht er sich auch einfach keine Gedanken darüber, weil er anderes im Kopf hat. Jedenfalls hatte ich das Geld noch nicht ausgegeben, weil ja noch nicht mein Namenstag war und ich mit der neuen Jacke so lange warten wollte.

Meine Schulbücher bestellt Tante Graziella jedes Jahr im Schreibwarenladen, ich stecke sie dann in bunte Plastikeinbände, damit sie nicht schmutzig werden wie bei meinen Freundinnen, ich mag sie nämlich lieber sauber. Oma Assunta hat mir beigebracht, dass man gut darauf achtgeben muss.

Gott sei Dank habe ich sie dabei, sonst wäre ich verrückt geworden. Mit den Büchern sind die Tage kürzer geworden: Ich mache Grammatik- und Matheaufgaben, lerne Geschichte und Geografie und sage alles laut auf, obwohl ich allein bin, damit ich nicht noch einmal verstumme.

Die Extante und ich, wir unterhalten uns nicht viel.

Assunta hatte die Wohnung auf Hochglanz geputzt, eine Auberginen-Oliven-Soße für die Rigatoni sowie Fleischbällchen mit Minze und geschmorte Stangenbohnen vorbereitet.

»Vielleicht hätte ich doch besser noch das Zimt-Apfel-Dessert machen sollen … Was meinst du, Savè?«

»Aber nein. Eis genügt, da waren wir uns doch einig.«

»Das habe ich bei Tano gekauft, der macht das beste, aber das Essen erscheint mir trotzdem irgendwie kümmerlich.«

»Kümmerlich? Sie wird schon nicht so reinhauen, du hast sie doch gesehen, sie ist ganz schlank.«

»Vielleicht ist sie ja magersüchtig.«

»Das musst du Tore fragen, der weiß es bestimmt.«

»Tore ist ein anständiger Junge, der kann seine Hände bei sich behalten.«

»Aha, dann war ich wohl ein Halunke, so wie ich dich überall angefasst und wie einen Teig geknetet habe?«

»Fängst du jetzt wieder damit an? Wir waren junges Gemüse.«

»Und die beiden sind Tattergreise, oder was?«

»Nein, aber ich mag gar nicht daran denken, dass Tore … Obwohl, sie ist ein anständiges Mädchen, das sagen alle im Dorf, und außerdem hast du sie ja selbst gesehen, als wir in der Werkstatt waren, um angeblich den Schlüssel nachmachen zu lassen …«

»Die Ausrede hat keiner von beiden geschluckt. Sie ist ganz rot geworden, weißt du noch? Und als sie ihn anrief, hat er sofort gerochen, was der eigentliche Grund unseres Besuchs war.«

»Na, irgendwer musste ja den ersten Schritt machen, oder? Als er sich endlich entschlossen hat, uns zu sagen, dass er mit einer Kollegin ausgeht, wusste schon unser ganzes Dorf davon, und ihres auch.«

»Einschließlich uns.«

»Ja, aber nur, weil die Grieco Tür an Tür mit ihr wohnt und mir erzählt hat, dass sie die beiden immer zusammen sieht, sonst hätten wir nämlich nie was erfahren.«

»Aber starr sie nachher bitte nicht die ganze Zeit an und frag sie nicht aus. Und sag Melina, sie soll keine komischen Geschichten erzählen.«

Nach einem Dutzend Fehlschlägen hatte die Lehrerin endlich das Lied gefunden, das die herumschleichenden Monster für ein paar Stunden fernhielt. Vielleicht hatte aber auch Melina mit der ihr eigenen Sensibilität einer kleinen Hexe in den Augen der Lehrerin einen Schimmer entdeckt, der Unheil ankündigte, ein hartes Licht wie das vom einzigen Auge von Peppino dem Spitzel, der Streit unter den Frauen sät und die Männer mit Knüppeln aufeinanderhetzt.

In der Stadt Mantua
Lebt' einst ein schönes Mädchen.
Und der König, der es erblickt',
wollt' es gern wiedersehen.
Und er kleidete sich wie ein armer Mann
in einen zerriss'nen Mantel ...

Morgens, bevor der Unterricht beginnt, singen alle gemeinsam dieses Lied, Melina lauter als die anderen, und sie lacht in sich hinein, weil sie doch gar keine Angst vor Monstern hat, aber dafür sehr gern singt. Nun sitzt sie im Klassenzimmer, summt leise vor sich hin, schaut aus dem Fenster und denkt sich Geschichten von Piraten und Prinzessinnen aus, und wenn die Lehrerin sie ermahnt, weil sie nicht aufpasst, reißt sie erstaunt und traurig die Augen auf, als hätte ihr jemand Unrecht zugefügt.

Assunta weiß, dass ihre späte Tochter ein Faulpelz ist, aber sie hat sie zu gern, um sie zu schelten, schließlich könnte sie fast ihre Oma sein. Und außerdem bringen Melinas Fantasie und ihre ständigen Ausreden Assunta selbst dann zum Lachen, wenn sie ernst bleiben oder ein strenges Gesicht machen sollte. Deshalb hebt sie sie hoch, auf Höhe ihres Gesichts, und sagt, dass sie wunderhübsch ist, zum Anbeißen hübsch, zum Stehlen hübsch, aber wehe, einer versucht sie ihr zu stehlen, dem haut sie mit dem Nudelholz den Schädel ein.

»Und rollst du hinterher mit dem blutigen Nudelholz den Teig aus?«, fragt das Mädchen ganz ernst.

»Nein, das schmeiße ich weg und kaufe ein neues.«

»Dann geh doch lieber gleich eins kaufen, denn wenn du ihm nachher den Schädel einschlägst, kannst du Sonntag keine Nudeln machen.«

Die Verlobungszeit von Tore und Graziella zog sich zwei Jahre hin, obwohl beide den Wunsch zu heiraten hatten. Den Liebesvorschuss nahmen sie sich in der Zwischenzeit im Empfangszimmer des Autohändlers. Graziella besaß nämlich einen Schlüssel für die Hintertür, und da die

Schutzgeldzahlung an Don Raffaele vor Diebstahl und Vandalismus schützte, war auch die Alarmanlage seit Jahren nicht mehr in Betrieb.

Tore parkte den Wagen im dunklen Hof, die beiden stiegen aus, ohne die Türen zuzuschlagen, obwohl in der Nähe außer einem Supermarkt und einer entweihten Kirche keine Häuser standen, betraten das Gebäude, ohne Licht zu machen, und gingen ins Empfangszimmer des Chefs, wo sie endlich die Tischlampe anknipsen konnten, weil das Fenster eine Jalousie hatte. Das schwarze Ledersofa für die Kunden war weich und bequem, und sie mussten oft kichern bei dem Gedanken, wer sich am nächsten Tag draufsetzen würde, ohne die leiseste Ahnung, was sich am Vorabend darauf abgespielt hatte. Die Lust an der Übertretung und der leichte Schauder bei dem Gedanken, der Chef könnte sie überraschen, erregten sie noch mehr, aber sie achteten sorgfältig darauf, keine Spuren zu hinterlassen.

Der Chef hatte trotzdem Verdacht geschöpft, zog es aber vor, der Sache nicht auf den Grund zu gehen, nicht nur weil Graziella seine Nichte war und es einfach zu peinlich gewesen wäre, wenn er plötzlich hereingeplatzt wäre, sondern vor allem, weil er auf gar keinen Fall Tore verlieren wollte. Einen solchen Mechaniker, dachte er oft, der die Motoren im Blut hat, der einen Schaden, für den andere drei oder vier Stunden brauchen, innerhalb einer Stunde repariert hat, einen solchen Mechaniker muss man unter allen Umständen halten. Selbst wenn er auf dem Zweitausendfünfhundert-Euro-Ledersofa vögelt.

Der Grund für die lange Verlobungszeit war Graziellas Bruder Gerardo. Er machte gerade seinen Ingenieursabschluss in Turin, und da das Lehrergehalt von Papa Schiano und die Einkünfte der Mutter, die gelegentlich als Schneidergehilfin arbeitete, nicht ausreichten, lieferte Graziella als brave Tochter mehr als die Hälfte ihres Lohns zu Hause ab. Die Familienersparnisse waren schon weitgehend aufgebraucht, und ein bisschen musste man für Notfälle zurückbehalten, denn die lauerten überall: Carabinieri auf der Staatsstraße, die den Leuten Bußgelder aufbrummten zum Beispiel.

Graziella hatte ihm die Sache erklärt, und Tore war einverstanden gewesen. Nicht gebeichtet hatte sie, dass es wohl auch keine prächtige Hochzeit geben würde, dass sie die Einladungen zum Bankett auf das Nötigste würden beschränken müssen, selbst wenn sie deswegen Verwandte und Freunde vor den Kopf stießen; diese Ausgabe oblag schließlich ihrer Familie, und Graziella wollte nicht, dass ihre Eltern sich für eine Schleppe verschuldeten, auf die sie gut verzichten konnte.

Tore waren Trauung und ein Bankett mit hundert Gästen sowieso unwichtig, aber es würde schwierig sein, das seiner Mutter beizubringen.

»Waaas?«, rief sie entrüstet. »Eine Witwenhochzeit wollt ihr? Wie die Hungerleider oder Waisenkinder? Die Kosten können wir doch übernehmen, heiraten tut man nur einmal im Leben.«

»Nein, Mama.«

»Aber wieso nicht?«

»Weil es eine Ohrfeige für Graziellas Eltern wäre, das kannst du dir doch denken.«

»Warum musstest du dir auch eine aussuchen, die arm wie eine Kirchenmaus ist?«

Tore sieht sie schief an, wie er sie noch nie angesehen hat, und sie begreift, dass sie verloren hat. Nicht nur diese Schlacht, sondern auch den ersten Platz bei ihrem Sohn.

Immacolata, der Name ist zu lang, deshalb nennen mich alle Imma.

Imma ist schön. Imma, Imma, Imma.

Imma, Imma, Imma.

Jetzt nennt mich nur noch die Extante so, die natürlich nicht so heißt, sondern Tante Rosaria. Sie ist gar nicht meine richtige Tante, beziehungsweise nur entfernt, über vier oder fünf Ecken. Und angeheiratet ist sie auch noch. Ex deshalb, weil sie von ihrem Ehemann geschieden wurde, der Ubaldo Manconi heißt. Warum, weiß ich nicht, in meiner Gegenwart wurde nie darüber gesprochen, ich weiß nur, dass die Manconis, Rosaria eingeschlossen, unserer Familie etwas schuldeten. Schulden gibt es vielerlei, nicht nur Geld. Vielleicht bezahlt die Extante ihre Schulden durch mich. In diesem Fall wäre es verständlich, dass es ihr nicht passt und ich ihr lästig bin, obwohl ich glaube, dass sie schon immer unzufrieden war oder zumindest, seit sie hier im Norden lebt. Vielleicht sehnt auch sie sich nach dem Meer und einer Sonne, die wärmt und nicht schwindsüchtig ist wie die Sonne hier, wenn sie überhaupt mal scheint. Oder sie trauert ihrem Mann und dem Haus nach, in dem sie gelebt haben und das eine Villa war und keine Zweizimmerwohnung mit Kochecke in einem Haus, an dem die Farbe abblättert, in dem die Leute sich nur um sich selbst kümmern und man sich nicht mal grüßt.

Wobei die Tatsache, dass hier keiner was mit dem anderen zu tun hat, auch ein Segen ist, für mich jedenfalls.

Ich nenne die Tante nur Tante, ohne Rosaria, weil ich das nicht kann. Um sie mit Namen zu nennen, müsste ich sie mögen, aber das tue ich nicht, im Gegenteil, am Anfang habe ich sie sogar richtig gehasst. Jetzt etwas weniger, weil sie mir ein bisschen leidtut, und wenn sie mit mir spricht, ist sie nicht mehr ganz so kalt, es ist nicht mehr so, als würde ihr ein Zahnarzt die Worte mit der Zange aus dem Mund ziehen. Vermutlich ist das ihre Art, sich bei mir dafür zu bedanken, dass ich die Wohnung in Ordnung halte, und vor allem, dass ich seit einer Weile koche.

»Was ist los? Magst du die Pasta nicht?«, hat sie mich eines Abends gefragt.

»Doch, doch…«

»Und wieso machst du dann so ein angewidertes Gesicht, es schmeckt dir wohl nicht, was?«

»Nicht besonders.«

»Dann mach du doch die Soße, Prinzesschen auf der Erbse.«

»Von mir aus.«

»Kannst du das denn?«

»Ja, klar. Zu Hause habe ich immer mit Oma gekocht.«

»Und was kannst du so kochen?«

»Nudelsoßen, Omelette, Fleischbällchen, Kartoffelauflauf, Reisauflauf, Fisch…«

»Fisch mag ich nicht, der kostet einen Haufen Geld, und hinterher stinkt die ganze Wohnung danach.«

»Aber Miesmuscheln stinken nicht. Ich kenne ein Rezept mit gefüllten.«

»Na gut, dann mach morgen Abend doch Omelette mit Mozzarella. Und davor eine Soße für die Pasta.«

»Mit Auberginen und Oliven, wäre dir das recht?«

»Okay. Mach mir eine Liste, was ich einkaufen soll, dann gehe ich schnell in den Laden, wenn ich vom Notar komme.«

Seitdem koche ich für uns. Vorher haben wir nur Sachen aus der Tüte gegessen, die in der Pfanne oder in der Mikrowelle aufgewärmt werden, die nach nichts schmecken und einen schlechten Geschmack im Mund zurücklassen. Sachen, von denen es im Sachkundebuch heißt, dass sie krank machen.

»Echten Büffelmozzarella«, habe ich ihr eingeschärft. »Und von einer guten Marke.«

Die Heimat der Manconis – und der Schianos – ist ein aufstrebendes Dorf, das gern Kleinstadt wäre. Bis Mitte der Neunzigerjahre gehörten die Manconis dort zu den Einflussreichen. Dann erlitt Don Michele, der Vater Ubaldos und seiner Schwester Matilde, eine Reihe finanzieller Rückschläge – wegen der Camorra, sagten manche, wegen seiner Unerfahrenheit in Geschäftsdingen, meinten andere – und musste die Fabrik für Lebensmittelverpackungen verkaufen. In den folgenden Jahren wechselten auch mehrere Grundstücke den Besitzer, und das Bankguthaben schrumpfte immer mehr. Gott sei Dank war Donna Maria Sofia bereits in ein besseres Leben übergetreten, sie, die Tochter eines Marchese, von dem sie, Friede ihrer Seele, nicht nur den Dünkel geerbt hatte, sondern auch die Eleganz.

Einige Zeit später raffte eine Gehirnblutung infolge allzu sorgloser Einnahme von Viagra (und nicht etwa ein Herzinfarkt, wie behauptet wurde) den keineswegs untröstlichen, sondern im Gegenteil recht lustigen Witwer hinweg, der seine Lustigkeit allerdings fernab von zu Hause auszuleben pflegte, in einer Absteige in Neapel, wo er schließlich einer für sein Alter allzu anstrengenden Übung zum Opfer fiel.

In der schönen Villa vom Ende des neunzehnten Jahrhunderts, die etwas außerhalb des Dorfs lag, lebten jetzt nur noch die beiden Kinder. Ohne fest angestellte Hausmädchen, Gärtner oder Chauffeur. Drei- bis viermal im Monat kümmerte sich jemand um den Garten, und für die schweren Arbeiten wie Fensterputzen, Teppichklopfen und Bohnern kam einmal in der Woche Fiorona, die früher in der damals familieneigenen Fabrik gearbeitet hatte und die nicht ganz richtig im Kopf war.

Die Zimmer im ersten Stock wurden verschlossen, Bruder und Schwester beschränkten sich auf das Parterre, das nach Matildes Meinung aber immer noch zu groß war, um es sauber zu halten. Sie war nicht dazu erzogen worden zu putzen, Staub zu wischen, einzukaufen und zu kochen, sie war dazu bestimmt, die Signora zu sein wie ihre Mutter, die Marchesa. Trotzdem hatte sie auf die veränderten Umstände mit einer gewissen Energie und Seelenstärke reagiert, weil sie der Überzeugung war, dass sie sowieso bald heiraten und ausziehen würde. Doch dann ...

Doch dann war die Sache mit Salvo, dem Sohn von Rechtsanwalt Tagliafierro und seit Urzeiten Matildes Verlobter, geplatzt. Denn ausgerechnet jener Salvo, der nach dem erkauften Juraexamen bis zur geplanten Hochzeit in der väterlichen Kanzlei eine ruhige Kugel als Praktikant schob und der von einem sizilianischen Großvater blonde Haare, blaue Augen und seine große Gestalt geerbt hatte, hatte eines Tages bei einem lokalen Fernsehsender an einer Quizshow teilgenommen und war zwar schon an der zweiten Frage (»Wann trat die Verfassung der Republik Italien in Kraft?«) gescheitert, dafür aber mit seinem telegenen Gesicht dem Produzenten aufgefallen. Seine Komparsenrolle wurde zum Ausgangspunkt einer steilen Karriere auf immerhin regionaler Ebene: Gast in Talkshows als Kommentator und in Diskotheken als Image-Boy, Gesicht einer Werbekampagne für Fruchtsaft, Moderator einer Sendung, in der über Schönlinge und Starlets hergezogen wurde, und über kurz oder lang, wer weiß, würde ihm vielleicht sogar der Sprung in die Programme der landesweiten Sender Rai oder Mediaset gelingen.

Matilde wurde abgelegt wie ein Hemd mit zu engem Kragen, wie ein löchriger Strumpf: weggeworfen ohne Erklärung oder Entschuldigung. Wie ein Lumpen. Und wenn der schöne Salvo nun aus Neapel zu Besuch ins Dorf kam, dann in Begleitung üppiger Blondinen, echten und gefärbten, mit Brüsten und Lippen, bei deren Dimensionen und Formen vielleicht, oder nein, ganz sicher Silikon die Hauptrolle gespielt hatte.

Matilde versauerte wie Milch, die über Nacht draußen gestanden hat. Sie war nicht hässlich, doch ihre Lippen wurden schmal, die Haut fahl, der Blick schneidend. Sie lief genauso hochmütig durchs Dorf wie ihre Mutter, ohne ein Lächeln, ohne mit irgendjemandem ein nettes Schwätzchen zu halten. Nach Salvo zog sie keiner mehr als mögliche Verlobte und Ehefrau in Betracht.

»Habt ihr euch was wegen der Wohnung überlegt?«, fragte Assunta mit penetranter Regelmäßigkeit.

»Noch nicht, Mama. Es ist doch fast noch ein Jahr.«

»Ein Jahr geht schnell vorbei. Und ihr müsst euch auch Gedanken über die Möbel machen, das geht nicht alles auf den letzten Drücker. Auf die Küche müsst ihr vielleicht Monate warten, dann muss sie eingepasst werden, und Kleiderschränke haben die meisten Geschäfte nicht auf Lager, die in der Ausstellung werden nicht verkauft, sonst stünden die ja ohne Möbel da.«

»Darf ich bei euch in der neuen Wohnung wohnen, Tore?«, fragte Melina plötzlich.

»Wie soll das gehen? Wir arbeiten doch den ganzen Tag ...«

»Ich werde brav auf euch warten.«

»Und wer kocht dir mittags Pasta oder Sartù?«

»Mama.«

»Dann ist es doch einfacher, wenn du bei Mama bleibst.«

Darüber musste Melina eine Weile nachdenken, bis sie eines Abends die Lösung hatte:

»Warum bleibst du nach der Hochzeit nicht einfach bei uns, Tore?«

»Weil Graziella auch noch da ist.«

»Graziella kann doch auch bei uns wohnen. Wir wohnen alle zusammen. Und Mama macht Sardinen mit Pommes und Maccheroniomelette.«

Tore sah von seinem Teller auf und warf seiner Mutter einen forschenden Blick zu: Bestimmt hatte sie Melina diesen Floh ins Ohr gesetzt. Doch Assunta schien der Vorschlag eher zu befremden, und Saverio wirkte regelrecht perplex.

Zusammenwohnen, dachte Tore tags darauf, während er zur Arbeit fuhr: Einerseits löst es Probleme, andererseits schafft es welche. Zusammenwohnen bedeutet enorme Einsparungen an Geld und Energie, aber auch, dass Graziella sich notgedrungen mit seiner Mutter arrangieren müsste. Die könnte tatsächlich für sie alle kochen, ein hungriger Magen mehr macht keinen Unterschied. Andererseits: Zwischen Schwiegermutter und Schwiegertochter gibt es immer Ärger, und ich wäre mittendrin, das stelle ich mir heiter vor, immer sagen zu müssen: Diesmal hast du recht und du nicht. Ständig droht Streit, und die Ehe geht den Bach runter. Lassen wir das lieber, auch wenn es mit Wohnung und Möbeln vielleicht noch ein bisschen dauert.

Irgendwann bekam ich Lust, ein bisschen im Zimmer der Tante zu stöbern. Ich machte den Kleiderschrank auf und probierte ihre Kleider, T-Shirts, Jeans und Jacken an. Außer der gefütterten Lederjacke, die sie immer zur Arbeit anzieht, besitzt sie noch zwei Jacken: eine chinesische mit Blumen und Vögeln und eine mit Kapuze, die schon älter ist, glaube ich, und die mir gut gepasst hätte, wenn ich denn hinausgekonnt hätte.

Als Nächstes schaute ich in die Kommodenschubladen, aber ihre Wäsche probierte ich nicht an: Unterhosen, BHs, Bodys – sogar einer aus roter Spitze mit Strapsen –, sondern legte sie sorgfältig wieder genau so hin wie vorher. Den roten Body zieht sie bestimmt an, wenn sie mit Alfonso ausgeht, freitag- und samstagabends.

In den anderen beiden Schubladen lagen Bettwäsche und Handtücher, nichts Interessantes, aber dann fiel mir ein, dass die Leute ihre Geheimnisse doch immer zwischen dem Bettzeug verstecken, und ich fühlte mit der Hand darunter entlang. Und tatsächlich lag da ein Schlüsselbund. Wo der wohl reinpasste? Es musste schließlich einen Grund geben, warum sie ihn versteckte.

Ich ging zur Wohnungstür und lauschte, ob jemand im Treppenhaus war, dann probierte ich den ersten Schlüssel aus, aber er passte nicht. Der zweite ließ sich drehen. Ganz langsam schloss ich auf und sofort wieder zu, zweimal wie die Tante, und dabei ging mein Atem so schnell, als wäre ich die hundert Meter gelaufen. Wenn einer der Wohnungsschlüssel war, musste einer der anderen in die Haustür passen. Jetzt kann ich raus, wenn ich will, dachte ich, und mir schwirrte der Kopf so sehr, dass ich mich erst mal an meinen Platz am Fenster setzte. Ich schaute nach draußen, ohne etwas zu sehen, wartete einfach nur darauf, dass mein Herz wieder normal schlug.

Als ich mich wieder beruhigt hatte, überlegte ich, dass ich früher immer einen Grund gehabt hatte, nach draußen zu gehen: einen Spaziergang in schöner Umgebung machen, aufs Meer schauen, einkaufen gehen, aber jetzt hatte ich keinen Grund mehr. Zumindest keinen dieser Gründe, dafür aber den wichtigsten Grund von allen, nämlich mich nicht länger als Gefangene zu fühlen. Mit dem Schlüssel konnte ich das Gefängnis verlassen und wieder betreten, ohne dass die Wärterin etwas mitbekam.

Morgen früh gehe ich nach draußen, beschloss ich, und da ich zu aufgeregt war, um ruhig dazusitzen oder zu lernen, begann ich meine Kammer zu putzen, sogar die obersten Regalbretter, wo ich noch nie Staub gewischt hatte. Ich stieg auf einen Hocker und fuhr mit dem Staubwedel über die Schuhkartons, über den Koffer der Tante, meine Reisetasche, den Rucksack, Packen von Plastiktüten und eine große Blechkiste.

An diesem Tag konnte ich der Neugier einfach nicht widerstehen: Ich holte die Kiste herunter und machte sie auf. Kaputte Ketten, zerdrückte künstliche Blumen, Bänder, ein winziger Plastikweihnachtsbaum, ein paar bunte Kugeln zur Dekoration, ein kleines Porzellanensemble mit Hirtenmädchen und Schaf, beide ohne Kopf... und noch etwas: ein kleines Kofferradio. Ich versuchte es einzuschalten, aber es blieb stumm.

Jetzt hatte ich noch einen Grund, nach draußen zu gehen: neue Batterien kaufen.

Ubaldo Manconi war über dreißig und hatte in seinem ganzen Leben noch nicht gearbeitet. Weder hatte er Lust dazu noch verspürte er die dringende Notwendigkeit, und vom väterlichen Besitz war immerhin noch so viel übrig, dass er und Matilde ein Auskommen hatten. Zwar kein Leben im Überfluss, aber eines ohne große Einschränkungen. So vertrieb er sich die Zeit mit Fernsehen, Kreuzworträtseln, Oldtimer-Zeitschriften und gelegentlichen Abstechern in die Bar Vesuvio. Heiraten? Früher oder später schon, aber man musste es ja nicht überstürzen.

Als dann Matildes Verlobung geplatzt war, wurde ihm die Gegenwart der Schwester lästig. Voller Groll zerriss sie sich über alle Leute und insbesondere über sämtliche Generationen der Familie Tagliafierro das Maul, beklagte sich ständig darüber, dass sie alles allein machen müsse, untersagte ihm aber, einkaufen zu gehen oder zu kochen, weil sich das für einen Mann nicht gehöre. Um den Garten hätte Ubaldo sich kümmern können, aber das verbot sich von selbst, weil er sich den Rücken nicht kaputt machen und an den Händen keine Schwielen holen wollte. Die Verbote waren nicht das Problem, aber Matildes ständiges Gezeter raubte ihm den letzten Nerv.

Schließlich fand er eine Lösung: Er besann sich seines Abschlusses in Wirtschaftswissenschaften und machte sich auf die Suche nach einem Job. Nach Monaten und vielen höflichen Absagen fand er schließlich eine Stelle als Vertretungslehrer für Mathematik an einer Mittelschule: Der Direktor war seinerzeit nämlich ein Verehrer der Marchesa Maria Sofia gewesen, die beim Thema Ehebruch keinen Klassendünkel kannte.

Aus der befristeten wurde eine Festanstellung, obwohl Ubaldo ein miserabler Lehrer war, der zwar die Materie ausreichend beherrschte, sie aber nicht vermitteln konnte. Und vor allem konnte er keine Disziplin in der Klasse herstellen. Die Schüler nutzten das natürlich aus, tobten während seines Unterrichts herum und verspotteten ihn ganz unverblümt und ohne Furcht: Irgendwann hieß er bei allen nur noch der *Bourbone ohne Hengst,* und dieser Spitzname war weniger Ausdruck des Mitleids als vielmehr der Grausamkeit der Heranwachsenden.

»Warum nicht?«, antwortete Graziella zu Tores Überraschung.

Er hatte ihr von der Idee erzählt, bei seinen Eltern einzuziehen. Aus reinem Pflichtbewusstsein, damit in ihrer Beziehung nichts unausgesprochen blieb, und ohne Wunsch oder Hoffnung, sie könne darauf eingehen.

»Meinst du das ernst? Weißt du, meine Mutter ist ein bisschen herrisch.«

»Aber wir sind doch unter der Woche den ganzen Tag weg, bei Promotion-Aktionen sogar Samstag und Sonntag … Und meinen Teil der Hausarbeit würde ich natürlich erledigen, ans Arbeiten bin ich gewöhnt …«

»Wenn wir bei ihnen einziehen, will Mama sich bald pensionieren lassen.«

»Umso besser!«, erwiderte sie, und ein Lächeln huschte über ihr Gesicht. »Dann könnten wir früher das Thema Nachwuchs in Angriff nehmen.«

»Das würde sie bestimmt glücklich machen. Dass sie sich pensionieren lassen will, hängt garantiert mit der Aussicht auf Enkel zusammen.«

»Hätten wir überhaupt alle Platz in der Wohnung? Was die Schlafzimmer angeht, meine ich.«

»Das passt schon. Wir ziehen einfach ins Esszimmer, das wird sowieso nie benutzt.«

»Aber im Esszimmer schläft doch Melina.«

»Melina bekommt das Zimmer von Antonio und mir.«

»Und was machen wir, wenn Antonio zu Besuch kommt?«

»Dann kann er auf dem Schlafsofa in der Küche übernachten. Er ist doch eh nicht oft da.«

»Ich finde das irgendwie respektlos, als wäre er nicht mehr der älteste Bruder, sondern ein Fremder auf der Durchreise.«

»Ich kann ihn ja fragen, ob's ihm was ausmacht. Aber das ist nicht das Entscheidende.«

»Sondern?«

»Na, ob wir beide wirklich davon überzeugt sind.«

»Also, ich schon. Denk nur an das viele Geld, das wir sparen würden.«

Und Geld zu sparen war im Hause Schiano seit je der wichtigste Aspekt.

Vor Aufregung lag ich die ganze Nacht wach, die Stunden wollten nicht vergehen, die Uhr schien stillzustehen. Dann endlich stand die Tante auf, und ich mit ihr.

»Denk an die Pastiera für heute Abend, ich hab sie Alfonso versprochen. Den Weizen habe ich schon vorgekocht gekauft, wie du wolltest, und eine Rolle Blätterteig ist im Gefrierfach. Ich habe alle Zutaten auf der Liste besorgt.«

»Isst du bei ihm zu Abend?«

»Ja. Wahrscheinlich übernachte ich auch dort. Aber vorher komme ich noch mal her und ziehe mich um.«

Es ist Freitag, und die Freitag- und Samstagabende gehören Alfonso.

Als die Tante die Wohnung verlässt, ist es noch nicht acht und erst seit Kurzem hell. Hellgrau. Ich öffne die Fenster, und sofort kommen Kälte und der Geruch der Stadt herein. Ein Geruch nach Rauch und Schmutz, wie am Bahnhof von Neapel, wo ich manchmal mit Opa Saverio hingefahren bin. Ich schließe die Fenster wieder und fange an die Wohnung aufzuräumen, um mir die Zeit zu vertreiben und nicht zu früh hinauszugehen. Ich hole den Blätterteig aus dem Gefrierschrank, suche die Kuchenform und stelle alle Zutaten auf den Küchentisch: Eier, Zucker, Mehl, Zitronat, Zimt, Orangenblütenwasser. Nur den Ricotta lasse ich noch im Kühlschrank.

Trotzdem wollen die Uhrzeiger einfach nicht auf neun vorrücken, denn um neun, und keine Minute eher, habe ich beschlossen hinauszugehen. Als es zehn vor ist, mache ich mich fertig: Ich schlüpfe in die alte Jacke der Tante, ziehe mir die Kapuze in die Stirn und den Kragen übers Kinn, stecke ein bisschen Geld, das Radio und den Schlüssel ein. Ganz langsam öffne ich die Tür, husche nach draußen und schleiche die Treppe hinunter.

Fünfundzwanzig Tage habe ich die Wohnung nicht verlassen. Fünfundzwanzig Tage Gefängnis.

Die Luft riecht verbraucht, nach Rauch und Schmutz, doch jetzt macht mir das nichts aus, im Gegenteil, nach ein paar Schritten schmeckt sie herrlich, wie im Gebirge oder am Meer, auch wenn der Geruch nach Salz fehlt, der in die Nase kriecht und einen besser atmen lässt. Es ist noch kälter als an dem Tag beim chinesischen Friseur, und beim Ausatmen sieht man eine Dampfwolke. Die Leute hasten vorbei, niemand beachtet mich. In der Stadt ist alles anders, man kennt sich nicht, man grüßt sich nicht, man bleibt nicht stehen, um zu plaudern und zu tratschen. Ich kenne mich nicht aus und passe auf, damit ich mich nicht verlaufe, präge mir Geschäfte und Schilder ein, wie früher, wenn ich außerhalb des Dorfes spazieren ging und mir die Wege und Gabelungen, die Kapellen für die Madonna von Pompeji und die großen Steine gemerkt habe. Streunerin, sagte Oma jedes Mal, du bist schlimmer als eine streunende Katze, zum Glück findest du immer den Weg nach Hause. Sie erfand immer neue Aufgaben, damit ich nicht hinausging, aber ich riss trotzdem aus. Ich liebte es schon immer, allein durch die Gegend zu spazieren, auch wenn das schließlich mein Unglück wurde.

Ich gehe an einem Zigarettenladen vorbei: Es sind keine Kunden im Geschäft, ich gehe hinein. Sobald ich auf den Teppich trete, ertönt ein lautes Klingeln und ich mache einen Satz nach vorn.

»Hast du dich erschreckt?«, fragt der Ladenbesitzer hinter der Theke. Er hat weißes Haar und eine dicke Brille, und ich hoffe, dass er nicht so gut sieht.

»Nein. Ich hatte nur nicht damit gerechnet. Haben Sie Batterien?«

»Gewiss. Was für welche brauchst du?«

»So welche«, sage ich und lege das Radio auf die Theke. Er öffnet das Fach und holt die Batterien heraus.

»Lange nicht mehr benutzt, was?«

»Äh ... ja.«

»Das sieht man. Die Kontakte sind ganz verrostet. Hoffentlich funktioniert es noch.«

»Ja, hoffentlich.«

Er sieht tatsächlich nicht gut, denn während er das Radio mit einem Lappen reinigt, hält er es sich direkt vor die Nase. Anschließend legt er neue Batterien ein, sagt: Jetzt wollen wir doch mal sehen, und schaltet es ein. Aus dem Radio ertönt Musik. Es funktioniert.

»Hast du sonst noch einen Wunsch?«, fragt er.

Ich hätte gern die Haarspange in Sternform, die im Schaufenster liegt, aber ich habe ja keine langen Locken mehr, ich habe jetzt eine Jungenfrisur. Eine Sträflingsfrisur.

»Nein danke.«

Ich bezahle, verabschiede mich und gehe hinaus.

Noch fünfunddreißig Minuten, dann muss ich zurück: Ich habe nämlich beschlossen, dass meine Stunde Freigang genau eine Stunde dauern darf, nicht länger. Das ist sowieso schon sehr lang, und wenn die Tante davon erfährt, zerreißt sie mich in der Luft. Deshalb muss ich das Risiko gering halten.

An der Straßenecke biege ich rechts ab in eine breite Straße, die auf einen Platz mit lauter Verkaufstischen führt. Solange ich nicht stehen bleibe und nichts kaufe, besteht keine Gefahr, sage ich mir, von meinem Gesicht ist eh kaum was zu sehen, und den Leuten ist es zu kalt und sie haben es zu eilig, als dass sie mich registrieren würden.

Auch den Händlern ist kalt, sie stampfen mit den Füßen auf, damit sie nicht einfrieren, und wärmen sich die Hände über kleinen Eisentonnen, in denen Feuer brennt. Mit gesenktem Kopf, die Hände in den Taschen, gehe ich zwischen den Ständen umher, an denen Obst und Gemüse, Käse und Fleisch verkauft wird, wechsele dann auf die andere Seite, zu Kleidern, Schuhen, Wäsche, Taschen und Koffern. Ich brauche nichts und kann sowieso nichts kaufen, weil die Tante das mitkriegen würde.

Am vorletzten Stand rechts werden alte Bücher verkauft, ich gehe daran vorbei, dann mache ich kehrt. Bei der Extante gibt es keine Bücher, und ich habe nur meine Schulbücher mitgenommen, soweit sie in den Rucksack passten. Ich weiß, ich sollte es nicht tun, aber ich betrachte mit gesenktem Kopf die Bücher auf dem Verkaufstisch.

»Suchst du was Bestimmtes?«, fragt mich eine Stimme. Ich muss aufschauen und dem Verkäufer ins Gesicht sehen. Beziehungsweise in das, was von seinem Gesicht zu sehen ist, denn er trägt eine Fellmütze mit Ohrenschützern und Schirm und einen Schal, den er sich über den Mund gezogen hat. Wie witzig: Wir sind beide inkognito. Ich sehe nur, dass er jung ist und dunkelgrüne Augen hat.

»Ich weiß nicht.«

»Ein Buch vielleicht?«

»Äh, ja.«

»Wovon soll es denn handeln?«

»Ich weiß nicht…« Dann platze ich heraus: »Von einem eingesperrten Mädchen.«

»Ah!«, erwidert er und schaut sich suchend um, »dann nimm doch das hier. Ich geb's dir billiger, weil der Umschlag fehlt.«

»In Ordnung«, sage ich.

»Wenn du noch mehr brauchst, ich bin immer an ungeraden Tagen hier, Montag, Mittwoch und Freitag.«

»Danke«, sage ich, bezahle und laufe davon.

Für die Hochzeit von Tore und Graziella nahm Antonio eine Woche Heimaturlaub. Ein letztes Mal schliefen die Brüder im gemeinsamen Zimmer, Melina wurde auf der Couch in der Küche untergebracht. Das neue Schlafzimmer des Brautpaars sollte erst in der Hochzeitsnacht eingeweiht werden, damit die Ehe nicht unter schlechtem Vorzeichen begönne.

»Was ist, Antò? Du kommst mir ein bisschen melancholisch vor.«

»Das Syndrom des Emigranten.«

»Was meinst du damit?«

»Wenn man in der Ferne lebt, vermisst man sein Zuhause und das Dorf manchmal. Aber wenn man dann zurückkommt, spürt man, dass es nicht mehr zu einem gehört, dass einen nichts mehr damit verbindet.«

»Dann bleibst du also endgültig in Brüssel?«

»Ich denke, ja.«

»Und Julie?«

»Vorbei.«

»Hast du sie verlassen?«

»Sie hat mich verlassen.«

»Wegen eines anderen?«

»Nein, sie wollte ein Kind, und ich wollte nicht.«

»Weil sie älter ist als du, weil du nicht mehr verliebt warst oder weil ihr euch gestritten habt?«

»Weder noch, obwohl es in letzter Zeit nicht mehr so intensiv war.«

»Ich versteh dich nicht, Antò.«

»Weißt du, ich will einfach kein Kind in diese beschissene Welt setzen.«

»Was? Früher oder später muss doch ein Kind sein.«

»Wie viele möchtest du denn?«

»Ich hätte gern drei, so wie wir. Mama hört bald auf zu arbeiten, dann müssen wir nicht mehr so lange damit warten. Aber sag mal, was anderes, ganz ehrlich, bist du gar nicht sauer wegen unseres Zimmers?«

»Nein, nein, ehrlich nicht. Wird aber ganz schön eng hier werden, wenn ihr ein Kind kriegt und später noch zwei.«

»Darüber haben wir schon nachgedacht: Wir wollen den Vorratsraum ausbauen. Am Vordach, wo jetzt die Gartengeräte stehen und Mama die Wäsche aufhängt, reißen wir die Wand ein und ziehen vier Meter weiter vorn eine neue hoch. Dadurch gewinnen wir ein richtiges Herrenzimmer, an der Rückseite des Hauses, im Garten, wo man es nicht sieht und es keinen stört. Den Vorratsraum bauen wir neu, aber kleiner, und davor bauen wir ein Plastikdach an.«

»Wer hat den Entwurf gemacht?«

»Ach Antò, ein Entwurf! Wenn man hier aufs Bauamt geht, werfen sie einem nur Knüppel zwischen die Beine, und man muss schmieren. Wir bauen einfach und Schluss. Fakten schaffen. Don Raffaele sind diese Lappalien wurst, bei so was mischt der sich nicht ein, der hat größere Geschäfte am Laufen. Im Notfall müssen wir Straferlass für Bausünder beantragen.«

»Wie alle.«

»Ja, wie alle. Wir leben halt hier, nicht in Brüssel.«

Im Dorf hatte man Don Raffaele schon eine ganze Weile nicht mehr gesehen, aber er saß auch nicht im Gefängnis. Wenn die Carabinieri eine Razzia organisierten, machten sie zwar immer mächtig Wirbel, verhafteten sie ihn dann aber tatsächlich mal, kam er gleich wieder frei. Dafür hatte er schließlich seine Anwälte. Ein Verdacht allein reicht nicht für eine Verurteilung, dafür braucht es Beweise. Aber Beweise gegen Don Raffaele fanden sich nie, nie hatte jemand was gehört oder gesehen… im Gegenteil: Alle waren bereit zu schwören, dass er zur nämlichen Zeit im Restaurant von Zi' Anna in Mergellina gesessen hatte oder beim Steuerberater oder in einer Klinik war, um seine Nieren untersuchen zu lassen, mit denen er dauernd Ärger hatte, das wusste jeder.

Im Dorf hatte man ihn also schon eine ganze Weile nicht mehr gesehen, doch der Ganove, der in der Contrada delle Capre mit dem Gesicht nach unten in einem Graben lag, erschossen, obwohl seine eigene Pistole noch im Gürtel steckte, dieser Ganove gehörte zum Clan der Rizzillo, und die Rizzillo und Don Raffaeles Leute waren sich noch nie grün gewesen. Und der Tote hatte sich in letzter Zeit ein bisschen zu oft im Dorf blicken lassen, die Pizzeria und den Lebensmittelladen aufgesucht, und in den Bars hatte er den großen Macker raushängen lassen und keinen Versuch unternommen, die Ausbuchtung der Pistole zu verbergen. An dem Tag, an dem er ermordet wurde, war Don Raffaele in Rom, wie zahlreiche Zeugen mit untadeligem Leumund bestätigen konnten, und seine

Leute hatten ebenfalls wasserdichte Alibis. Völlig rätselhaft, wer diesen Ganoven mit drei Schüssen in den Rücken kaltgemacht und dann in dem Graben da entsorgt hatte. Wahrscheinlich irgend so ein kleines Licht, ein Drei-, höchstens Vierhundert-Euro-Killer, ein einsamer Wolf, der jedem dient, der ihn bezahlt, und der hinterher nach Hause geht und eine Portion Spaghetti mit Tomatensoße isst oder sich an der Fernstraße die erstbeste Nutte nimmt. Doch auch der Ganove zählte nicht, weder als Lebender noch als Toter, sein Blut hatte kein weiteres Blutvergießen nach sich gezogen, nur eine abgefackelte Außenterrasse und einen Fensterladen, der von einem Brandsatz aus den Angeln gerissen wurde.

Obwohl man ihn also seit einer Weile nicht mehr gesehen hatte, wusste jeder, dass die »Poseidon Tours« an eine ausländische Firma verkauft worden waren, genauso wie das Vier-Sterne-Hotel auf der Klippe, in dem die Touristen abstiegen, die von »Poseidon Tours« durch Kampanien, Kalabrien und Sizilien kutschiert wurden, an diese oder eine andere ausländische Firma verkauft worden war.

Und genauso wusste jeder, dass es im Dorf ein halbes Dutzend Burschen gab, die allabendlich auf ihren Mofas davonfuhren und erst spätnachts wieder zurückkehrten und die sich nachmittags herumtrieben oder in der Bar abhingen. Und jeder wusste, dass Gerardo Esposito, Peppino Palma und Domenico Petrillo Autos fuhren, die zu groß und zu teuer waren, um von der Arbeit, der sie offiziell nachgingen, finanziert zu werden: leichtsinnige Typen, die sich früher oder später eine blutige Nase holen würden, es sei denn, Don Raffaele würde sie sich vorher zur Brust nehmen.

Melina hatte schneeweiße Haut, kohlschwarze Augen und Haare wie die Meduse, kleine Schlangen, die sich um ihre Schultern wanden. Sie war von antiker, ergreifender Schönheit, aber auch merkwürdig mit ihren Stimmungsschwankungen, mit ihrer hexenhaften Sensibilität, die sie Dinge erahnen ließ, bevor sie eintraten, immer mit einem Lied auf den Lippen. Nur aus Respekt ihrer Mutter gegenüber, der Lehrerin, hatte sie die Mittelschule mit Gut abgeschlossen, hatte nun aber keine Lust, noch weiter auf die Schule zu gehen.

»Wozu soll das gut sein?«

»Damit du nicht dumm wie eine Ziege bleibst.«

»Aber ich bin nicht dumm. Ich weiß schon eine ganze Menge.«

»Das meinst du. Nein, du machst weiter, wie deine Brüder.«

»Aber ich bin ein Mädchen. Ich will heiraten und nicht arbeiten gehen wie die Männer.«

»Bin ich etwa ein Mann?«

»Nein.«

»Aber ich gehe doch arbeiten.«

»Mama, das ist doch keine richtige Arbeit. Außerdem hast du gesagt, du hörst bald auf.«

Hätte Melina sich nicht in Sicherheit gebracht, wäre Assunta die Hand ausgerutscht. Von wegen, keine richtige Arbeit! Jungen, die sich dauernd prügeln und immer unverschämter werden, sechsjährige Mädchen, die Fernsehsternchen nacheifern, mit lackierten Fingernägeln, Kosmetiktäschchen im Ranzen und vulgärsten Ausdrücken auf den Lippen. Sie hatte die Nase voll, auch wenn das ersehnte Kind von Tore und Graziella noch auf sich warten ließ.

Schließlich meldete Assunta die Tochter in der Landwirtschaftsschule des Nachbardorfs an und malte sich schon die allmorgendlichen Kämpfe aus. Zu ihrer Überraschung brachte Melina aber schon nach wenigen Wochen keine Ausreden wie Kopf- oder Bauchweh mehr vor, sondern stand morgens von allein auf, ohne dass man sie aus dem Bett zerren musste. Aus Büchern lernen mochte sie nach wie vor nicht, doch für die praktische Seite konnte sie sich begeistern. Für Boden, Samen und Pflanzen und die verschiedenen Aufzuchtmethoden hatte sie eine besondere Sensibilität, wie aus einer uralten Vertrautheit, aus tausendjährigem Wissen. Dem Wissen einer kleinen Hexe, dachte Assunta.

Kaum habe ich die Wohnungstür zugemacht, spielt mein Herz verrückt. Für diese Furcht, die einen hinterher befällt, muss es ein Wort geben, aber ich kenne es nicht. Wäre ich zu Hause, würde ich Oma fragen. Wenn ich wenigstens telefonieren könnte ... Aber das Telefon ist gefährlich wie eine Giftschlange, die unter einem Stein versteckt liegt und nur darauf wartet, dass einer sich nähert, damit sie zubeißen kann. Die hören die Telefone ab, oder sie haben Leute, die sie benachrichtigen, wer anruft oder angerufen wird. Deshalb dürfen wir nicht telefonieren: ich, weil ich sowieso kein Telefon habe, und die Extante, um nicht zu verraten, dass ich hier bin. Wenn Tante Graziella uns Nachrichten von zu Hause mitteilen will, schreibt sie einen Brief und wirft ihn in Neapel ein.

Mein Herz klopft immer noch wie wild. Um mich zu beruhigen, setze ich mich an meinen Platz am Fenster, so wie ich bin, mit Jacke, in die Stirn gezogener Kapuze und hochgeschlagenem Kragen. Ich schaue hinunter: Eine junge Frau verlässt den chinesischen Friseurladen, auch sie ist Chinesin, glaube ich, ihre Haare sehen aus wie eine schlecht gestutzte Hecke, mal lang, mal kurz stehen sie vom Kopf ab. Muss eine Mode hier aus dem Norden sein, oder aus China, bei uns habe ich so eine Frisur noch nie gesehen.

Wenn einem das Herz aus dem Leib springen will, muss man sich auf etwas konzentrieren, ganz egal was, und sich eine Geschichte drum herum ausdenken und sie wie einen Kaugummi in die Länge ziehen oder riesengroß aufblasen. Die kleine Chinesin mit den ungleichen Haaren. Ob ihre Mutter sie wohl ausschimpft und sagt: Bist du verrückt, was fällt dir ein, dich so verschandeln zu lassen? Oder ist ihre Mutter ganz modern und trägt das Haar genauso, in zwei oder drei Farben, natürliches Schwarz, gefärbtes Lila und Orange?

Die Signora, die die Grillbude betritt, will bestimmt ein Hähnchen. Aber um zehn Uhr morgens sind die Hähnchen noch nicht fertig, ich kann sehen, wie sie sich am Spieß drehen und das Fett auf die Kartoffeln tropft. Deshalb muss sie entweder eine Bestellung aufgeben und die fertigen Hähnchen später abholen, oder sie nimmt eins von gestern, kalt und trocken. Es ist keine gute Idee, morgens um zehn ein Hähnchen kaufen zu wollen, es sei denn, sie will Kroketten machen, dann ist eins von gestern sogar besser.

Die Schlüssel. Ich muss sie sofort an ihren Platz zurücklegen. Nachdem ich das restliche Geld und das Radio herausgenommen habe, verschwindet die Jacke im Schrank. Bei allem, was ich tue, muss ich vorsichtig sein, wie ein Spion. Oder wie ein Mörder. Eine Mörderin bin ich ja.

Rosaria fristete ein trostloses Dasein als einzige Tochter neben drei ungehobelten, dummen Brüdern. Der Vater benutzte als Erziehungsmittel oft den Gürtel, und die Mutter nahm die Szenen und Schläge resigniert hin wie Sturm und Regen. Um so wenig wie möglich zu Hause sein zu müssen, hatte Rosaria früh zu arbeiten begonnen, erst als Verkäuferin im Lebensmittelladen, später als Kellnerin im Restaurant Dei Cavalieri. Schwarz, versteht sich, und für einen Hungerlohn, doch weil sie flink und freundlich war und sich bei den Bestellungen nie vertat, bekam sie ordentlich Trinkgeld. Und da man im Dei Cavalieri wirklich gut essen konnte, stieg die Zahl der Gäste von Monat zu Monat, sodass Rosarias Knöchel abends um elf, wenn sie Feierabend hatte, oft geschwollen waren und ihr der Rücken wehtat. Obwohl sie im Restaurant erst mittags anfing, musste sie schon um sechs aufstehen. Im Haus gab es viel zu tun, ihre Brüder Langschläfer verlangten, dass die Wäsche gewaschen und gebügelt wurde, das Haus geputzt war und abends das Essen auf dem Tisch stand. Und der Vater ließ selbst die Asche seiner Zigarre auf den Boden fallen, weil Frauen ja dazu da sind, auch noch die Asche wegzufegen, zusätzlich zu allem anderen. Allerdings gab es bei ihnen nur eine solche Frau, nämlich Rosaria, denn ihre Mutter hatte einen Bandscheibenvorfall, der sie Tag und Nacht plagte.

Eines Abends schenkte der Notar Polito, ein Stammgast, ihr einen aufmerksameren Blick als sonst und fragte:

»Sag mal, Rosaria, könntest du dir vorstellen, mal was anderes zu machen?«

Sie stellte ihm die Miesmuscheln hin und sah ihm direkt ins Gesicht. Der Notar stand nicht im Ruf, ein Schürzenjäger zu sein, er galt als anständiger Mensch.

»Kommt darauf an ... worum geht es denn?«

»Ich hätte dich gerne als Angestellte bei mir im Büro. Du könntest sitzen, fast die ganze Zeit.«

»Und die Bezahlung?«

»Nach Tarif. Und ich melde dich offiziell an.«

»Aber ich weiß nicht, was eine Angestellte zu tun hat.«

»Das lernst du schon. Du bist ja nicht auf den Kopf gefallen, soweit ich sehe.«

»Vielen Dank, Signor Polito. Morgen spreche ich mit meinen Eltern darüber und sage Ihnen dann Bescheid.«

Am nächsten Morgen sprach sie aber keineswegs mit ihren Eltern darüber und machte auch nicht die üblichen Hausarbeiten, sondern fuhr mit dem Vorortzug nach Pompeji, wo es ein Büro der Gewerkschaft gab. Sie erfuhr, dass sie mehr als im Restaurant verdienen würde, Trinkgeld eingerechnet vielleicht ein bisschen weniger. Dafür galt eine Angestellte aber auch viel mehr als eine Kellnerin.

So fing sie also bei dem Notar an, und dort sollte ihr Lebensweg den von Ubaldo Manconi kreuzen.

Die Wohnung ist nun voller Stimmen und Musik. Durch das Radio fühle ich mich wie unter Leuten. Ich kann zwar nicht mit ihnen sprechen, aber es ist trotzdem schön, und eine große Rednerin war ich sowieso nie. Es hat sogar mal eine Zeit gegeben, da bin ich richtig verstummt. Über ein Jahr lang, fast zwei, sagte ich kein Wort. Anfangs wollte ich die Wörter mit Gewalt aus meinem Körper rausziehen, wo sie schon warteten, doch es war, als würde eine versiegelte Tür sie daran hindern. Irgendwann gab ich es auf. Stumm zu sein war nicht weiter unangenehm, nur dass die anderen bei jemandem, der nicht spricht, glauben, er sei auch taub. Oma, Opa, Tante, Onkel und Angela natürlich nicht, aber die Leute draußen, die Fremden. Sie hielten mich für taub, stumm und doof, und deshalb redeten sie unverblümt in meiner Gegenwart, als wäre ich ein Paket oder ein Tisch. Vieles habe ich erst später verstanden, als ich wieder zu sprechen begonnen hatte und älter war, und wenn es mir nach und nach wieder einfiel, stieg eine Sauwut in mir hoch und ich hätte am liebsten nach diesen Leuten getreten.

Die Menschen sind meist nicht besonders nett zueinander, und Kinder können noch grausamer sein. In Märchen und Schulbuchgeschichten sind Kinder höchstens ein bisschen frech, halten sich manchmal nicht an das, was man ihnen sagt, essen zu viel Schokolade, ziehen einen

Hund am Schwanz oder zerbrechen oder verlieren unabsichtlich wertvolle Gegenstände. Aber wirklich schlimme Dinge machen sie nie, sie beleidigen niemanden und schlagen keine Schwächeren, beklauen und demütigen sie nicht. Die Mädchen und Jungen aus meiner Schule waren richtige Ekel, die mich in der Pause in die Ecke drängten und mir im Chor zuriefen, »Stumm dumm, stumm und dumm« und versaute Gesten machten. Alle außer Gennarino, der mit mir gehen wollte und zu mir sagte, dass er mich mochte und ich schön sei. Ich mochte ihn auch, aber mit ihm gehen wollte ich nicht, weil mit seiner Haut irgendwas nicht stimmte und er an manchen Stellen roten Schorf hatte und weil die Pärchen in der Grundschule sich heimlich, wenn die Lehrerinnen nicht hinsahen, Küsschen gaben und ich nicht auch so roten Schorf bekommen wollte. Aber ich habe ihn immer gut behandelt, und als ich wieder anfing zu sprechen, sagte ich zu ihm, dass ich ihn auch schön fände, obwohl das nicht stimmte.

Als ich wieder anfing zu sprechen, sind viele komische Sachen passiert. Vor allem kapierten es die Leute nicht, dass ich sie verstand und passende Antworten gab (wenn ich Lust dazu hatte), dass ich also gar nicht so doof war und sogar genauso gut und flüssig lesen gelernt hatte wie meine Klassenkameraden. Ein Wunder, sagten sie, es ist ein Wunder. Aber ich war nicht im Geringsten verwundert, ich war ja wie vorher auch, nur dass meine Stimme jetzt wieder rauskam.

Dann ist etwas in mir drin passiert, plötzlich habe ich mich stark gefühlt und nicht mehr in die Ecke drängen lassen. Irgendwie muss ich einen anderen Blick bekommen haben, oder was weiß ich, jedenfalls haben sie ziemlich aufgehört mich zu quälen. Und in der vierten Klasse, als Moreno hinterrücks meinen Rock hochhob und mir seine Hand in die Unterhose steckte und ich ihm als Antwort einen solchen Tritt zwischen die Beine gab, dass er ohnmächtig wurde, haben sie es dann ganz sein lassen.

An dem Tag regnete es, und ich hatte meine brandneuen genagelten Stiefel an, deshalb musste man ihn in die Ambulanz fahren, und mich hat die Schule zur Psychologin geschickt. Einer anderen diesmal, nicht zu der aus Neapel, wo ich mit Oma oder Opa hinfuhr, als ich stumm war, und die Maria Christina hieß und mir Bildchen gab, die ich so in eine Reihe legen musste, dass sie eine Geschichte erzählten, und immer wenn ich sie richtig hinlegte, erleichterte Schreie ausstieß, als hätte ich Gott weiß was vollbracht. Dabei war es nur ein Spiel für Kleinkinder.

Nach ein paar Sitzungen gab ich Oma Assunta zu verstehen, dass ich diese Spielchen leid war, und sie sagte nur: In Ordnung, wie du meinst. Und abends sagte sie ganz leise, weil sie dachte, ich wäre im Garten, zu Opa: Lassen wir diesen Unsinn mit den Bildchen, die Kleine ist intelligent, und wenn es so weit ist, wird sie schon wieder sprechen.

Die Schulpsychologin hingegen war mir sofort unsympathisch, ich fand nämlich, dass sie sich eigentlich nicht mit mir, sondern mit Moreno unterhalten müsste, schließlich hatte der ja angefangen. Deshalb war ich nicht sehr kooperativ (wie sie sagte). Ich antwortete auf keine ihrer Fragen und sah sie nur an. Ein schwieriger Fall, sagte sie mit einem Seufzer nach der Stunde zum Direktor, in meiner Anwesenheit, als wäre ich wieder zu einem Paket oder Tisch geworden. Es blieb dann bei der einen Sitzung, weil

Oma Assunta plötzlich der Kragen platzte: Sie wollten wohl, dass ich wieder stumm würde, was? Ein Tritt in die Eier sei genau die richtige Antwort, wenn einem einer an die Wäsche geht!

Im Radio spielen sie jetzt Musik, und ich bekomme Lust zu tanzen. Davor kamen Nachrichten.

Ich komme darin nicht mehr vor, und der Sohn von Don Raffaele auch nicht. Aber wer weiß, vielleicht haben die landesweiten Sender sowieso nie darüber berichtet.

Endlich wurde Graziella doch noch schwanger und gebar ein Mädchen, das sie Angela nannten. Ein äußerst zartes, schmächtiges Wesen, das sich erst mit zwei Jahren berappelte und bis dahin das Sorgenkind der Familie war. Da es bei der Geburt Komplikationen gegeben hatte, konnte die Mutter nicht mehr schwanger werden, Angela würde ein Einzelkind bleiben. So versetzte jedes Fieber die ganze Familie in Angst und Schrecken, außer Melina. Sie war stets die Erste, die Angela in den Arm nahm und mit Küssen und Kosenamen überschüttete, und die Kleine lachte fröhlich mit ihrem zahnlosen Mündchen. Und Angela verliebte sich in Melina, wie die sich Jahre zuvor in ihren Bruder Salvatore verliebt hatte. Wenn alle am Tisch versammelt waren und sie in die Runde schaute, musste Assunta sich verstohlen die Tränen wegwischen: Das Leben hatte es gut mit ihr gemeint. Auch wegen Antonio machte sie sich kaum noch Sorgen: Er war gesund, beruflich ging es aufwärts, und er hatte sich in einem ruhigen Brüsseler Vorort eine Wohnung gekauft. Früher oder später würde sie einmal hinfahren, weil sie neugierig war auf diese Wohnung mit kleinem Garten in einem Mehrfamilienhaus. Schade nur, dass er keine Familie gegründet hatte, aber die eigenen Kinder, sagte sie sich nun nicht mehr zum Trost, denn getröstet war sie bereits, die eigenen Kinder sind nun mal wie Blätter, die hinfallen, wohin der Wind sie trägt, und nicht immer nahe bei dem Zweig, von dem sie sich gelöst haben.

Don Raffaele trat immer seltener öffentlich in Erscheinung. Seine Gegenwart war noch immer deutlich spürbar, nichts geschah, ohne dass er seine Finger im Spiel hatte, aber sozusagen behandschuht, ohne Grausamkeiten. Auch Justitia schien ihn vergessen zu haben: kein laufendes Verfahren gegen ihn, nur Lappalien, die dank der Hilfe von Anwälten und befreundeten Politikern sang- und klanglos im Sand versickern würden.

Ein paar Monate später erfuhr man den Grund für diese Zurückhaltung: Eine nicht näher bezeichnete Krankheit hatte den Boss geschwächt und zwang ihn immer öfter zu heimlichen Aufenthalten in einer Luxusklinik, deren Besitz mit komplizierten juristisch-steuertechnischen Kniffen natürlich ihm selbst zugeschrieben werden durfte. Doktor De Lucia, der einstige Dorfarzt und ein Gentleman, der es stets verstanden hatte, nicht in die Geschäfte des Boss hineingezogen zu werden, mutmaßte eine Niereninsuffizienz, sagte aber nichts, nicht einmal zu Salvatore, der sein Vertrauter geworden war, seitdem er ihm umsonst den VW Käfer reparierte, der mittlerweile auch schon das Pensionsalter erreicht hatte.

»Wann schmeißen Sie endlich diese Rostlaube weg, Dottore? Sehen Sie nicht, dass er aus dem letzten Loch pfeift?«

»Ach, solange er noch pfeift… Er ist doch nur ein bisschen erschöpft. Gib ihm was aus deinem Arztkoffer, dann läuft er wieder wie früher.«

»Wie vor vierzig Jahren, meinen Sie?«

»Nun übertreib mal nicht, er ist erst sechsunddreißig.«

»Ein richtiger Jungspund!«

»So ist es.«

»Ein Jungspund, der zweimal im Monat reanimiert werden muss.«

»Was? Du willst dich doch nur vor der Arbeit drücken. Bist wohl auch zu einem dieser Jünger der Wegwerfgesellschaft geworden, die die Welt mit Müll übersät und uns alle vergiftet, was?«

»Im Vergiften hält sich Ihr Auto auch nicht gerade zurück.«

»Dann setz einen Filter ein, einen Kühlergrill, was weiß ich, irgendeinen von deinen Teufelsapparaten.«

»So was gibt es dafür nicht. Sie werden sich damit abfinden müssen, ein neues Auto zu kaufen.«

»Richte du erst mal das alte wieder und lass alles andere meine Sorge sein.«

Um das Auto herzurichten, blieb Salvatore nach Feierabend in der Werkstatt, und der Chef drückte wegen der kostenlosen Reparatur ein Auge zu, weil Doktor De Lucia in seiner aktiven Zeit die halbe Einwohnerschaft des Dorfs kostenlos behandelt hatte, jene, die nicht zahlen konnten ebenso wie jene, die behaupteten, sie könnten nicht zahlen, obwohl sie es gekonnt hätten.

Schließlich sickerte durch, der Boss sei ganz abgemagert und werde immer blasser, geradezu gelb, und man habe ihm zu Hause Maschinen aus dem Krankenhaus hingestellt. Rund um die Uhr werde er von einem philippinischen Arzt oder Pfleger umsorgt, und die Geschäfte besorge immer öfter Ciro, der älteste Sohn und Erbe.

Hoffen wir, dass es so weitergeht wie bisher, dachten alle, den Alten können wir einschätzen, im Grunde haben die Hotels, Touristenbusse, Pizzerien und Restaurants an der Küste Arbeitsplätze geschaffen, und wer Drogen kauft, ist selbst dran schuld. Wer keine will, dem steckt auch keiner welche in die Tasche. Das Schutzgeld? Eine Steuer wie jede andere, wie die des Staates, der uns nichts dafür gibt, während Don Raffaele immerhin das Feuerwerk zum Dorffest bezahlt und den Schwestern im Kindergarten eine funkelnagelneue Küche spendiert hat, sodass die Kinder jetzt keine Pausenbrote mehr von zu Hause mitbringen müssen, sondern ein richtiges Essen bekommen, wie es sich gehört, wie im Norden, wo jeder Kindergarten so eine Mensa hat.

Ich zieh den Teig aus und denk an dich … singe ich, den Text eines Liedes aus dem Radio verhunzend, während ich den Blätterteig in die Länge ziehe. *Und denk an dich …* und in der Zwischenzeit fliegen meine Gedanken zu dem jungen Mann vom Bücherstand, Grünauge. So um die zwanzig dürfte er sein, soviel ich an dem bisschen Gesicht erkennen konnte, das nicht bedeckt war. Keine Ekzeme, keine Pickel, nur die Nase ein bisschen gerötet von der Kälte. Und mit schönen Händen, zumindest die rechte, von der er den Handschuh abgestreift hat, um das Buch aus einer Kiste hinter dem Verkaufstisch zu holen. Und wenn die rechte schön ist, ist es die linke auch.

Ich achte immer auf die Hände der Leute, sie sagen so viel aus. Wenn einer nervös und unsicher ist, sind die Nägel ganz abgekaut, und drum herum sieht man die roten Spuren von den kleinen Hautstreifen, die mit den Zähnen abgezogen wurden; wenn einer sich wenig wäscht, hat er schwarze Trauerränder unter den Nägeln; einer mit Schwielen und Hornhaut verrichtet schwere Arbeit; wer die Nägel ganz lang trägt, also meist Frauen, spült kein Geschirr, strickt nicht und näht nicht.

Die Nägel von Grünauges Händen sind ordentlich geschnitten, aber nicht manikürt.

In der Erinnerung sehe ich, wie seine Hand mir das Buch reicht und das Geld nimmt. Das Buch habe ich noch nicht geöffnet, das hebe ich mir für heute Abend auf, wenn die Tante zu Alfonso fährt.

»Haben Sie meine Papiere fertig?«, fragte Ubaldo Manconi die Sekretärin von Notar Polito.

»Einen Augenblick, ich schaue mal nach«, antwortete Rosaria.

Seit fünf Jahren war sie nun schon bei dem Notar angestellt und hatte sich so gut eingearbeitet, dass alles durch ihre Hände ging, doch sie hatte keinen Schimmer, welche Papiere gemeint sein könnten. Dieser Professore Manconi musste direkt mit dem Notar gesprochen haben, außerhalb der Kanzlei.

Nach ein paar Minuten kehrte sie zurück: Der Notar hatte die Angelegenheit vergessen, die Papiere waren nicht fertig. Aber zu Manconi sagte sie:

»Die Angelegenheit hat sich wegen eines Computerabsturzes auf dem Katasteramt verzögert. Brauchen Sie die Dokumente dringend?«

»Eigentlich nicht, aber...«

»Ich kümmere mich gleich darum und rufe Sie an, sobald ich die Sache erledigt habe.«

»Danke, das ist sehr freundlich von Ihnen, Signorina...«

»Rosaria.«

»Ein schöner Name. Traditionell. Nicht wie die heutigen mit all diesen ausländischen Lauten.«

»Ihr Name ist auch schön.«

»Es ist der Name meines Großvaters mütterlicherseits.«

»Und väterlicherseits, wenn Sie verzeihen?«

»Äh ... der hieß Nicanore.«

Rosaria musste ein Lächeln unterdrücken.

»Auch sehr traditionell, aber ein bisschen ... anstrengend.«

»Tja, ein Glück, dass meine Mutter zu entscheiden hatte.«

»Ach ja, die Signora Marchesa, Friede ihrer Seele, das war eine echte Dame von Welt.«

»In der Tat. Also, Sie rufen mich an?«

»Sobald wie möglich, seien Sie unbesorgt.«

Rosaria kümmerte sich persönlich um die Papiere von Ubaldo Manconi (es ging um einen Grundbucheintrag, der nach dem Tod des Vaters noch nicht vorgenommen worden war) und rief ihn auch persönlich an, um ihm mitzuteilen, dass sie fertig waren. Unterdessen kaufte sie sich einen neuen BH und in der Parfümerie Puder und teure Wimperntusche.

»Du siehst aus wie eine Nutte«, lautete der Kommentar ihres Vaters, als sie an dem Morgen geschminkt und mit vorstehenden Brüsten aus dem Haus ging.

»Sie sehen aus wie frisch erblüht«, meinte hingegen Ubaldo Manconi, als er in der Kanzlei vorbeischaute.

»Ach, danke, neulich war ich etwas erkältet, das macht ein bisschen blass.«

»Was meinen Sie, hätten Sie Lust, zur Feier Ihrer Genesung mit mir einen Aperitif trinken zu gehen?«

»Gern.«

»Um wie viel Uhr haben Sie Feierabend?«

»Um halb sieben.«

»Dann warte ich um halb sieben unten auf Sie.«

»Du hast einen Brief von deinen Eltern bekommen«, sagt die Tante, als sie hereinkommt.

»Von Graziella?«, frage ich.

»Ja, wie immer. Auf dem Briefpapier des Autohändlers, adressiert an meinen Notar. Ein Glück, dass ich die Post immer als Erste durchsehe.«

»Was schreibt sie?«

»Sie schreibt, dass es allen gut geht und man von diesem Enzino nichts weiter gehört hat. Lies selbst. Ach ja, und sie schreibt, dass sie bei ›Bitte melde dich!‹ auftreten wollen.«

»Wer?«

»Deine Familie.«

»Wozu das denn?«

»Na, um dich zu suchen. Also, um so zu tun als ob.«

»Und wer soll das machen?«

»Deine Oma und Salvatore. Dein Opa besser nicht, schreibt sie, der ist nicht gut beieinander. Und Graziella auch nicht, ich weiß nicht, warum.«

»Weil sie angeheiratet ist und das weniger zählt. Und mein Papa?«

»Ach, deinen Vater lässt man aus der ganzen Sache besser raus.«

»Aber wieso bei ›Bitte melde dich!‹?«

»Weil doch erst die Sache mit Marika passiert ist und jetzt die mit dir.«

»Aber das ist riskant. Wenn mein Foto erst mal im Fernsehen zu sehen war, werden alle mich erkennen.«

»Wer soll dich denn erkennen, wenn du nicht nach draußen gehst?«

»Stimmt auch wieder.«

»Und außerdem siehst du mit der Jungenfrisur völlig verändert aus. Aber die Hauptsache ist, du gehst nicht nach draußen. Willst du den Brief nicht lesen?«

»Doch, doch. Gleich nachher.«

»Ist die Pastiera abgekühlt?«

»Ich habe sie extra schon heute Morgen gemacht. Jetzt ist alles gut durchgezogen.«

»Alfonso werde ich sagen, ich hätte sie gemacht, bevor ich zur Arbeit bin. Stört dich das?«

»Ich kenne Alfonso doch gar nicht, und er weiß nicht, dass ich hier bin. Oder hast du es ihm erzählt?«

»Natürlich nicht! Stell dir vor, er verplappert sich ... nein, er weiß nichts. Ich stelle mich jetzt unter die Dusche, lass schon mal die Rollläden herunter.«

»In deinem Zimmer auch?«

»Ja, ich schlafe heute eh nicht hier. Ach, hör mal, tut mir leid, aber ich hab vergessen, dir zu sagen, du sollst dir eine kleine Pastiera für dich machen.«

»Macht nichts.«

Macht gar nichts, weil ich nämlich selbst daran gedacht und eine kleine Portion für mich abgezwackt habe. Sie steht versteckt in der Kammer, zusammen mit Radio und Buch. Das hat's noch nie gegeben, dass ich eine Pastiera mache und nicht wenigstens einen Happen probiere.

Aber die Sache mit »Bitte melde dich!« ist mir gar nicht recht.

Das Unglück kam unmerklich, wie eine Blindschleiche, die sich durch den Spalt unter der Tür hindurchwindet, und da anfangs nichts auf eine Bedrohung hindeutete, machte sich niemand sonderlich Sorgen.

Bei Melina hatten die Klassenkameraden der Landwirtschaftsschule nie einen Annäherungsversuch unternommen, sie hatten sofort begriffen, dass sie eine Nummer zu groß für sie war. Zu schön, zu wild, zu eigen. Im Klassenzimmer saß sie mit verträumter Miene da, versunken in einer unzugänglichen Welt, im Treibhaus und in der Gärtnerei hingegen war sie konzentriert und unnahbar. Manchmal hörte man sie ganz leise singen, nur für sich selbst, doch keine neapolitanischen Lieder und auch keine aktuellen Hits, eine Art Wiegen- oder Schlaflied, von dem sie nur die ersten Worte aufschnappten: *In der Stadt Mantua* ... Sie begehrten, fürchteten und verabscheuten sie zugleich.

Auch die Männer auf der Straße konnten sie einfach nicht ignorieren, doch sie tat, als würde sie ihre Blicke gar nicht sehen, als wäre sie blind. Und so verhallten die Pfiffe und die mehr oder weniger ordinären Bewunderungsrufe der Burschen fruchtlos, ohne Spuren zu hinterlassen. Assunta, die zwei Jungen aufgezogen hatte, wusste nicht recht, wie sie mit Melina verfahren sollte: Natürlich hatte sie ihr das sittlich-moralische Erziehungsrepertoire der

Frau von A bis Z gepredigt, doch sie war sich nicht sicher, ob Melina sich wirklich einfügen würde.

»Vergiss nicht, meine schöne Tochter, die Männer wollen immer nur das eine.«

Melina lächelte still und abwesend.

»Und nachdem sie es gekriegt haben, knöpfen sie sich einfach den Latz zu und verschwinden auf Nimmerwiedersehen.«

Melina nickte und dachte an die Zitronenableger.

»Wenn du ihnen den kleinen Finger reichst, fühlen sie sich aufgefordert, die ganze Hand zu nehmen, und danach gehen sie dir mit ihren Händen überallhin, bis zur Unterhose.«

Melina fuhr sich mit den Fingern durch ihr Schlangenhaar.

»Und wenn sie bei der Unterhose angelangt sind, ist es zu spät, dann gibt es kein Zurück mehr.«

Melina wandte sich der Mutter zu:

»Wann kochst du eigentlich mal wieder Sartù?«

»Sag mal, hörst du mir überhaupt zu, wenn ich mit dir rede?«

»Ja, Mama, keine Sorge.«

Diese Antwort beruhigte Assunta zwar einigermaßen, aber in ihrem Kopf blitzte ein leiser Zweifel auf, weil Melina sich einfach zu wenig mit gleichaltrigen Jungs abgab: keine Verehrer, kein fester Freund oder wenigstens einer, der es werden wollte, samstagabends ging sie nicht mit ihren Altersgenossinnen in die Disco, sondern blieb zu Hause oder fuhr mit Graziella und Salvatore ins Kino im Nachbardorf. Und sonntags kümmerte sie sich um den Gemüsegarten, der es mittlerweile aufs Titelblatt einer

Gartenzeitschrift hätte bringen können. Zu viel des Guten ist nicht gut, brummte die Mutter manchmal vor sich hin.

Eines Tages dann schaffte es ein Männerblick, Melinas Rüstung der Gleichgültigkeit zu durchbohren, ein Blick, der zugleich ein wenig spöttisch und voll feurigem Verlangen war. Diesem Blick schenkte sie ein Lächeln und drehte sich um, ob er ihr folgte. Er, und nicht nur sein Blick, kam hinter ihr her und war mit wenigen Schritten an ihrer Seite.

Seit Ciro in die Geschäftsleitung eingestiegen war, hatten sich die Interessen Don Raffaeles ausgeweitet. Die neue Goldgrube fand sich in der Vergabe öffentlicher Bauaufträge, die neuen Einfluss und neues Geld bescherten. Aus dem Nichts entstanden ein halbes Dutzend Baufirmen mit Papieren, die auf den ersten Blick ordnungsgemäß schienen, bei näherem Hinsehen aber weniger echt waren als die chinesischen Rolexuhren, die die jugendlichen Ganoven vertickten.

Verschiebung gestohlener Autos ins Ausland, geheime Werkstätten für gefälschte Markenware, Schutzgeld bei jeder Art unternehmerischer oder kaufmännischer Aktivität, Hotels, Restaurants, Pizzerien und Transportunternehmen, in die das schmutzige Geld investiert und aus denen neuer Gewinn gezogen wurde, natürlich Drogenhandel, aber keine Prostitution, weil Don Raffaele, was das anging, moralische Skrupel hatte. Zumal es in dieser Branche Konkurrenten gab, mit denen er sich lieber nicht anlegte. Als Ciro sich dort engagierte, tat er es deshalb ohne Wissen des Vaters, und das Morden begann: anfangs nur Fußvolk, kleine Zuhälter und manchmal auch eins der unglücklichen Mädchen, die sich hinter Büschen oder neben geparkten

LKWs den Freiern hingaben. Doch irgendwann begann jemand – auf dieser oder jener Seite – höher zu zielen, die Bosse ließen ihre Autos panzern, und ihre Sachverwalter rasten nun in Geländewagen durch die Gegend, die arrogant und brachial wirkten wie Militärfahrzeuge.

Mein erster erfundener Freund war ein Hund, Toto. Also, den Hund gab es wirklich, ein wunderschöner weiß-schwarzer Mischling mit Schlappohren, den Mama als Welpe neben einer Mülltonne gefunden hatte, wo er vor Hunger und Verlassenheit zitternd kauerte. Mama hob ihn hoch und fragte mich: Sollen wir ihn mit nach Hause nehmen? Damals hatte ich noch keine erfundenen Freunde, ich hatte ja Mama. Papa war fast die ganze Zeit mit dem Bus unterwegs und fuhr Touristen durch die Gegend, den sahen wir nicht oft. Ich spielte mit Toto und warf einen Ball für ihn, aber mein Freund wurde er erst später, nachdem ich verstummt war.

Oma und Opa holten mich dann ja zu sich, zusammen mit dem Hund. Der jaulte die ganze Zeit, und als sie mich zum Schlafen zu Angela ins Zimmer steckten, sprang er aufs Bett und legte seinen Kopf neben meinen aufs Kissen. Oma wollte ihn vom Bett scheuchen, aber dann schaute sie mich an, schüttelte nur den Kopf und ließ ihn, wo er war.

Als ich verstummt war, hatte ich kaum Freunde, ich konnte mich ja nicht mit ihnen unterhalten. Andere Stumme gab es nicht im Dorf, und meine Großeltern, Graziella, Salvatore und Angela begriffen zwar die wichtigen Dinge, aber anvertrauen konnte ich mich ihnen nicht. Da blieb nur Toto, zu dem ich mit den Augen und durch Streicheln sprach, und er antwortete mit Schwanzwedeln und Lecken und auch mit Winseln, Jaulen und Bellen, aber ganz leise, nur für mich. Eines Tages riss er aus, um seine Freundin Billa zu besuchen, eine Hundedame, und lief vor ein Auto, das viel zu schnell fuhr und nicht mal anhielt. Toto hatte nur die Pfote gebrochen, er hätte aber auch tot oder lebensgefährlich verletzt sein können, doch der miese Autofahrer tat, als ob nichts passiert wäre, und fuhr einfach weiter. Signora Vicedomini, eine Witwe, die immer vom Balkon runterschaute, weil bei ihr mal eine Knieoperation schiefgelaufen war und sie seitdem praktisch nicht mehr gehen konnte, benachrichtigte uns per Telefon. Ich holte Toto mit Oma ab und trug ihn nach Hause, wo Opa einen Tierarzt rief, der Pfote und Gelenk wieder zusammenflickte. Von da an konnte Toto nur noch mit Mühe laufen und mich nicht mehr auf meinen Ausflügen begleiten. Falls diesen Mistkerl mal einer so erwischen würde wie er meinen Toto, ich hätte kein Mitleid.

Annes erfundene Freundin heißt Kitty.

Ich habe begonnen, ihre Geschichte zu lesen. Anfangs hat mir das Buch, das Grünauge mir verkauft hat, nicht sonderlich gefallen, aber mittlerweile schon, denn Anne ist etwa so alt wie ich und leidet wie ich unter ihrer Gefangenschaft. Sie leidet auch unter der Tatsache, dass ständig Leute um sie herum sind und sie nie allein sein kann, was bei mir ja nun nicht der Fall ist. Deshalb kam mir der Gedanke, dass das Zuviel und das Zuwenig einander ähneln, es kann einem in beiden Fällen schlecht gehen, meine ich.

Heute Abend bin ich fast glücklich: Ich habe einen Brief von Zuhause, wo es allen gut geht, ich habe Salamifrittata, die kleine Portion Pastiera und eine Kakifrucht gegessen, die schon tropfte und honigsüß war, ich habe mich aufs Bett der Tante gelegt, die helle Nachttischlampe angeknipst und begonnen, Annes Buch zu lesen, und dabei denke ich ab und zu an ihn. Für meine Situation ist das ein richtiger Festtag.

Um halb sieben wartete Ubaldo vor der Kanzlei des Notars. Ein Mann aus gutem Hause wie er hält bestimmt Wort, der versetzt keine Mädchen, der macht sich keinen Spaß daraus, ihnen den Kopf zu verdrehen, hatte Rosaria den ganzen Nachmittag überlegt und ab und zu heimlich ihr Make-up im Taschenspiegel kontrolliert. Er ist kein Grobian oder Rüpel wie meine Brüder, er hat studiert, hat eine herrschaftliche Erziehung genossen … und währenddessen versuchte sie, ihre Fantasie im Zaum zu halten, was die möglichen Perspektiven dieses Treffens betraf.

Er benahm sich wie ein Gentleman, rückte den Stuhl beiseite, damit sie sich setzen konnte, fragte, ob sie etwas Antialkoholisches bevorzuge oder lieber ein schönes kühles Glas Greco di Tufo wolle, und während sie auf den Ober warteten, beklagte er sich über das schwüle Wetter, ein ordentliches Gewitter brauche es jetzt, gab dann noch die Bestellung auf und hatte damit sein Pulver verschossen. Nun war es an Rosaria, Themen zu finden, die ihn aus dem Zustand lächelnder Stummheit lockten, die um so peinlicher war, als sie auf der Terrasse der Bar Centrale saßen, unter den Blicken aller, die über den großen Platz gingen oder hinter den Läden von Fenstern und Balkonen spionierten.

»Sie sind also Lehrer, Sie Glücklicher.«

»Tja … etwas muss man ja machen.«

»Wie? Mögen Sie diese Arbeit nicht?«

»Doch, doch.«

»Das würde mir auch Spaß machen, aber ich konnte nicht lange zur Schule gehen, wie das so ist...«

»Ach...«

»Aber über Signor Polito kann ich mich nicht beklagen, er ist ein sehr anständiger Mensch, der mich gut behandelt.«

»Ja, ein anständiger Mensch ist er.«

Rosaria war verwirrt. Ein Grobian ist er nicht, dafür verstockt wie ein Ziegenbock, dachte sie, das kann ja heiter werden, mit dem die Abende zu verbringen. Auch Gentlemen können ungenießbar sein - Gentlemen bleiben sie trotzdem. Und während sie an ihrem Wein nippte und fieberhaft nach einem neuen Thema suchte, überraschte er sie mit der Frage:

»Mögen Sie Autos, Signorina Rosaria?«

Was ist das denn für eine bescheuerte Frage, dachte sie und antwortete:

»Na ja, heutzutage geht es nicht mehr ohne.«

»Nein, Oldtimer meinte ich.«

»Ach so, die finde ich toll, aber bei uns bekommt man so was ja kaum zu Gesicht.«

»Ich habe zwei in der Garage stehen.«

»Tatsächlich?«

»Sie haben meinem Großvater gehört.«

»Fahren Sie manchmal damit?«

»Sie sind nicht mehr fahrtüchtig.«

»Warum lassen Sie sie nicht reparieren?«

»Weil das eine ganz schöne Stange Geld kostet.«

»Na und? Ein guter Mechaniker...«

»Das teure sind nicht die Arbeitsstunden, sondern die

Originalersatzteile, die man von Gott weiß wo herbeischaffen muss.«

»Würden Sie denn gern damit fahren?«

»Ja, aber nicht hier im Dorf, sondern in Rennen, bei Oldtimertreffen. Das würde mir großen Spaß machen.«

Wieder waren sie an einem toten Punkt angekommen. Rosaria stellte sich Ubaldo in einem Oldtimer vor, wie sie sie nur aus dem Fernsehen kannte, und stellte ihn sich mit dunkler Schutzbrille, Seidenschal um den Hals und Handschuhen vor, während er auf dem Weg zu einem Oldtimertreffen durch die Gassen des Dorfes oder auf der Hauptstraße fuhr, unter den Grimassen und Spottrufen der Grobiane. Sie senkte den Blick auf ihr Glas, um das Lachen zu unterdrücken.

»Das Dokument, das Sie mir besorgt haben …«, fuhr er nach einer Weile fort.

»Ja?«

»Wenn ich das Grundstück bei Scianiello verkaufen kann, für das es einen Interessenten gibt, lasse ich einen der Wagen herrichten, vielleicht auch beide.«

»Aber die Gegend dort wird doch bald Bauland, ein Hotel soll da hinkommen, mit Swimmingpool, Tennisplätzen und allem Drum und Dran.«

»Ach, das kann sich noch ewig hinziehen.«

»Sie sind der Besitzer, aber wenn Sie ein paar Monate warten, erzielen Sie einen besseren Preis.«

»Nein, nein, das geht nicht.«

»Ich verstehe …«

»Was wollen Sie, so ist das nun mal.«

Erneutes Schweigen. Dieses Mal sehr, sehr lange, zumindest für Rosarias innere Uhr.

»Wenn Sie wollen«, raffte er sich schließlich auf, »zeige ich Ihnen die Autos mal an einem der nächsten Abende.«

»Gern, sehr gern.«

Es wurde dann keiner der nächsten Abende, sondern einer im nächsten Monat, als Rosaria für sich die ganze Sache bereits abgehakt hatte. Ubaldo rief sie in der Kanzlei an und holte sie direkt dort ab: Leider trug sie an dem Tag einen unvorteilhaften Rock und ein T-Shirt mit Schweißflecken unter den Armen.

Assunta hatte auf ihre Tochter gewartet. Die Hände in die Hüfte gestützt, in Kriegerpose.

»Raus mit der Sprache: Wo bist du gestern gewesen, statt in die Schule zu gehen?«

»Wer hat dir das erzählt? Die Karten oder eine von diesen geifernden Klatschtanten?«

»Antworte gefälligst! Wo bist du gewesen?«

»Spazieren. Die Sonne schien, und die Luft war so schön frisch, da bin ich spazieren gegangen.«

»Spazieren gegangen mit Nicola Schettino.«

»Stimmt, mit Nicola Schettino. Was ist daran falsch?«

»Alles. Er ist ein Schürzenjäger, der bei jedem Vollmond eine Neue hat, der es nicht ernst meint und keine guten Absichten hat. Und der in schmutzige Geschäfte verwickelt ist, schlechten Umgang hat.«

»Ist das alles?«

»Ist dir das nicht genug? Er arbeitet für Don Raffaele.«

»Aber was redest du da, Mama! Mit Drogen oder Prostitution hat er nichts zu tun, er hat einen ernsthaften Beruf, und die Freundin hat er ein paar Mal gewechselt, weil er noch nicht die Richtige gefunden hat.«

»Ernsthafte Arbeit? Er ist Fahrer im Hotel Le Sirene!«

»Na und?«

»Bist du so dumm, oder tust du nur so? Wem gehört denn das Hotel Le Sirene?«

»Don Raffaele, wie so ziemlich alles.«

»Und was glaubst du transportiert ein Fahrer für den Boss in seinem Bus? Lupinen und Kürbiskerne?«

»Was soll das? Er fährt die Hotelgäste zum Flughafen oder an die Strände oder nach Pompeji oder wo sie hinwollen.«

»Er fährt die Hotelgäste und ein paar Pakete.«

»Ach, Mama. Meinst du, einer, der heiße Ware für den Boss transportiert, der fährt einen Gebrauchtwagen, der kaum noch von der Stelle kommt?«

»Ach, in sein Auto bist du auch gestiegen? Und was hast du noch so mit ihm getrieben?«

»Wir haben miteinander geschlafen, Mama.«

Assunta wurde blass. Sie kannte ihre Tochter gut genug und wusste, dass sie machtlos war.

»Mama, ich habe mich in Nicola verliebt, und du musst mich schon umbringen, damit ich mich von ihm trenne.«

»Und er?«

»Er hat sich in mich verliebt.«

Nach Toto hatte ich ein Papiermädchen als Freundin. Die war doppelt erfunden, weil ich mit ihr redete, als ob sie lebendig wäre und weil sie aus einem Buch war. Obwohl ich damals schon wieder sprach, unterhielt ich mich still mit ihr, abends, bevor ich einschlief, oder in der Klasse, wenn der Unterricht zu langweilig war. Ich war fixer als meine Klassenkameraden, denen man alles zehnmal erklären musste, mindestens. Während die anderen mit Bruchrechnen oder Grammatikaufgaben kämpften, beschäftigte ich mich mit meinen eigenen Sachen. In der Zeit, als ich verstummt war, hatte ich etwas Wichtiges begriffen: Je weniger man sich zu erkennen gibt und zeigt, was in einem steckt, desto besser lernt man und desto eher lassen sie einen in Ruhe. Das funktionierte zwar nicht immer, aber es war einfacher, als sich ständig mit ihnen anzulegen.

Danach habe ich gelernt, mich zu wehren, aber oft habe ich mich trotzdem noch unsichtbar gemacht.

Meine erfundene Freundin hieß Dorothy, sie hatte einen kleinen Hund namens Toto, genau wie ich, und deshalb wurde sie gleich meine Freundin. Manchmal sind es gerade die kleinen Zufälle, die bewirken, dass man sich in einen Menschen, ein Tier oder einen Gegenstand verliebt, und Dorothys Toto sah auf den Zeichnungen genauso aus wie mein Toto, bis auf die Ohren. Ja, und heute Abend fehlt Toto mir mehr als Oma, Opa, Salvatore, Graziella und Angela. Vielleicht sollte ich so nicht denken, aber die Gedanken kommen und gehen, wie sie wollen. Läge Toto jetzt hier warm und weich neben mir, würde ich ihn fest an mich drücken, hinter den Ohren kraulen und gegen seine Schnauze pusten und mich weniger allein fühlen. Mann, würde die Tante ausrasten, wenn hier, in ihrem Bett, nicht nur ich, sondern auch noch ein Hund läge!

Manchmal bekomme ich Mitleid mit der Extante, die so ein freudloses Leben führt, die nur Alfonso hat, der noch nicht mal jede Woche kommt, und keine einzige Freundin. Obwohl sie jeden Morgen zur Arbeit gehen darf, kommt es mir vor, als würde auch sie im Gefängnis sitzen. Ein anderes Gefängnis, das sie selbst um sich herum errichtet hat, Stein für Stein, und sie merkt es noch nicht einmal, glaube ich. Jedenfalls gibt es neben den Kriminellen wie den Nazis, die Anne und die anderen gezwungen haben, wie Ratten im Versteck zu leben, und die sie hinterher getötet haben, auch die Verbrecher wie Don Raffaele, Enzino und ihre Leute, die ihre Mitmenschen umbringen oder ihr Leben zerstören, und es gibt außerdem die Leute wie die Tante, die sich selbst Böses antun und ihre eigenen Kerkermeister sind. Umgebracht haben sie mich nicht, aber mein Leben haben sie trotzdem zerstört.

Der *Bourbone* hatte es nicht leicht. Er hatte das Stück Land in Scianiello verkauft, was ihm wüste Beschimpfungen von Matilde eingebracht hatte:

»Was bist du nur für ein Mann? Lässt die Hosen runter, bevor man ihm den Gürtel rausgezogen hat! Nein, hättest du zu ihm sagen müssen, das Stück Land wird nicht verkauft, es gehört mir, und ich behalte es, solange ich will.«

»Und du meinst, die hätten das einfach hingenommen?«

»Was hätten sie schon tun können? Das Land liegt brach, das hätten sie ruhig anzünden können.«

»Und wenn sie die Villa angezündet hätten?«

»Jetzt übertreib mal nicht!«

»Hast du die Sache mit der Fabrik vergessen? Wie sie da angefangen haben?«

»Das ist doch ewig her! Inzwischen hält Don Raffaele sich zurück, er ist vorsichtiger geworden.«

»Aber Ciro nicht. Das Morden hat wieder angefangen.«

»Wegen einem Stück Land werden die dich schon nicht umbringen.«

»Ein Stück Land, auf das sie es abgesehen haben. Das mit einem Hotel drauf zur Geldwaschanlage wird.«

»Wärst du hart geblieben, hätten sie es woanders gebaut.«

»Ach ja? Und warum wolltest du dieses beschissene Stück Land dann nicht selbst, als wir das Erbe geteilt haben?«

»Weil das Land dem Mann zusteht, der es beackern soll.«

»Du weißt genau, dass es nichts abwirft!«

»Weil du dich nie dafür interessiert hast, als ob es dich nichts anginge.«

»Weißt du was, Matilde?«

»Was soll ich wissen?«

»Als Salvo dir einen Tritt in den Hintern gab, da hat er das große Los gezogen. Er hat sein Leben gerettet.«

Matilde presste die Lippen zusammen und schloss sich in ihrem Zimmer ein. Die Schmach, verlassen worden zu sein, quälte sie noch immer und drängte sie dazu, ihrerseits andere zu quälen.

Ubaldos Qualen nahmen auch in der Schule kein Ende. Während die Erinnerung an die Schenkel der Marchesa Maria Sofia beim Schulleiter langsam verblasste, wurde der Ärger über diesen Pseudo-Lehrer, der nicht lehren konnte, immer größer. Es war dem Direktor zwar vollkommen gleichgültig, dass die Kinder keine Ahnung von Mathe hatten, weil sie auch von Grammatik, Englisch und dem ganzen Rest nicht viel kapierten, und gleichgültig konnte es ihm auch sein, weil es nie eine Inspektion gegeben hatte und die Tests des Ministeriums, mit denen der Kenntnisstand der Schüler festgestellt werden sollte, sowieso von den Lehrern gefälscht wurden. Was ihn aber sehr wohl nervte, war der unerträgliche Krach aus den Klassenräumen, in denen Ubaldo Manconi Unterricht zu halten versuchte, und die Tatsache, dass seine Schüler stattdessen auf den Gängen abhingen, die Klos zuqualmten und durch die Treppenhäuser tobten. Es ging ihm auch mächtig auf den Geist, dass die anderen Lehrer hinter seinem Rücken schlecht über ihn zu reden begannen, weil er nichts unternahm und diesem verweichlichten Sohn einer Marchesa nicht den Marsch blies, mit anderen Worten: seine Pflicht nicht tat. Er hatte nicht übel Lust, diesem *Bourbonen* einen mächtigen Anpfiff zu geben, wollte aber dabei nicht den Anschein erwecken, als tolerierte er das Verhalten jener ausgebrannten Kollegen, die »Disziplin hielten«, indem sie den Schülern im Unterricht erlaubten, sich mit iPod, Karten spielen oder Pornoheftchen zu beschäftigen. Wenn er Ubaldo auf dem Gang begegnete, beschränkte er sich deshalb darauf, ihm missbilligende Blicke zuzuwerfen, und Ubaldo bemühte sich, möglichst wenig aufzufallen.

Nur mit einem traute er sich ein paar Worte zu wechseln, ohne Furcht, verarscht oder bemitleidet zu werden, und das war Domenico Schiano, der Vater von Graziella.

Melina war noch keine siebzehn, als sie schwanger wurde. Ohne Scham und ohne Reue.

»Mama, Nicola und ich werden heiraten.«

»Mach erst mal die Schule zu Ende, dann können wir darüber reden.«

»Nein, wir werden jetzt heiraten.«

»Du… du bist doch nicht…«

»Doch, ich bin schwanger.«

Um diesen Schlag zu verkraften (den sie im Grunde befürchtet hatte, seit Nicola aufgetaucht war), musste Assunta sich hinsetzen und erst mal wieder zu Atem kommen, während Melina ihr mit einem spöttischen Lächeln ein Glas Wasser brachte.

»Mama, es stirbt keiner, im Gegenteil.«

»Ihr Unglückseligen, wo habt ihr nur euren Verstand, ihr habt keinen Respekt, kein … ach, gar nichts habt ihr.«

»Ja, da hast du leider recht, er hat nämlich kein Geld, und ihr müsst uns ein bisschen helfen bei der Hochzeit, seine Eltern sind bettelarm.«

»Ach, ein großes Fest hättest du gern, vielleicht noch ganz in Weiß?«

»Quatsch! Wir brauchen Geld, um eine Wohnung zu mieten, er lebt nämlich in einem Loch ohne Sonne, was für mich okay wäre, aber nicht für das Kind. Und wir müssen ein paar Möbel kaufen, nur das Nötigste, bis er eine andere Arbeit gefunden hat.«

»Eine Arbeit bei Don Raffaele, jaja, eine, die schnell Geld bringt.«

»Mama, Nicola macht sich nicht die Hände bei Don Raffaele schmutzig. Mein Nicola ist Fahrer, und das wird er auch bleiben, weil er nur das gelernt hat.«

»Und du?«

»Ich kriege erst mal den Kleinen, oder die Kleine, dann sehen wir weiter. Eine Stelle bei einem Bauern oder in einer Gärtnerei finde ich jederzeit.«

»Und wo lässt du dann das Baby?«

»Das nehme ich mit.«

»Oder du lässt es bei mir.«

»Nein, Mama. Ich will es immer bei mir haben, außerdem will Nicola, dass wir in seinem Dorf leben.«

»Nicola will, Nicola sagt … Nicola schwängert dich, obwohl du noch nicht volljährig bist, und stellt sich uns nicht mal vor, als ginge uns das alles nichts an, als hättest du keine Eltern.«

»Er ist ein bisschen schüchtern.«

»Aber als er dich geschwängert hat, da war er nicht schüchtern, was?«

»Ich wollte es, Mama. Ich wollte etwas von ihm für immer haben, ich wollte, dass es zwischen uns eine Verbindung gibt, die sich nie löst, damit er nicht mit anderen rummacht und für immer mir gehört. Mir allein fürs ganze Leben.«

»Heilige Muttergottes, was bist du eine dumme Kuh! Du hast nichts vom Leben begriffen! Die Männer sind nicht wie Pflanzen, die nach deinen Vorstellungen wachsen, die du nach Gutdünken ausrichtest oder stutzt, bei denen es von dir abhängt, wo sie Wurzeln schlagen. Die Männer sind anders, sie müssen denken, dass sie die Entscheidungen treffen, nicht dass man sie beim Kragen packt, sie müssen denken, du hättest ihnen einen Gefallen getan, als du sie angeschaut und erhört hast… Aber du, du hast gleich die Beine breitgemacht und gesagt, da bin ich, nimm mich, ich stehe zu deiner Verfügung, mach was du willst, ich mache alles mit!«

»Nicola ist anders, und ich auch.«

»Du bestimmt, aber er ist wie die anderen.«

»Aber du kennst ihn doch gar nicht!«

»Nicht persönlich, aber ich weiß trotzdem, was für einer das ist.«

»Aus dem Geschwätz der anderen.«

»Genau. Wie dem auch sei, das Ei ist runtergefallen, dann gibt es jetzt eben Omelette. Wann gedenkt er sich vorzustellen?«

»Wann ihr wollt. Morgen Abend, wenn's euch passt, da hat er früher frei.«

Noch eine Witwenhochzeit, obwohl die Brautleute diesmal natürlich taufrisch waren. Fast noch heimlicher als bei Witwen, weil es vier Monate dauerte, bis sie endlich die Genehmigung für die Minderjährigenheirat und all die anderen nötigen Papiere beisammenhatten und Melinas Bauch da schon ziemlich dick war. Ohne weißes Brautkleid, weil das ein Affront gegen die Tradition gewesen wäre, ohne gesungene Messe, ohne Großaufgebot aus der Verwandtschaft. Eine eilige Zeremonie um elf Uhr an einem Samstag, danach ein Imbiss mit Salzgebäck, kleinen Pizzen, Tramezzini und Sfogliatelle, nur eine anständige Torte, die zweihändig angeschnitten wurde, die musste einfach sein, als Glücksbringer. Eine kurze Hochzeitsreise nach Rom und Florenz, in Nicolas zerbeultem Auto, praktisch ohne Geld, mit Brötchen und Cola zum Mittagessen, weil Melina nicht wollte, dass ihre Eltern das auch noch bezahlen mussten. Schließlich hatten sie schon die kleine Wohnung für die beiden gefunden und ausgestattet, die Miete auf ein Jahr im Voraus bezahlt, hatten, wie es Brauch ist, die Rechnung für den Hochzeitsschmaus übernommen, während die Eltern des Bräutigams, die Schettinos, Kühlschrank und Gasherd für die Küche beisteuerten.

Nur Hungerleider heiraten in unsere Familie ein, beklagte sich Assunta insgeheim. Sicher, Graziella war nicht mit Gold aufzuwiegen, freundlich und arbeitsam, wie sie war. Aber der Kerl, den Melina sich da angelacht hatte, der war nur schön, schön und dreist, von so einem hätte sie sich besser fernhalten sollen.

Melinas Glück währte anderthalb Jahre. Nicola war ein leidenschaftlicher Liebhaber, der sie so gierig nahm, dass sie fast ohnmächtig wurde vor Lust. Wenn er zu Hause war, abends, nachts, an Feier- und Ruhetagen, ließ er ihr keine Ruhe. Auch nach Immas Geburt flaute die Leidenschaft nicht ab, im Gegenteil, sie schien durch die Unterbrechung noch gesteigert und durch die Existenz dieses Geschöpfs, das von der Mutter die schwarzen tiefen Augen hatte und vom Vater das Grübchen am Kinn, genährt zu werden. Melina fand eine Halbtagsstelle in einer Gärtnerei und nahm das Kind in einem Körbchen mit, sodass sie es stets bei sich hatte. Sie stillte es und sang ihm danach *In der Stadt Mantua lebt' einst ein schönes Mädchen …* vor, damit es einschlief.

Dann fand Nicola eine neue Stelle als Busfahrer. Zwei Hotels an der Küste boten in Kooperation mit einem deutschen Reiseveranstalter zehn- oder vierzehntägige Aufenthalte an, mit Ausflugsfahrten oder Anschlussreisen nach Kalabrien, Apulien und Sizilien. Nicola holte die Reisegruppen am Flughafen von Neapel ab, begleitete sie auf Tagesausflüge und Reisen und brachte sie wieder zum Flughafen. Er übernachtete nun oft im Hotel, was Melina traurig machte. Doch das Jahr der bezahlten Miete ging zu Ende, und die Eltern noch einmal um Geld zu bitten, kam für sie nicht infrage. Windeln und Gläschen für das Kind waren teuer, da kam der höhere Lohn gerade recht. Weniger recht war ihr, dass Nicola so fern war, und auf ihrer Stirn grub sich eine senkrechte Falte ein. Melina litt unter der Trennung von Nicola wie unter einem Fieber, einer Krankheit, und als die aushäusigen Übernachtungen immer häufiger wurden, regten sich bei ihr erste Zweifel, die sich mit der Zeit zu einem handfesten Verdacht auswuchsen.

Schließlich ließ ein Hinweis aus dem Verdacht Gewissheit werden. Anfangs durch nebulöse Anspielungen, bis eines Nachts ein Zettel unter der Tür durchgeschoben wurde: »Nicola steht jetzt auf Blondinen.«

»Mit einer Blondine treibst du es jetzt? Rumhuren strengt dich wohl nicht an, da tun dir die Knochen nicht weh, was? Du widerlicher Bastard...«, attackierte sie ihn, als er am nächsten Abend nach Hause kam.

»Sei still, sonst hören dich die Nachbarn«, versuchte er sie zu beruhigen.

»Ich scheiß auf die Nachbarn, die wissen eh schon alle, dass du mich betrügst!« Melina stürzte sich zornig auf ihn.

Nicola packte ihre Arme und hielt sie fest, ließ sie nicht aus seinem Griff und suchte ihre Lippen. Im Bett schlossen sie Frieden, vergaßen das Abendessen, und schließlich war sie erschöpft, besänftigt - und unglücklich.

Unglücklich, weil sie nichts zu fragen gewagt und er nichts erklärt und auch nichts abgestritten hatte, unglücklich, weil sie nun wusste, dass der Zettel die Wahrheit sprach.

Ach, Blondinen kommen und gehen, garantiert sind sie es, die sich an ihn ranmachen, ihn provozieren und mit aufs Zimmer schleifen, weil er schön ist, groß, stark, braun gebrannt und mit diesem Grübchen, das die Küsse anzieht. Solche Männer gibt es im Norden einfach nicht, verständlich, dass sie bei seinem Anblick Lust bekommen, diese schamlosen läufigen Weiber, kommen nur her, um uns die Männer wegzunehmen, so versuchte Melina sich ein wenig zu trösten. Es ist das Neue an der Arbeit, er ist ihnen auf den Leim gegangen, schließlich ist er nicht der heilige Antonius, der den Versuchungen stets widersteht, er ist ein junger Mann mit heißem Blut.

Aber sie wusste, dass sie sich selbst belog.

Als Kind schlief ich im großen Bett, wenn Papa nicht da war, also fast immer, und ich atmete Mamas Wärme und Duft ein, ein angenehmer Duft nach Haut und Erde und Blättern und Zitronen und Blumen, den ich noch heute unter tausend anderen erkennen würde und den ich manchmal noch in der Nase habe, als wäre er echt. An Mamas Gesicht erinnere ich mich weniger, ich sehe es zwar vor mir, aber starr, das von den Fotos, nicht ihr wirkliches, wenn sie mich umarmte und streichelte und fest an sich drückte und Worte voller Duft und Farben sprach: Bella, bella, bella, du bist schöner als die Rose, die Peonie, die Malve, die Dahlie, der Mohn im Getreide, viel schöner als die Tomate und der Zitronenbaum ... und dann küsste sie mich ab. Sie hatte warme, weiche Lippen, und mir lief ein wonniger Schauer über den Rücken. An ihre Stimme erinnere ich mich auch nicht mehr, nur manchmal im Traum, und dann versuche ich vergeblich, sie mir zu merken.

Heute weiß ich, warum Mama traurig wurde. Morgens nahm sie mich mit in die Gärtnerei, und ich spielte in ihrer Nähe, doch wenn sie sang, veränderte sich der Klang ihrer Stimme, wirkte gezwungen, als täte sie das nur, um nicht nachdenken zu müssen. Wir leisteten uns Gesellschaft, erst sie und ich, später dann sie, ich und Toto. Papa fehlte mir nicht, es ging mir sogar besser, wenn er nicht da war, weil ich dann im großen Bett schlafen durfte. Später schlief ich auch dann im großen Bett, wenn er da war, und er in meinem Kinderbett in der Küche, das für ihn viel zu schmal und kurz war und aus dem seine Füße raushingen. Mama schlief wenig. Wenn ich nachts mal aufwachte, weil ich aufs Klo musste oder Durst hatte, lag sie da und starrte die Wand gegenüber an, als wäre dort ein Fernseher. Im fahlen Licht der Straßenlaterne, die neben dem Haus stand, schien Mamas Gesicht nur aus Augen zu bestehen. »Warum schläfst du nicht, Mama?«, fragte ich, und sie antwortete: »Ich schlaf jetzt gleich, keine Sorge, mach du schon mal die Augen zu.«

»Sie heult sich die Augen aus, sie isst fast nichts mehr und besteht nur noch aus Haut und Knochen, meine arme Tochter«, platzte Assunta eines Abends heraus, die erste Gabel Pasta in der Hand, »und alles nur wegen diesem feigen Schurken, diesem Scheißkerl!«

»Das Kind, Mama...«, versuchte Tore sie zu unterbrechen.

»Angela, meinst du? Angela soll nur mitbekommen, dass Nicola weniger wert ist als ein Haufen Hundescheiße, ein Rotzklumpen, eine Kotzepfütze, dass er schlimmer ist als das ekligste Aas auf Erden, schlimmer als ...«

»Mama, wir sind beim Essen!«

»Na und? Habt ihr plötzlich alle einen empfindlichen Magen? Bei den Wörtern wird euch übel, aber die Fakten schluckt ihr einfach so! Obwohl sie schwerer wiegen als Steine, auch wenn sie nach Rache vor dem Herrn schreien, obwohl meine Melina kaputtgeht... Dabei habe ich ihr doch gesagt, dass dieser Scheißkerl nur eins kann, nämlich den Reißverschluss seiner Hose runterziehen, aber nicht zum Pinkeln ...«

»Jetzt reicht's, Mama.«

»Im Gegenteil. Ich muss mir endlich mal Luft machen, ich hab viel zu viel runtergeschluckt. Erst hat er die Schlampen öfter gewechselt als die Unterhose, und jetzt fährt er nur noch auf eine ab, und das ist noch schlimmer.«

»Was sind Schlampen, Oma?«

»Böse Frauen, die den anderen die Ehemänner stehlen. Und die Schlampe, die Nicola gestohlen hat, heißt Helga, eine deutsche Talgfresserin. Was seid ihr nur für Männer, schlagt euch hier den Bauch mit Maccheroni voll, anstatt die arme Melina zu verteidigen, Stellung zu beziehen und dem Scheißkerl ein für alle Mal klarzumachen, dass man sich so nicht benimmt …«

»Was sollen wir denn machen, Assuntì, ihm eins überziehen, ihn umbringen?«

»Umbringen nicht, bei Gott nein, aber eine ordentliche Abreibung könnte nicht schaden.«

»Also, heute redest du vielleicht ein dummes Zeug daher. Meinst du, er würde sich ändern, nur weil wir ihn mal verprügeln?«

»Wer weiß. Was gebrochene Knochen sind, merkt jeder. Vielleicht überlegt er es sich dann zweimal, bevor er mit seiner Schlampe ins Bett steigt.«

»Und wir wandern ins Gefängnis, möchtest du das?«

»Ins Gefängnis, dass ich nicht lache! Den möchte ich sehen, der euch anzeigt! Außerdem seid ihr zu zweit, gegen zwei kommt er nicht an …«

»Bei allem Respekt, Mama, aber du hast nicht alle Tassen im Schrank. Papa ist sechsundsechzig und hat ein schwaches Herz, und ich …«

»Du bist gesund und könntest ihn dir ruhig mal vorknöpfen.«

»Nein. Wenn du willst, fahre ich hin und rede mit ihm …«

»Der pfeift doch auf deine Worte, der schmiert dir doch nur Honig ums Maul und verarscht dich.«

»Jetzt hör endlich auf, Mama. Iss lieber, sonst werden die Maccheroni kalt.«

»Ich habe heute keinen Hunger. Heute ist ein schwarzer Tag«, sagte Assunta und starrte die Gabel in ihrer Hand an.

Ubaldo Manconi beschloss, sein Leben grundlegend zu ändern. Das Haus verlassen, um die Schwester loszuwerden, oder sich eine andere Arbeit suchen, schaffte er nicht, dazu fehlte ihm der Mut. Aber heiraten konnte er, und so wenigstens den zweiten Spottnamen verlieren, mit dem seine Schüler ihn seit einiger Zeit bedachten: *Bourbonentunte*. Ob aus Faulheit, Bequemlichkeit oder Mangel an Initiative, jedenfalls fiel ihm Rosaria ein, die er zu einem Aperitif eingeladen und der er seine Oldtimer gezeigt hatte. Seitdem waren vier Monate vergangen, und Rosaria hatte Ubaldo längst abgehakt.

Auch sie wollte ihr Leben ändern: Eines Morgens hatte sie die Mutter tot aufgefunden, im Schlaf gestorben und schon erkaltet, mit geschlossenen Augen und vor der Brust gekreuzten Händen, als wollte sie so wenig Umstände machen wie möglich. Rosaria hatte die Mutter wecken wollen, bevor ihr Vater, dieses Tier, der schon herumpolterte, wenn er seinen Kaffee nicht heiß und mit der richtigen Menge Zucker vorfand, sie mit Tritten aus dem Bett beförderte. Ihr Leiden hatte ein Ende genommen, still und leise wie sie gelebt hatte, die arme Marì, und falls sie angesichts des nahenden Todes zufällig um Beistand gerufen haben sollte, hatte der Gatte es garantiert über seinem eigenen Gehuste und Geschnarche nicht gehört, in dem Rausch, den er sich jeden Abend antrank.

Zu Hause bleiben bedeutete für Rosaria, dass sie von nun an noch mehr die Dienerin und Köchin machen müsste und dafür von Vater und Brüdern nur böse Worte und lange Gesichter zu erwarten hatte, nebst Vorwürfen, sie gebe zu viel Geld aus.

»Ihr meint, ich gebe zu viel Geld aus? Ihr wisst doch, wie teuer alles ist, Fleisch, Käse, Kaffee, Putzmittel ...«

»Du steckst dir doch heimlich was in die eigene Tasche!«

»Geht doch selbst einkaufen, dann werden wir ja sehen.«

»Wir machen uns schon den Rücken kaputt, wir sitzen nicht den ganzen Tag auf dem fetten Hintern wie du.«

»Euch würde ich ja gern mal sehen, wie ihr meine Arbeit macht, euch bricht ja schon der Schweiß aus, wenn ihr nur einen Stift halten sollt, ihr wisst doch nicht mal, wie man einen Computer einschaltet!«

Der Vater hatte sich erhoben und hob drohend die Hand, doch anstatt sich wegzuducken, packte Rosaria ein Messer und sagte mit hartem Gesicht: »Wag es nicht!« Die Geste und der Klang ihrer Stimme ließ die Männer erstarren. Der Vater setzte sich wieder, und die Brüder saßen mit offenen Mündern da.

Tatsächlich behielt Rosaria ihr Gehalt nach dem Tod der Mutter vollständig für sich. Gemüse, Obst und Wein brachten Vater und Brüder von der Arbeit auf dem Land mit, den Rest kaufte sie vom Haushaltsgeld, das sie ihr gaben, und ein bisschen zwackte sie tatsächlich ohne Gewissensbisse für sich ab.

Aber im Grunde wollte sie nur weg. Ein wenig Zeit für sich haben, ein bisschen von der Arbeit abschalten können, sich nicht komplett einem elenden Schicksal ausgeliefert fühlen, das sie sich nicht ausgesucht hatte. Nur waren die beiden einzigen Kerle, die ein bisschen Interesse für sie gezeigt hatten, Kopien ihrer Brüder gewesen, etwas weniger arrogant und brutal zwar, aber das wohl auch nur vorübergehend, bis sie mit der Heirat zu Herren werden würden; und sie hatte sie entschieden abgeschüttelt, wie Schmeißfliegen im Sommer.

Als Ubaldo sich wieder meldete, keimte in ihr neue Hoffnung auf.

Samstags dauert die steinerne Stunde oft nicht mal eine Minute. Aber ich achte darauf am Fenster zu sein, mir diesen Augenblick der Reglosigkeit nicht entgehen zu lassen: die Stadt ohne Bewohner und die Straßen leer, wie auf Geheiß eines mächtigen Zauberers. Dieser Augenblick ist wunderschön, so schön wie manche Erinnerung an früher. Das Küstenpanorama der Contrada delle capre, wo das ferne Wasser wie die Schuppen eines frisch gefangenen Fisches glitzert; das kleine Weidenkörbchen mit den Zitronen, das bei Mama und später auch bei Oma Assunta stets auf dem Tisch stand; die blühende Glyzinie am Tor zur Villa der Marchesa, der salzige Hauch des Meeres, der an windigen Tagen zu den Häusern herüberwehte … der kleine Ausschnitt von Grünauges Gesicht.

Wer weiß, was er an den Tagen macht, wenn er nicht auf den Markt kommt, vielleicht steht er auf einem anderen Platz, wo mehr Leute hingehen, die ihm Bücher abkaufen. Doch selbst wenn er heute auf dem Markt hier in der Nähe wäre, könnte ich nicht hingehen: Samstags kommt die Tante nämlich manchmal auf einen Sprung vorbei, um sich umzuziehen oder etwas für Alfonso zu holen. Oder um mich zu kontrollieren, wer weiß.

Alfonso besitzt in der Nähe von Piacenza eine Badmöbelfirma. Am späten Freitagnachmittag kommt er her, samstags besucht er Kunden, denen er was verkaufen will, und sonntags fährt er wieder. Die Tante sagt, dass er das gern macht, die Vertreter sind nämlich eine faule Bande und geben sich alle keine Mühe, während er tut und macht, wie man am Ergebnis sieht. Er besitzt hier eine Zweitwohnung, einen ausgebauten Dachboden, den er von seinem Großvater geerbt hat, zusammen mit einer weiteren Wohnung, die er vermietet.

Die Tante ist von Freitagabend bis Sonntagmorgen mit ihm zusammen und begleitet ihn samstags zu den Kunden, bleibt aber im Auto. Dann kaufen sie sich was zum Mittagessen und gehen zu ihm, oder, wenn er es eilig hat, holen sie sich nur ein Sandwich in der Bar. Abends gehen sie manchmal ins Restaurant und übernachten dann in seiner Wohnung. Ich habe die Tante gefragt, weshalb er sie nicht heiratet, ihr Alfonso, aber sie hat nur den Mund verzogen und gesagt, dass es nicht geht.

»Du bist doch geschieden, oder? Dann kannst du wieder heiraten.«

»Es geht nicht.«

»Aber wieso nicht?«

»Weil er schon verheiratet ist.«

»Und, will er sie nicht verlassen?«

»Nein. Seine Frau ist krank, und er bringt es nicht übers Herz, sie noch mehr leiden zu lassen.«

Mag ja sein, dachte ich. Aber dich leiden lassen, das bringt er schon übers Herz. Denn dass es dich quält, das Reserverad zu sein, ihn nie anrufen zu dürfen und immer warten zu müssen, dass er sich meldet, im Verborgenen zu bleiben wie eine illegale Einwanderin, das sieht selbst ein Blinder.

Für meine Oma wäre Alfonso ein Scheißkerl wie mein Papa, und Rosaria eine männerraubende Schlampe wie diese Deutsche, aber ich denke anders darüber. Alfonso habe ich noch nie gesehen, ich weiß fast nichts über ihn, nur was mir die Tante erzählt hat; aber sie ist bestimmt keine Schlampe, sie ist eine arme Unglückliche, die den genommen hat, der einen Blick auf sie geworfen und ein gutes Wort für sie übrig hatte, sie ist wie ein einsamer Hund, der sich an jeden hängt, der ihn von der Straße holt.

Von der ersten und der zweiten Deutschen meines Vaters will ich lieber nichts wissen, vor allem nicht, wie sie aussahen. Was ihn selbst betrifft, weiß ich nicht, Oma Assunta findet, ich soll ihn hassen und verleugnen. Aber die paar Mal, als er mich im Dorf besuchen kam, schien er ein schlechtes Gewissen zu haben und wirkte verlegen. Er wusste nicht, wohin mit seinen Händen, er wollte mich umarmen, hielt aber mitten in der Bewegung inne und konnte mir kaum in die Augen schauen. Ich kann nicht sagen, dass ich ihn liebe, eher fühle ich Mitleid für ihn, aber das tut nicht weh. Es ist so, wie wenn in der Zeitung oder im Fernsehen über einen Unbekannten berichtet wird, dem etwas Schreckliches widerfahren ist. Ein fernes Mitleid, das man gleich wieder vergessen hat, das nicht richtig berührt.

Tore brachte Nicolas Arbeitszeiten in Erfahrung und fuhr in das Hotel am Strand, um ihn zur Rede zu stellen.

»Ich suche Nicola Schettino«, sagte er zum Portier.

»Wen darf ich melden?«

»Salvatore Palumbo.«

Der Portier zückte den Hörer.

»Er sagt, er kommt gleich. Sie können in der Lounge auf ihn warten.«

»In der was?«

»Im Salon.«

»Nein danke, ich warte lieber draußen.«

Nach ein paar Minuten tauchte Nicola auf, die Haare nass von der Dusche, mit zerknautschtem Gesicht, ohne den üblichen schelmischen Gesichtsausdruck. Seufzend blieb er vor Tore stehen, der ihn an ein Mäuerchen gelehnt erwartete und plötzlich nicht mehr recht wusste, wie er anfangen sollte.

»Erinnerst du dich noch, dass du eine Frau und eine Tochter hast?«, fragte er dann mit harter Stimme.

»Natürlich, ich muss dauernd daran denken.«

»Du musst dauernd daran denken, aber zu Hause lässt du dich nicht blicken! Deinetwegen geht Carmelina langsam zugrunde, Imma kennt dich fast nicht, du blamierst uns in unserem Dorf und in deinem. Wo bleibt dein Gewissen, was bist du für ein Mann?«

»Ich habe Melina gern, und sie tut mir sehr leid. Aber ...«

»Aber?«

»Du verstehst das nicht, Tore. Du bist aus anderem Holz geschnitzt, du denkst mit deinem Kopf und tust, was richtig ist, aber ich packe das einfach nicht. Ich war noch nie ein Mann für die Ehe, das wusste sie. Meine Pflichten habe ich aber immer erfüllt.«

»Da lachen ja die Hühner! Du hast sie dir genommen und sofort geschwängert, ohne nachzudenken.«

»Nein, ich hab versucht, aufzupassen, aber ...«

»Aber?«

»Lassen wir das, wir können eh nicht zurück.«

»Und was gedenkst du jetzt zu tun?«

»Ich habe die allerbesten Vorsätze, Tore, aber wenn ich die Deutsche sehe, setzt bei mir der Verstand aus. Oder, wenn dir das lieber ist, dann denke ich mit dem Schwanz, sie hat mich an sich gefesselt. Wie Melina, ohne die konnte ich auch nicht leben. Du verstehst das nicht, ich weiß. Du liebst Graziella auf vernünftige Weise, mit Herz und Kopf, aber ich, ich war deiner Schwester verfallen, ich hatte Lust auf sie und bekam nie genug. Ich spürte sie in meinen Händen, zwischen den Beinen, beim Fahren, wenn ich mit den Fahrgästen sprach oder auf welche wartete. Ein Fieber, eine Krankheit. Irgendwann war es vorbei. Auch mit Helga wird es irgendwann vorbei sein, das weiß ich, aber im Moment ist es schlimmer als bei einer Drei-Tage-Malaria, denn bei mir flaut es nie ab.«

»Und was soll Melina deiner Meinung nach machen? Abwarten, dass es vorbeigeht, so tun, als ob nichts wäre?«

»Ich weiß doch auch nicht, was sie machen soll, Tore, aber was immer es ist, ich werde es akzeptieren. Trennung,

Scheidung, was sie will. Sie hat recht und ich unrecht. Nur wenn sie verlangt, dass ich auf Helga verzichte, das kann ich nicht. Ich könnte es versprechen und schwören, aber ich würde es nicht schaffen.«

»Du redest wie ein Sechzehnjähriger, Nicola, der nur aufs Hier und Heute schaut und sich keine Zukunft als Mann vorstellen kann, du redest daher wie einer, der auf Verpflichtungen pfeift, wo ist dein Verantwortungsgefühl?«

»Ich kann's nicht ändern. Aber Melina, die ist doch jung und schön, wenn sie will, findet sie zehn, die besser sind als ich.«

Seine Mutter hatte recht gehabt, überlegte Tore auf dem Nachhauseweg, eine ordentliche Abreibung wäre das Richtige gewesen. Kaputte Knochen hätten Nicolas Fieber vielleicht ein bisschen abklingen lassen. Aber Tore war nicht der Mann, der sich prügelt oder anderen den Auftrag dazu gibt.

Ubaldo und Rosaria hielten die Verlobungszeit kurz. Alle zerrissen sich das Maul darüber, und Matilde widersetzte sich mit allen Mitteln.

»Einheiraten in eine Familie von Bauern! Tagelöhner mit Trauerrändern unter den Nägeln, die nur an Ostern und Weihnachten eine Badewanne von innen sehen, die nach Pisse und Schweiß stinken. Wenn das unsere Mutter erleben müsste…«

»Wenn sie es doch nur erleben könnte! Die hätte dich nämlich einem ihrer verwitweten Verwandten mit Gebiss und Perücke untergejubelt, dann hätte ich dich endlich nicht mehr an den Hacken!«

»Damit du's weißt, Ehemänner finde ich, so viel ich will.«

»Wo denn? Auf dem Mond oder dem Mars? Ich sehe nicht, dass die hier Schlange stehen.«

»Giacomo Barucco, Mimmo Marrone, Nando Aiello ... Denen müsste ich nur einen ermutigenden Blick zuwerfen, schon kämen sie angelaufen!«

»Dann mach das doch bitte! Am besten du wirfst ihnen noch ein bisschen mehr hin, damit sie auch bestimmt angerannt kommen. Und übrigens, damit du's weißt: Giacomo Barucco hat bereits das Aufgebot bestellt, und zwar mit einer superscharfen Brasilianerin; und was Nando Aiello betrifft, der macht sich nicht viel aus Frauen, es sei denn, er hätte sich in den letzten Wochen um 180 Grad gedreht. Bleibt noch Mimmo Marrone, aber der ist Stammgast bei den Carabinieri: ein Gangster, mit einer Drei-Kilo-Akte über seine Schandtaten.«

Matilde versuchte abzulenken.

»Spendieren deine Bauern wenigstens das Hochzeitsbankett? Bin gespannt, wo. Unter dem Plastikdach einer Pizzeria, vermute ich mal. Unsere Verwandten lade ich aber nicht ein, da müsste ich mich zu sehr schämen.«

»Hör zu, ich heirate, nicht du. Und wenn hier jemand einlädt, dann ich. Aber du kannst beruhigt sein, es wird kein Bankett und keinen Sektempfang geben, wir heiraten in Neapel, nur mit Trauzeugen.«

»Ach, klammheimlich also. Weil du dich nämlich auch schämst.«

»Nein, wir wollen nur keinen Stress. Aber da diese Heirat dich offenbar so empört, teile ich dir hiermit mit: Du bist nicht eingeladen. Ein Kollege, Signor Schiano, wird mein Trauzeuge sein, und ihrer Polito, der Notar. Die schämen sich nämlich nicht.«

»Aber unsere Verwandtschaft! Was für eine Blamage!«

»Der Verwandtschaft schicken wir hinterher die Anzeige.«

»Wie bei einer Beerdigung.«

»Die Anzeige mit einer schönen Bonbonnière, das wird sie über das entgangene Bankett hinwegtrösten.«

In Wirklichkeit stammte die Idee einer Hochzeit ohne Pomp und Verwandtschaft von Rosaria, und die hatte wiederum Notar Polito darauf gebracht, eines Nachmittags, als sie ihm Dokumente zur Unterschrift vorgelegt hatte und die beiden ins Gespräch kamen.

»Wo wollt ihr denn nun eigentlich heiraten, Rosaria? In der großen Pfarrkirche, in der Kapelle der Madonna del Soccorso, in Santa Restituta? Und wo steigt der Sektempfang?«

»Ach, das haben wir noch nicht entschieden. Wissen Sie, seine Verwandten und meine passen nicht so gut zusammen. In der Kirche vielleicht noch so gerade, aber danach ...«

»Warum pfeift ihr nicht einfach auf die Verwandtschaft, wenn ich das mal so frei heraus sagen darf?«

»Aber das geht doch nicht.«

»Und ob das geht. Ihr heiratet in Neapel, und zum Bankett ladet ihr nur die Trauzeugen ein. Vier Personen, ganz klein.«

»Dann sind aber alle beleidigt und lästern über uns ...«

»Und wenn schon. Klatsch und Tratsch sind Schall und Rauch. Dafür sparst du eine Menge Geld. Leg es lieber beiseite, man weiß nie. Aber jetzt sag mal: Gedenkst du hinterher die Signora zu spielen, oder wirst du weiter für mich arbeiten?«

»Ich möchte gern weiter bei Ihnen arbeiten, Signor Polito.«

»Braves Mädchen. Dann kriegst du auch nicht von morgens bis abends ihre Wut ab.«

»Die von … Signorina Matilde?«

»Tja, die wird dir die Hölle auf Erden bereiten, wenn du sie nicht in die Schranken weist.«

»Dafür muss Ubaldo sorgen.«

»Nein, du musst verhindern, dass sie sich zu breitmacht. Weißt du was? Das Beste wäre, ihr sucht euch eine eigene Wohnung, dann kann sie allein die Marchesa in der Villa spielen.«

»Das will er nicht, er sagt, die Villa ist groß, es gibt genug Platz, und wir werden uns schon nicht auf die Füße treten.«

»Na, ist ja auch eure Sache. Aber ich hab dir gesagt, was ich tun würde. Noch etwas: Wer ist denn dein Trauzeuge? Einer deiner Brüder?«

»Ganz bestimmt nicht!«

»Wer dann?«

»Ich weiß nicht. Meine Verwandten sind alles Rüpel, und echte Freundinnen habe ich keine …«

»Wenn du willst, mach ich es.«

»O ja, das wäre eine große Ehre, Signor Polito.«

»Also abgemacht. Du bist ein tüchtiges Mädchen, Rosaria, für dich tu ich das gern.«

Anne hat sich in Peter verliebt.

Aus einem Bedürfnis heraus, vermute ich, und wegen der Nähe. Weil man einfach Lust auf ein neues Gefühl hat, wenn man die ganze Zeit eingeschlossen in einem Versteck lebt, aber echt muss das Gefühl sein, keins, das man aus dem Fernsehen kopiert oder das einem von doofen Verwandten suggeriert wird. In der Grundschule wurden meine Klassenkameradinnen schon von ihren Müttern und älteren Schwestern mit der Frage nach einem festen Freund bedrängt. Ich habe mich damals in keinen verliebt. Bei mir waren zu viele schlimme Sachen passiert für dumme Spielchen, und abgesehen von Gennarino wollte eh keiner mit mir gehen.

Aber jetzt würde ich gern entdecken, wie es ist, verliebt zu sein. Jetzt wäre es schön, wenn einer meine Hand nehmen, mich streicheln und auf den Mund küssen würde. Ein bisschen älter müsste er sein, und lieb, einer, der gern redet und zuhört, der um Erlaubnis fragt und nicht so tut, als ob ich ihm gehörte. Ich gehöre niemandem, also, ich könnte schon jemandem gehören, aber nur wenn ich es selbst will, aus freien Stücken. Moreno konnte das nicht wissen, dafür war er noch zu klein, und Enzino ist einfach ein Widerling, der kann sich so was nicht mal vorstellen.

Anne hat sich auch aus einem Bedürfnis heraus verliebt, denn bei all den Spannungen und Streitereien zwischen den Gefangenen suchte sie ein Ventil, einen Trost ganz für sich allein. Sie hatte ihre Bücher, wie ich jetzt, an denen sie sich aufrichtete, aber sie vermisste die Luft, ein paar Atemzüge Freiheit, und Peter wurde zu ihrem Fluchtweg aus der Beklemmung. Ich glaube aber, dass sie sich ein bisschen überwinden musste, um sich in ihn zu verlieben, sie hat sich einen Ruck gegeben. Und es ist bestimmt schöner, wenn es einfach so passiert.

Verliebt wegen der Nähe. Es gab nur ihn, sie konnte nicht wählen und hat ihn sich schöngeredet, ohne es zu merken oder wenn, ohne dem auf den Grund zu gehen. Dass es so ist, glaube ich, weil ich in Annes Worten eine Unsicherheit spüre, eine Verwirrung, die sie weder sich eingestehen will noch ihrem Tagebuch anvertraut. Jedenfalls war Peter der Einzige, der da war, und sie hatte keine Wahl.

Und ich, werde ich die Möglichkeit haben zu wählen, also ganz normal erwachsen zu werden? Oder wird mich vorher einer von den Kerlen kurzerhand kaltmachen, oder schlimmer, mich erst noch …

Nein, ich will nicht mehr daran denken. Ich schalte jetzt das Radio ein und lausche den Stimmen und der Musik.

Assunta setzte sich durch und schleifte die widerspenstige Melina zum alten Doktor De Lucia.

»Dottore, sehen Sie sich meine Tochter an: Sie siecht dahin, sie isst kaum was und schläft noch weniger, sie verzehrt sich.«

Nur um sicherzugehen, untersuchte der Arzt Melina, doch die Diagnose hatte er schon vorformuliert, man hatte ja schon einiges gehört, und auch wenn er nichts auf Gerüchte gab, so war er doch nicht taub. Blutdruck, Puls. Tief einatmen. Tut es weh, wenn ich hier drücke? Nein. Und hier? Auch nicht. Mach den Mund auf, streck die Zunge raus und so weiter.

Schließlich seufzte er nachsichtig:

»Dein Körper ist nicht krank, aber dein Herz schon, oder die Seele, wenn dir das lieber ist, eine schlimme Krankheit, die dringend behandelt werden muss.«

Melina starrte ihn mit ihren rabenschwarzen Augen an, das Gesicht weiß wie die Statue der Santa Restituta.

»Hast du nichts dazu zu sagen?«

»Was soll ich denn sagen, Dottore? Für Herzschmerz gibt es keine Medizin.«

»O doch.«

»Und welche?«

»Wille und Zeit.«

»Ach, Dottore!«

»Kein ach, Melina. Das Unglück ist, dass du gar nicht gesund werden willst, du hast dich an deiner Krankheit festgesaugt wie ein Blutegel, du glaubst, du wärst die Einzige, die das durchmacht, und dass es ewig währt. Deshalb wärmst du es in deiner Brust wie ein durchnässtes Vögelchen, dabei ist es eine Schlange mit Giftzähnen. Aber ich sehe schon, du willst nicht auf mich hören.«

»Bei allem Respekt, Dottore, aber ich weiß wirklich nicht, wie man einen Blutegel vom Herzen lösen soll.«

»Zuallererst muss man sich klarmachen, dass es ein Blutegel ist oder meinetwegen ein Dorn, und dass es sich entzündet und eitert, wenn du ihn drin lässt. Solange du den Schmerz hegst, wird er nicht vergehen, so viel ist sicher. Meine Güte, du bist jung, und du bist so schön, dass die Steine wie Butter in der Sonne dahinschmelzen: Sieh dich um, nimm dir einen anderen Mann und jag den da zum Teufel.«

Der Arzt hatte sich in Rage geredet, und Melina musste unwillkürlich lächeln.

»Wie viele Stunden schläfst du nachts?«

»Vier, manchmal weniger.«

»Kamille, Passionsblume, Weißdorn, Lindenblüten?«

»Als würde ich reines Leitungswasser trinken.«

»Dann verschreibe ich dir Tropfen. Acht, nicht mehr, abends vor dem Schlafengehen. Und morgens vor dem Kaffee ein Eigelb mit Zucker und Marsala verrühren, altes Hausrezept. In vierzehn Tagen will ich dich hier wieder sehen, und zwar mit ein bisschen Farbe im Gesicht.«

Melina kam nicht wieder. Assunta fuchtelte mit den Armen und redete sich den Mund fusselig, doch die Tochter gab nicht nach. Dafür steigerte sie die Zahl der Tropfen und schaffte es so, nachts sechs, manchmal sieben Stunden zu schlafen. Der Egel aber hörte nicht auf, ihr Blut zu saugen.

Tante Rosaria kommt später nach Hause als gewöhnlich und zerrt einen großen Elektroheizofen aus dem Aufzug.

»Alfonso hat eine Gastherme in seiner Wohnung einbauen lassen, da braucht er den hier nicht mehr«, erklärt sie.

»Können wir ihn denn gebrauchen?«, frage ich.

»Nein, aber seine Wohnung ist klein, da ist kein Platz.«

»Und wo stellst du ihn unter?«

»Eigentlich dachte ich in der Kammer, aber mit der aufgeklappten Liege passt er wohl nicht rein.«

»Und was jetzt?«

»Dann bringe ich ihn eben in den Keller, und wo ich schon dabei bin, mache ich da gleich mal ein bisschen Ordnung.«

»Ich kann dir helfen.«

»Nein, dich darf niemand sehen.«

Ich zucke mit den Schultern. Die große Ablenkung wäre es nicht, den Keller der Extante aufzuräumen, aber immerhin käme ich dann mal ein bisschen raus aus dem Einsiedlerleben. »Vielleicht nach dem Mittagessen«, sagt sie nach einer Weile, »während der Siesta. Du kannst eine von meinen Jacken anziehen, im Keller ist es nämlich ganz schön kalt...«

»Wie du meinst.«

Bevor wir in den Keller gehen, holt die Tante die alte Jacke aus dem Schrank.

»Nimm, und zieh die Kapuze über die Augen, verstanden?«

Die Vorsichtsmaßnahme erweist sich als unnötig, weil wir niemandem begegnen.

Der spärlich beleuchtete Gang im Keller ist sehr lang und macht am Ende einen Knick nach rechts.

»Wohin führt der Gang eigentlich?«, frage ich.

»Da geht es noch ein ganzes Stück weiter, zu den Kellern der beiden Nachbargebäude um die Ecke.«

»Wie das?«

»Was weiß ich? Vielleicht haben die Häuser früher mal demselben Besitzer gehört und sind alle in einem Rutsch errichtet worden. Oder weil es billiger ist. Reiß mal die Spinnweben runter, die bleiben so in meinen Haaren hängen.«

Wir schuften über eine Stunde lang. Schließlich sieht es im Keller aus wie bei den Zwergen in dem Buch, das Tante Graziella mir mal geschenkt hat, nur in groß.

Melina schien es besser zu gehen, der Schmerz war ein wenig gebändigt. Nachts sank sie in einen traumlosen Schlaf, und morgens wachte sie so schlapp auf, dass sie sich wie in Zeitlupe bewegte, aber wenigstens konnte der Egel nicht so viel Blut saugen. Am schlimmsten war es am späten Nachmittag, wenn sie aus der Gärtnerei nach Hause kam und mit Imma allein war. Manchmal, wenn Erinnerungen, schlechtes Gewissen, Eifersucht, Wut, Verlangen und Mutlosigkeit den Knoten in der Brust zu eng werden ließen, wenn ihr Leben ihr vorkam wie der Weg durch eine endlose Steinwüste, wenn nicht einmal Imma mit ihrem Geplapper und ihrer kindlichen Zärtlichkeit sie trösten konnten, ließ sie sich erschöpft auf einen Stuhl sinken, stützte die Ellbogen auf den Küchentisch und legte den Kopf in die Hände.

»Was hast du, Mama?«

»Nichts, Schatz, ist gleich vorbei.«

»Geht's dir ein bisschen schlecht?«

»Ja, aber nicht schlimm, spiel schön weiter.«

Doch Imma spielte nicht weiter, sie schaute sie beunruhigt und fragend an, und da musste Melina aufstehen, ins Bad gehen und Erleichterung bei den Tropfen suchen.

Assunta kam fast jeden Tag vorbei, brachte Schüsseln mit überbackener Pasta, Caponata oder Knurrhahn all'acqua pazza mit und forderte jedes Mal, dass Melina wieder zu ihnen zog, zumindest bis der ärgste Kummer, der Herzschmerz, sich gelegt hatte.

»Nein, Mama. Hier ist mein Zuhause, und hier bleibe ich.«

»Weil du hoffst, dass er zurückkehrt.«

»Nein. Ich bleibe, weil ich niemandem die Genugtuung verschaffen will, meine Schande zu sehen.«

»So wie du aussiehst, wissen das sogar die Eidechsen unter den Steinen, Melì! Komm mit und erhol dich ein bisschen bei uns, da bist du nicht allein, da sind Papa, Tore, Graziella und die Kleine, die ist eine wahre Wonne! Du hast eine Familie, die dich liebt. Sollen dieser niederträchtige Halunke und seine Hure doch krepieren!«

Doch wie so oft musste Assunta vor der Starrköpfigkeit der Tochter kapitulieren. Auch die verschiedentlichen Versuche der anderen Familienmitglieder fruchteten nichts: Melina war vielleicht benebelt, aber sie blieb unbeugsam. Zweimal wollte Doktor De Lucia sie besuchten, doch wenn sie seinen schnaufenden Käfer in der Ferne hörte, schloss sie schnell die Fensterläden, nahm Imma in den Arm und gebot ihr mit dem Zeigefinger auf dem Mund zu schweigen, tat so, als wäre sie nicht zu Hause.

Es ist fünf Uhr nachmittags. Regen lag in der Luft, doch die Mistralböen haben ihn davongeblasen, und der Himmel ist wieder klar.

Melina hat den Herzschmerz mit Tropfen ruhiggestellt, und jetzt, da sie entspannt ist, stopft sie die Wäsche in die Maschine, findet aber nicht einen Krümel Waschpulver mehr.

»Imma, mein Sonnenschein, komm, wir gehen nach draußen.«

»Aber Toto nehmen wir auch mit.«

»Na klar.«

Sie gehen hinaus. Wie üblich rast Toto los und flitzt über die Straße, um seine Marke über die von Black zu setzen, dem Hund von gegenüber.

Melina schließt die Tür und will ebenfalls die Straße überqueren. Imma ist einen Schritt hinter ihr.

Mit quietschenden Reifen biegt der Geländewagen in die Gasse ein, nähert sich schlingernd.

Melinas Reflexe sind von den Tropfen noch betäubt, sie ist zu langsam, um zur Seite zu springen.

Beim Aufprall wird sie auf die Motorhaube geschleudert, knallt gegen die Windschutzscheibe und fällt zwanzig Meter weiter auf die Straße, eine menschliche Gestalt in einer absurden Verrenkung auf dem löchrigen Asphalt.

Imma plumpst auf den Hintern, zwischen den Beinen ein warmes Rinnsal, und schreit: Mama!

Der Hund kommt angelaufen, legt sich zu Melina, winselt und jault.

Aus dem Auto steigen zwei von Don Raffaeles oder Ciros Kriminellen, die Hände in den Taschen.

Die Straße füllt sich mit Leuten.

»Mama!«, habe ich gerufen, das weiß ich noch. Danach kam für lange Zeit kein Wort mehr aus mir heraus. Concetta und ihre Tochter Michela hockten sich vor mich, um mir die Sicht zu versperren, aber ich hatte schon alles gesehen. Auch das Blut. Zwischen Mamas schwarzen Haarschlangen war eine rote aufgetaucht, die langsam vorwärtskroch.

Sie brachten mich zu Concetta, gaben mir ein Glas Wasser: Trink das, Kleine, sagten sie, aber ich hatte keinen Durst, die nasse Unterhose war unangenehm, und ich hatte Angst, jemand könnte Toto stehlen. Mama würde niemand mehr stehlen, das wusste ich, sie war mir schon für immer geraubt.

Von draußen hörte ich Stimmengewirr, wie wenn die Prozession vorüberzieht, Sirenen, und irgendwann kam ein Carabiniere herein und fragte: »Ist das das Mädchen?« »Ja«, antwortete Michela, »das arme Ding hat alles mit angesehen.« Sie redeten da schon in meiner Gegenwart, als ob ich stumm wäre. Das war ich ja auch, nur dass sie es noch nicht wussten. »Hat das Kind Angehörige?«, fragte der Carabiniere sofort, und Michela antwortete, der Onkel in der Werkstatt sei schon benachrichtigt. »Und der Vater?«, fragte der Carabiniere weiter. »Der Vater, ach, wenn Sie wüssten...« – »Der Vater muss benachrichtigt werden«, beharrte der Carabiniere. »Der Vater ist ein Herumtreiber, der pfeift doch auf Frau und Tochter...«

Ganz langsam trank ich das Glas Wasser aus, dann begann ich leise zu weinen, ich kam mir so verloren vor. Zum ersten Mal spürte ich tief drinnen ein neues Gefühl, das Gefühl, unglücklich zu sein.

Graziella und Tore kamen, und gleich darauf auch Oma.

»Wo ist sie? Wo ist sie?«, schrie sie.

Irgendjemand antwortete: »Sie haben sie mit dem Krankenwagen weggebracht.«

»Aber, aber … lebt sie denn?«

»Jaja, sie wird gleich operiert.«

Dabei wussten da bestimmt schon alle, dass Mama nicht mehr zu helfen war.

Oma und Tore fuhren ins Krankenhaus, bei mir blieb Graziella. Sie nahm mich in den Arm und zog mir die nasse Unterhose aus, wusch mich und trocknete mich ab, und dabei streichelte sie mich ganz sanft.

»Wirst sehen, deine Mama kommt bestimmt zurück. Bald. Nicht weinen, meine Rosenschnute, nicht mehr weinen.«

Aber ich weinte immer weiter und schluchzte leise. Irgendwann überfiel mich die Müdigkeit, und ich schlief in Graziellas Armen ein.

Matilde wollte unbedingt bei der Hochzeit von Ubaldo und Rosaria dabei sein.

»O nein, mein Lieber, du kannst mich nicht als Verwandte abschaffen!«, sagte sie zum Bruder mit einer Stimme, die klang, als würde ein Stahldraht reißen. »Was würden die Leute sagen, wenn sie erführen, dass du deine Schwester nicht einladen wolltest? Oder ist es deine Bäuerin, die mich nicht dabeihaben will? Hält sich wohl für was Besseres, die eingebildete Kuh?«

»Erstens arbeitet Rosaria als Sekretärin beim Notar, und außerdem stammt die Idee einer Hochzeit im kleinen Kreis von mir, nicht von ihr.«

»Ach, ich vergaß, eine Tochter und Schwester von Bauern, die es zur Kellnerin und Angestellten gebracht hat und jetzt bei uns einheiratet. Tolle Karriere, immer nur steil bergauf! Und was die Armeleutehochzeit betrifft, sag lieber, dass ihr die ganz gut in den Kram passt und sie sich schnell damit abgefunden hat, weil sie so nämlich keinen Cent ausgeben muss und als Habenichts bei uns einziehen kann. Apropos, hast du sie nach der Aussteuer gefragt?«

»Die Aussteuer? Was geht dich das an? Wir haben so viele Truhen voller Bettwäsche und Handtücher und Tischdecken mit und ohne Spitze, das reicht für drei Leben.«

»Oh nein! Mamas Aussteuer gehört mir, und ich werde sie auch behalten.«

»Wer sagt das? Wo steht das geschrieben? In Mamas Testament ist davon nicht die Rede, und Papa ist in den Armen einer Hure gestorben und hat kein Testament gemacht. Also teilen wir halbe-halbe.«

»Die Aussteuer steht der Tochter zu.«

»Aber wozu? Damit sie in den Truhen vergammelt?«

»Ich kann damit machen, was ich will.«

»Dann behalt sie doch und warte, bis sie schimmlig ist wie deine Möse, lass Spinnweben drüber wachsen, dich will doch eh keiner mehr!«

Für ihre Aussteuer fuhr Rosaria, die nicht als knauserig gelten wollte, eines Samstagnachmittags nach Neapel und kaufte in einem Kaufhaus drei Sets mit Laken und Bezügen, eine Decke, sechs Badehandtücher sowie ein Dutzend Geschirrtücher. Als Matilde diese bescheidene proletarische Ausstattung aus billiger Baumwolle, ohne Spitze, ohne Stickerei, Hohlsaum oder sonstige Verzierung erblickte, konnte sie nicht umhin, ihren Bruder boshaft auszulachen.

Über den Verlobungsring wären Bruder und Schwester fast handgreiflich geworden. Dazu fand sich im Testament der Marchesa nämlich eine präzise Bestimmung: Sämtlicher Schmuck mit Ausnahme eines Rings, zweier Ohrringe und einer Kette sollte Matilde gehören. Ohrringe und Kette waren genau benannt, doch den Ring sollte Ubaldo sich aussuchen dürfen, da er der zukünftigen Schwiegertochter zugedacht war.

Dieser nicht, jener auch nicht, der hat mal der Urgroßmutter gehört, der an Rosarias Finger würde das Andenken der Mutter beleidigen, an dem da hing Matilde einfach zu sehr …

»Verdammt noch mal, jetzt hab ich die Schnauze voll!«, fluchte Ubaldo schließlich. Er stieß die Schwester beiseite und grabschte sich nicht zufällig den schönsten Ring von allen, einen Brillanten in einem Kranz aus vier Smaragden.

Aller Missgunst und allen Streitereien zum Trotz war Matilde bei der Hochzeit anwesend und lud sich kurzerhand auch zum Hochzeitsbankett ein, in einem Restaurant an der Passeggiata Cristoforo Colombo. Dort spielte sie die Grande Dame, lobte Speisen und Brautkleid, verteilte Lächeln und Nettigkeiten. Beim Anblick des Brillantrings an Rosarias Finger musste sie allerdings schwer schlucken, und vor allem wurmte es sie, dass sie nicht wusste, woher die schöne Goldemaillebrosche am Jackenkragen der Braut kam.

Es war das Hochzeitsgeschenk des Notars für Rosaria, doch das hatte Matilde niemand gesagt.

Als die Carabinieri ihn benachrichtigten, raste Nicola sobald wie möglich ins Krankenhaus.

Melina war gerade verstorben. Neben dem Bett saßen Assunta, Saverio und Salvatore, völlig aufgelöst und in Tränen. Auch Nicolas Herz raste wie wild, aus Leid, vielleicht auch eher aus Furcht vor der Begegnung mit der Schwiegermutter, die sich bestimmt auf ihn stürzen und ihm die wüstesten Beschimpfungen ins Gesicht schreien würde.

Aber nichts dergleichen geschah. Keiner der drei richtete das Wort an ihn, als wäre er kein Verwandter, als wäre er gar nicht da: Sie weinten weiter still vor sich hin und blickten starr auf Melina, bis die Krankenpfleger sie fortbrachten. Erst da, als sie an ihm vorbeiging, um den Raum zu verlassen, sprach Assunta ihn mit einer Stimme an, die leise und doch schneidender als eine Rasierklinge war und in der Verachtung und Groll lagen wie ein Betonblock:

»Du hast sie ermordet. Vergiss das nie. Und Imma ist nicht mehr deine Tochter, weil du sie nicht verdienst.«

Nicola antwortete nicht, hin- und hergerissen zwischen widerstreitenden Gefühlen im Bauch: Bestürzung und Trauer wegen des Todes seiner Frau, das Bewusstsein, teilweise dafür verantwortlich zu sein, Erleichterung, dass er um die befürchtete Szene herumgekommen war und dass die quälende Frage, was mit dem Mädchen passieren sollte, gelöst war.

Ja, als Ehemann und Vater trug er große Schuld, doch nach dem, was man ihm berichtet hatte, hatte Melina sich nicht etwa vor das Auto geworfen, sie hatte schlicht nicht aufgepasst, als sie die Straße überquerte, und der Geländewagen war zu schnell gefahren. Also lag die Schuld bei dem Gangster am Steuer, der schon einmal einen ähnlichen Unfall verursacht hatte, bei dem es nur um ein Haar keine Toten gegeben hatte. Dem müsste man für alle Zeit den Führerschein abnehmen, dachte Nicola, aber er hätte schwören können, dass der Kerl, wenn es sich um einen von Don Raffaeles oder Ciros Männern handelte, keine halbe Stunde in der Arrestzelle verbracht hatte und jetzt schon weiß Gott wo war, bei sich zu Hause vielleicht oder unterwegs, um seinen schmutzigen Geschäften nachzugehen, dieser Bastard von einem Hurensohn. Und was die Kleine anging, wie hätte er für sie sorgen sollen? Als Busfahrer, heute hier, morgen in Kalabrien oder Sizilien, ohne feste Arbeitszeiten, je nachdem wie die Touristen wollten. Seine Alten waren zu fertig, der Vater fast immer heillos besoffen: Nein, das war nicht die Umgebung, in der Imma aufwachsen sollte. Melinas Eltern waren da schon anders, sie hatten ihn zwar immer schief angesehen, doch das Mädchen liebten sie heiß und innig, und er hätte ihnen auch jeden Monat etwas gezahlt, wie bisher schon der seligen Melina. Aber jetzt stand erst mal die Beerdigung an, und auf der Bank hatte er gerade mal genug Geld für einen Kranz...

Er verließ das Krankenhaus und bestellte in der Bar gegenüber einen doppelten Whisky. Ihm stand ein zweitägiger Sonderurlaub zu, schade, dass Helga dann mit der Gruppe und einem Ersatzfahrer in Kalabrien sein würde.

Das Bett, in dem ich ganz allmählich wach wurde, war fremd, nicht das von Mama und mir. Es dauerte eine Weile, bis ich merkte, dass ich im Ehebett von Oma und Opa lag. Aus der Küche drangen wie unter einer Decke hervor leise Stimmen, mit Löchern der Stille dazwischen.

Ich versuchte, nach Oma Assunta zu rufen, aber meine Stimme kam nicht raus. Sie war da, am Eingang der Kehle, aber da war diese verschlossene Tür, die verhinderte, dass sie rauskam: Halt! Hier kannst du nicht durch. Also kletterte ich aus dem Bett und ging hinüber. Ein Haufen Leute war dort versammelt, wie bei der Erstkommunion, wenn die Nachbarn vorbeikommen und sich das weiße Kleid des Mädchens anschauen wollen. Es war aber kein Kommunionkind zum Bestaunen da, und alle drehten sich nach mir um, als hätte ich das weiße Kleid an, und da fiel mir Mama wieder ein, und ich musste wieder weinen. Oma nahm mich in den Arm, aber sie machte ein komisches Gesicht, als ob die Einzelteile, aus denen es bestand, kaputtgegangen wären und jemand sie schlampig wieder zusammengeklebt hätte. Die Leute gingen nach und nach fort, schienen aber enttäuscht zu sein, ohne alles nach Hause zu gehen, ohne ein Blätterteiggebäck oder wenigstens ein Glas Süßwein bekommen zu haben.

»Meine Liebste, meine kleine Kirsche, weine nicht mehr. Hast du kein bisschen Hunger?«

Ich schüttelte den Kopf.

»Ach, komm. Magst du Schokopudding oder lieber Mozzarella mit Oliven?«

Wieder schüttelte ich den Kopf, obwohl ich Oma Assuntas Schokopudding sehr gern mochte. Aber nur mit Kopfnicken war das nicht so einfach zu erklären.

Plötzlich kam Toto durch die offene Küchentür hereingerannt, und ich löste mich aus Omas Griff und bückte mich, um ihn zu umarmen. Da saßen wir beide auf dem Boden und unterhielten uns auf unsere Art. Er sagte, dass er verzweifelt sei, und ich auch.

Tore fiel am nächsten Tag auf, dass ich nicht mehr redete.

»Mama«, sagte er, »Imma hat noch immer keinen Ton herausgebracht.«

»Das ist der Schock«, antwortete sie, »dräng sie nicht. Lenk sie lieber ein bisschen ab. Sag Graziella, sie soll mit ihr und Angela an den Strand fahren und bunte Steine sammeln, die mag sie doch so gerne.«

Ein paar Tage vergingen, drei, vier, fünf. Abwechselnd sagte jemand: Sprich doch, Liebes, sag doch was, Schatz, rede mit uns, mein Stern. Aber ich blieb stumm.

Bei der Beerdigung durfte ich nicht dabei sein. Erst Jahre später erfuhr ich, dass Oma den Kranz mit dem lila Band und der Aufschrift DEIN MANN heruntergerissen hat, Tore ihn aber wieder zurücklegte auf den Wagen, der Mama zum Grab fuhr.

Die Hölle auf Erden hatte ihr der Notar prophezeit, und er hatte nicht übertrieben.

Die Hochzeitsreise machten die Frischvermählten nach Paris:

»Paris! Drunter tut sie's wohl nicht?«, hatte Matilde gefragt.

»Sicher, Paris. Was dagegen?«

»I wo! Du heiratest sie ja. Aber Rom hätte es doch auch getan, oder Palermo, weiter als Neapel ist die Bäuerin doch nie gekommen.«

»Wenn ich noch einmal das Wort Bäuerin höre, dann gibt's eins in die Fresse, ich schwör's.«

»Ui, da hab ich aber Angst! Notarsgehilfin, gefällt dir das besser?«

»Sie heißt Rosaria. Ro-sa-ria. Ist das zu schwer? Verhaspelt sich deine Zunge bei diesem Namen? Und denk dran, sie ist meine Frau, also bring ihr ja Respekt entgegen, sonst…«

»Sonst was?«

»Sonst musst du gehen.«

»O nein, mein Lieber. Die Villa ist unteilbarer Besitz, und ich bleibe hier, solange es mir passt.«

»Dann gehen eben wir. Du zahlst mich aus, dann kannst du ganz allein hier verfaulen.«

Aber das waren nichts als leere Drohungen, weil beide zu sehr an diesem Haus hingen, wenn auch aus unterschiedlichen Gründen. Weil es eine hochherrschaftliche Villa war, weil in der Garage zwei Oldtimer standen, so schön wie Skulpturen, weil an dieser Villa ihr letztes bisschen Prestige hing.

Rosaria war nicht in Ubaldo verliebt, doch während der Verlobungszeit zwang sie sich, das Gegenteil zu glauben. Er ist nicht hässlich, er ist freundlich und gut erzogen: Was will ich mehr? Ich darf in seiner schönen Villa wohnen, wo das Badezimmer eine Wanne hat und keinen Bottich wie früher bei uns, wobei Bad eigentlich auch zu viel gesagt war, das war eher eine Latrine mit Boiler über dem Bottich, aus dem das Wasser mit einem Schlauch ins Klo abgelassen wurde. Es wäre nicht furchtbar aufwendig gewesen, eine richtige Wanne einzubauen, doch die Männer der Familie hatten immer Nein gesagt, weil sie eine Badewanne für Luxus hielten, für eine Laune der Frauen, besser gesagt der Huren. Und die Schwester? Ubaldos Schwester ist eine alte Hexe, säuerlicher als eine Winterzitrone, aber ich werde geduldig daran arbeiten, dass sie süßer wird, an Geduld hat es mir nie gemangelt, sonst wäre ich jetzt nicht hier, sonst läge ich schon längst unter der Erde, weil ich mich an einem Nussbaumast aufgehängt hätte.

Die Hochzeitsreise war bewegend wie die Zeit einer Genesung. Paris groß und prächtig und voller Leben: Es war wie das Erwachen nach langer Krankheit, wenn man langsam Kräfte und Lebensmut wiedergewinnt, doch auf jeden Tag folgte ein Abend und eine Nacht, und bei der Rückkehr ins Hotel bemerkte sie eine Art Erschöpfung, die nicht der Müdigkeit geschuldet war, nachdem sie die zahllosen obligatorischen Sehenswürdigkeiten abgeklappert hatten, sondern etwas, das zu entschlüsseln und zu akzeptieren sie sich weigerte. Etwas, das sie an einer Gesundung zweifeln ließ.

Ihre Rückkehr wurde von Matilde mit einer widersprüchlichen Sorge herbeigesehnt. Die Schwester war nicht gern allein in dem allzu großen Haus, und irgendwie vermisste sie auch den rituellen Streit mit dem Bruder. Doch von nun an würde diese Fremde zwischen ihnen stehen, die Bäuerin, wie sie sie insgeheim weiter nannte, und die würde Rechte beanspruchen und ihre eigenen Regeln durchsetzen wollen. O nein, sagte Matilde sich, ich lebe schon immer hier, hier wird gemacht, was ich sage, ich werde meine Gewohnheiten nicht ändern, nur damit sie hier ein leichtes Leben hat. Sie wollte ja unbedingt einen Schritt machen, der zu groß für sie war, dann muss sie jetzt auch die Folgen ertragen.

Sie brachten mich zu Doktor De Lucia.

»Also, ich bin da machtlos«, sagte er.

»Und wer kann dann helfen?«

»Hm... Die Madonna von Pompeji, wenn Sie an die glauben, oder vielleicht ein Spezialist, ein Kinderneurologe, ein Psychologe oder Logopäde...«

»Sie machen uns ja wenig Hoffnung, Dottore!«

»Die Kleine hat einen schweren Schock erlitten. Physisch fehlt ihr nichts, da liegt nicht das Problem. Das Problem liegt in der Seele, und Seelendoktoren, die diesen Namen verdient hätten, gibt es meines Wissens nicht.«

»Und dass es einfach wieder vorbeigeht, so, wie es gekommen ist?«

»Das ist schon möglich. Aber Sie dürfen sie nicht drängen oder zu etwas zwingen, fordern Sie sie nicht ständig zum Sprechen auf. Lassen Sie sie einfach in Ruhe, versuchen Sie zu verstehen, was sie sagen will, das ist die einzige Medizin.«

Oma und Opa waren untröstlich. In dieser Zeit begann Opa auch langsam abzubauen, wie Oma mir viel später erzählte. Er wurde melancholisch und hatte keine Lust mehr, die Sachen zu reparieren, kaputte Wäscheleinen oder ein wackliges Stuhlbein, und selbst den Gemüsegarten vernachlässigte er: So wucherte der Salat, die Tomaten bekamen Läuse, und die kümmerlichen Auberginen wurden faltig wie das Gesicht der alte Carulina. Stattdessen fuhr er ständig mit dem Zug herum, den er mit seinem Seniorenpass umsonst benutzen durfte, und manchmal kam er erst nachts nach Hause, wo Oma in der Küche auf und ab ging und auf ihn wartete.

»Savè«, sagte sie, »so geht das nicht weiter, du darfst mir nicht auch noch abhandenkommen.«

»Ich weiß, du hast ja recht, aber es ist stärker als ich. Ich sehe sie immer vor mir, mit ihrem bleichen Gesicht …«

»Sei still, denk doch an die Kleine. Apropos: Nimm sie doch mal mit, zeig ihr Neapel, Sorrent, Amalfi und Caserta, Kinder lieben das: Zug fahren, aus dem Fenster schauen, den Leuten zuwinken und sich die Bahnhöfe ansehen …«

Und so begleitete ich Opa monatelang auf seinen Reisen. Manchmal nahmen wir von zu Hause belegte Brötchen oder Focaccia und Coca-Cola mit, oder wir kauften uns irgendwo Pizza, Bomboloni, Babà oder Sfogliatelle und setzten uns wie Touristen auf die Treppen vor einer Kirche oder auf eine Parkbank. Auf der Straße hielt Opa mich immer ganz fest bei der Hand und ließ mich keinen Schritt allein gehen.

Ich mochte diese Reisen sehr. Es gab so viel Neues zu sehen, dass ich darüber manchmal Mama und die Tatsache, dass sie nie mehr zurückkommen würde, vergaß. Dann musste ich in die Schule, und mit dem Zugfahren war es vorbei.

Am Ende des ersten Schuljahrs wurde ich versetzt, obwohl ich nicht vorlas, das Einmaleins nicht aufsagte und keine Lieder mit den anderen sang. Aber ich galt als behindert, und Behinderte dürfen in der Grundschule nicht sitzen bleiben, weil sie ja schon ein Handicap haben.

Man muss Geduld mit ihnen haben, auch wenn sie nichts lernen.

Ich war zwar die am wenigsten Dumme von allen, aber die Lehrer merkten es nicht: Ich schrieb und rechnete im Matheheft, flinker als die anderen. Auch im Diktat machte ich kaum Fehler, lernte schnell die Rechtschreibregeln, aber für die Lehrer blieb ich behindert, und meist übersahen sie mich. Vielleicht weil ich die Einzige war, die nicht störte, und sie schon alle Hände voll zu tun hatten, die anderen vom Schreien und Zanken abzuhalten.

Eines Tages dann, ich ging schon in die Zweite, puhlte ich gerade im Garten Bohnen, die es mit Pecorino zum Abendessen geben sollte, als mir plötzlich Mamas Lied einfiel, mit Text und Melodie. Und die Wörter kamen aus meiner Kehle, einfach so, als hätte sich die Tür ganz von allein geöffnet, und ich begann leise vor mich hin zu singen. Ich ging in die Küche, stellte mich vor Oma hin und schaute sie an.

»Ciao, mein Kirschlein«, sagte sie, und ich:

In der Stadt Mantua
Lebt' einst ein schönes Mädchen,
und der König, der es erblickt',
wollt' es gern wiedersehen …

Oma lachte und weinte zugleich, sie bückte sich, schloss mich fest in die Arme und überhäufte mich mit Küssen.

Wie es wohl ist, wenn man richtig verliebt ist? Damals, zu Hause, war ich gerade dabei es herauszufinden, aber dann ist passiert, was passiert ist, und mir ist die Lust vergangen. Vielleicht habe ich wie Anne nachgeholfen, weil ich neugierig war, wie es sich innen drin anfühlt.

Er war der Neffe der Postbeamtin und wohnte erst seit Kurzem bei ihr, weil seine Eltern nach Afrika gegangen waren. Der Vater, um in der Erdölförderung zu arbeiten, und die Mutter als Aufpasserin, damit ihn die Negerinnen sich nicht schnappten. Und der Sohn, also Giovanni, konnte natürlich nicht allein in Neapel bleiben. Wie soll ein Junge an der Uni studieren und selbst seine Wäsche waschen, bügeln und die ganze Hausarbeit erledigen?

Ich glaube eher, dass die Frau mitgegangen ist, damit der Mann in einem so fernen Land nicht so einsam ist, und den Sohn hat man bei der Tante untergebracht, weil eine Unterkunft in Neapel zu teuer gewesen wäre. Und ich glaube auch, dass Giovanni lieber allein gelebt und Unterhosen und Socken selbst gewaschen hätte, anstatt bei so einer Schachtel zu wohnen.

Adelina ist ein Klatschmaul und eine Lügnerin, sagte Oma oft. Wer seine Rente abholen oder ein Einschreiben aufgeben kam, dem steckte sie die neuesten Gerüchte über die Dörfler, und die waren meist frei erfunden. Oma und Opa hatten deshalb ihr Sparbuch gekündigt und ein Konto bei der Bank eröffnet, obwohl das umständlicher war. Und wenn sie doch mal ein Einschreiben aufgeben mussten, beauftragten sie Graziella damit.

Jedenfalls war Giovanni ein schöner Junge, groß und schlank, und ich sehe ihn noch, wie er in der Bar an der Piazza eine Granita schlürft oder sich dort mit Kommilitonen aus Neapel unterhält. Ich ging mir dann ein Eis holen und setzte mich damit auf das Mäuerchen gegenüber und beobachtete ihn. Einmal drehte er sich zu mir um und lächelte mich an, und ich glaube, ich wurde rot. Ich habe mich aber nie mit ihm unterhalten, weil sich nie die Gelegenheit ergab, vielleicht habe ich mich deshalb verliebt, aber nur ein bisschen.

Mit Grünauge habe ich mich unterhalten. Nicht viel, aber aus den wenigen Worten konnte ich heraushören, dass er nett ist, dass er zu mir nicht nur freundlich war, weil ich etwas kaufen wollte, sondern weil ich ein Mensch bin und die Menschen keine Steine sind, denen man je nach Laune aus dem Weg geht oder einen Tritt verpasst.

Schlimm ist, dass ich mit niemandem über ihn sprechen kann, obwohl ich das unheimlich gern täte.

»Hast du das Buch von Anne Frank schon zu Ende?«, fragt er mich.

»Fast. Nur noch ein paar Seiten.«

Ich schaue auf den Verkaufstisch, weil ich zu aufgeregt bin, um ihm ins Gesicht zu schauen. Ins ganze Gesicht, denn heute ist es weniger kalt, und er trägt keinen Schal und statt der Fellmütze mit den Ohrenschützern eine Baseballmütze. Zum Glück hat er das Schild richtig rum, ich mochte noch nie, wenn es andersrum gedreht ist, so Jungs finde ich doof. Ein wirklich hübsches Gesicht.

»Hat's dir gefallen?«

»Ja.«

»Wie heißt du?«

»Lucia. Und du?«, sagte ich wie aus der Pistole geschossen. Ich hatte gehofft, dass er mich das fragen würde, und mich vorbereitet.

»Paolo. Wieso bist du nicht in der Schule?«

»Ich hab gerade die Mittlere Reife gemacht«, log ich.

»Und machst du nicht weiter?«

»Ich gehe auf die Abendschule. Ausbildung zur Friseurin.«

»Abendschule, wieso das denn?«

»Tagsüber kümmere ich mich um meine Oma, der geht's nicht gut.«

»Was hat sie denn?«

»Sie hat... sie hat, dass sie alt ist.« Für diese Frage hatte ich mir nichts zurechtgelegt.

Es folgte eine Pause, ich betrachtete weiter die Bücher auf dem Verkaufstisch, während er – das spürte ich – mich anschaute. Ich sah auf:

»Wo verkaufst du deine Bücher an den anderen Tagen?«

»Nirgendwo. Das macht mein Onkel.«

»Ach.«

»Er war lange krank, die ganze Woche auf dem Markt schafft er nicht mehr. Ich helfe ihm aus und verdiene mir was.«

»Du arbeitest also nur drei Tage die Woche.«

»Schön wär's. Ich studiere, und an den Wochenenden arbeite ich als Kellner in einer Pizzeria. Da Arnaldo, warst du da schon mal? Die Margherita, die Quattro Stagioni und die Calzone, da schleckst du dir die Pfoten ab.«

»Ich hab aber keine Pfoten.«

»Das sehe ich, obwohl du eingemummelt bist wie am Nordpol.«

»Ich friere leicht.«

»Kommst du aus dem Süden?«

»Wieso, sieht man das?«

»Nein, aber man hört es am Akzent, dass du nicht von hier bist.«

»Ich komme aus… Avellino. Aus einem Dorf in der Nähe, meine ich. Was studierst du?«

»Klassische Philologie.«

»Und was ist das?«

»Latein, Griechisch und so weiter.«

»Und danach?«

»Wie, danach?«

»Wenn du mit dem Studium fertig bist.«

»Ich möchte Lehrer werden.«

»Das stelle ich mir schön vor.«

»Ich auch. Und du wirst mal Friseurin?«

»Wer weiß. Mal sehen.«

»Willst du heute nichts kaufen?«

»Das hier.«

»Aha, du hast ein Faible für Geschichten mit Gefangenen.«

»Mir gefällt der Umschlag. Wie viel soll es denn kosten?«

»Vier Euro.«

»Das neulich hat aber nur zwei gekostet.«

»Neulich fehlte auch der Umschlag.«

»Das ist aber nicht in Ordnung.«

»Was?«

»Zwei Euro für das Buch und zwei Euro allein für den Umschlag.«

»He, du gefällst mir. Also gut, zwei Euro, obwohl ich dabei draufzahle.«

»Dass du draufzahlst, will ich nicht. Wie wär's mit drei Euro?«

»Perfekt. Sehe ich dich Mittwoch?«

»Ich hoffe, ja.«

Ich gehe auf einem anderen Weg zurück, aber ich weiß, ich war unvorsichtig. Ich habe ihm zu viel erzählt, auch wenn es lauter Lügen waren. Aber ich konnte nicht anders, ich konnte ihm doch nicht erzählen, dass ich jetzt in der achten Klasse wäre, wenn nicht das Unglück und der ganze Rest passiert wäre. Ich konnte ihm nicht meinen richtigen Namen sagen und dass ich mich gar nicht um meine Oma kümmere und dass ich nie im Leben Friseurin werden möchte. Aber da ich nicht weiß, welche Abendkurse es hier gibt, hatte ich mir diese Antwort zurechtgelegt, weil es in Graziellas Dorf so eine Schule gibt und drei oder vier Mädchen aus meinem Dorf dort hingehen. Nach der mittleren Reife wollte ich eigentlich weiter zur Schule gehen, aufs naturwissenschaftliche Gymnasium wie Onkel Antonio, aber jetzt ist das alles im Eimer.

Andererseits hätte ich dann Paolo nicht kennengelernt. Aber ich darf jetzt nicht ins Schwärmen geraten wie die Mädchen aus meiner Klasse. Obwohl, als ich aufsah und ihm in die Augen schaute, lief mir ein Schauer über den Rücken, und mein Herz klopfte so heftig, dass es mir in den Ohren dröhnte. Mein Herz klopft immer noch, weniger als vorhin, aber immer noch nicht normal.

Paolo ist ein schöner Name. Paolo und Imma, Imma und Paolo. Aber er denkt ja, ich heiße Lucia, und wenn er an mich denkt, dann an eine Lucia. Wieso sollte er überhaupt an mich denken? Er ist zu alt für mich, oder ich zu jung, ich werde in vier Monaten erst vierzehn, und er studiert schon. Und an der Uni gibt es bestimmt viele Mädchen im richtigen Alter, die viel gebildeter sind, weil sie das Gymnasium besucht haben und sich mit ihm über ihr Studium unterhalten können, über Latein, Griechisch und die anderen Fächer.

Andererseits hat er mich interessiert angeschaut und den Eindruck erweckt, als würde er sich gern mit mir unterhalten, also nicht nur aus Pflichtgefühl, und Rabatt hat er mir auch gegeben, viel zu großzügig. Wer arbeitet, soll auch verdienen, vielleicht muss er sich dafür jetzt vor dem Onkel rechtfertigen. Wer weiß, wie viel man mit dem Verkauf alter Bücher verdient, vermutlich nicht allzu viel, beide Male war ich die einzige Kundin, und ich habe insgesamt nur fünf Euro ausgegeben. Vielleicht läuft das Geschäft auf dem anderen Markt, wo der Onkel hingeht, ja besser, und samstags ist sicher auch auf dem Markt hier mehr los.

Paolo arbeitet außerdem in einer Pizzeria. Da Arnaldo, hat er gesagt. Da würde ich gern mal hingehen, auf Pizza habe ich schon lange Lust. Aber eine echte muss es sein, keine auf tiefgekühltem Teig, der immer zu weich oder zu hart wird, eine echte wie Oma Assunta sie macht, mit Hefe, damit der Teig tüchtig geht, bevor sie ihn mit dem Nudelholz auswalzt und dann wie ein echter Pizzabäcker auf der Hand rotieren lässt, bis er die richtige Form hat. Aber Pizza bei Da Arnaldo kann ich abhaken, das geht nicht. Vielleicht wäre es Paolo auch gar nicht recht, wenn ich ihm zugucke, wie er Bestellungen aufnimmt und den Leuten Essen und Bier bringt. Aber dann hätte er es mir nicht erzählt. Nein, ich glaube nicht, dass er sich schämt, das ist ein anständiger Job, ganz anders als das, was die Gangsterfreunde von Enzino machen, der der schlimmste Gangster von allen war, denn die beschäftigen sich mit Drogen, Prostitution, Schutzgeld, Brandstiftung und Mord.

Einen wie Paolo möchte ich später mal heiraten. Einen, der studiert hat, der sich bei vielen Themen auskennt, der Frauen nicht wie Vieh behandelt, der lieb ist, wie Tore zu Graziella, wie Opa zu Oma.

Aber wenn ich einen haben will, der studiert hat, muss ich auch studieren, ich darf nicht ohne Abschluss bleiben, nur weil ich vor der mittleren Reife von der Schule musste, obwohl ich gern hinging.

In der Mittelstufe ging es mir gut, im Gegensatz zur Grundschule. Am Ende der fünften Klasse bekam ich die Gesamtnote Gut, allerdings stand im Zeugnis auch, dass ich introvertiert sei und mich beharrlich weigere, am Klassenleben teilzunehmen. Was heißt denn *beharrlich*? Dass ich mich nicht ständig meldete und drauflosplapperte wie die anderen? Dass ich nicht ständig nach vorn ging und der Lehrerin etwas ins Ohr flüsterte? Dass ich bei Lisas und Franchinos dummen Sprüchen nicht loslachte? Ich hatte gelernt, keine unnützen Dinge zu tun, ich passte auf, solange es was zu lernen gab, und wenn ich nichts mehr lernen konnte, beschäftigte ich mich mit meinem eigenen Kram. Meiner Meinung nach habe ich aus Rache nur ein Gut bekommen und kein Sehr Gut, weil ich anders war, als sie wollten, weil ich ihnen nicht um den Hals fiel, weil sie wussten, dass ich lieber allein mit Toto in der Umgebung des Dorfes spazieren ging, statt mit den anderen Mädchen auf der Piazza zu spielen.

Die Klassenkameraden in der Mittelschule beachteten mich nicht, und das war schon eine riesige Verbesserung. Die Mädchen in der sechsten Klasse hatten drei Gruppen gebildet, und ich blieb außen vor, besser gesagt: Eine Gruppe hatte mich schon gefragt, ob ich bei ihnen mitmachen wolle, und ich hatte aus Höflichkeit Ja gesagt, aber dann hat mich das so gelangweilt, dass ich mich immer absonderte, ohne dass die anderen es zu bemerken schienen. Die Mädchen unterhielten sich fast ausschließlich über Jungs, besonders über die aus der achten Klasse; ein Jahr später, in der siebten, hatten sie dann schon feste Freunde, die natürlich älter waren und nach Unterrichtsschluss draußen auf sie warteten. Die Jungs sprachen wenig mit uns, sie hielten sich für überlegen oder taten zumindest so, denn wenn ihnen eine aus der Klasse gefiel, schämten sie sich, es ihr zu sagen. Manchmal spielten sie die Halbstarken, knufften und pufften die Mädchen so heftig, dass sie blaue Flecken kriegten, aber bei mir hat es nie einer versucht, vielleicht weil die Geschichte mit dem Tritt in Morenos Eier im Dorf die Runde gemacht hatte.

Nach der Rückkehr von der Hochzeitsreise setzte Rosaria ihren Vorsatz, Geduld zu beweisen, in die Tat um und beging damit einen Riesenfehler. Sie ließ die Schwägerin alles bestimmen: was es zu essen gab und um welche Uhrzeit, wer welche Hausarbeiten zu erledigen hatte, welche Blumen im Garten gepflanzt wurden, wie die Gemeinschaftszimmer auszusehen hatten. Matilde, die sich auf Machtkämpfe und offenen Schlagabtausch eingestellt hatte, wurde enttäuscht und ärgerte sich unbewusst so darüber, dass sie der anderen mit manischer Heimtücke nachzustellen begann.

Rosaria mochte keinen gegrillten Fisch, weil sie den Gestank nicht ertrug? Prima, dann würden sie ab sofort dreimal die Woche Thunfisch, Makrele, Scampi und Schwertfisch vom Grill mit Rosmarin, Knoblauch und Öl essen. Und zwar in der Küche, wo sich, besonders im Winter, der Grillgestank an die Wände heftete und nicht mehr wegging.

Rosaria hasste es zu bügeln? Dann soll sie doch neben Ubaldos und ihren eigenen Hemden und Hosen auch die Bettwäsche bügeln, und Matilde fiel noch mehr ein: »Wo du schon dabei bist, Rosà, geh doch schnell mal über die beiden Unterröcke hier drüber. Ach, und über diese T-Shirts auch, lohnt sich doch nicht, dafür das Bügeleisen noch mal heiß zu machen.«

Rosaria wollte einen Videofilm anschauen? Schade, schade, ausgerechnet an diesem Abend kam Matildes Lieblingssendung, soll sie sich doch selbst einen Fernseher mit Rekorder kaufen, sie bekommt schließlich jeden Monat ihr Gehalt.

Apropos Gehalt. Auf Rosarias Gehalt fixierte sich Matildes Neid, auf jenes Geld, das nur teilweise in ihren Händen landete. Rosaria gab ihr für Lebensmittel den gleichen Betrag wie Ubaldo, den Rest behielt sie für sich. Was stellt die Bäuerin eigentlich mit dem Rest an, der an ihren Fingern kleben bleibt?

Matilde machte es krank, dass sie nicht wusste, wie viel die Schwägerin verdiente und wie viel ihr daher zum Ausgeben oder Sparen übrig blieb. Es machte sie auch krank, dass sie ihr keine Verschwendung vorwerfen konnte, weil Rosaria keineswegs vergessen hatte, woher sie kam, auch wenn sie jetzt in einer hochherrschaftlichen Villa lebte. Sie hatte sich ein paar neue Kleider gekauft, aber aus dem Kaufhaus, unauffällige Sachen, die man auch noch im nächsten Jahr tragen konnte; die Haare wusch und frisierte sie sich selbst und ging höchstens alle drei Monate zum Schneiden zum Friseur, sie war also kein bisschen ausschweifend, man konnte ihr rein gar nichts vorwerfen: Sie half im Haushalt und ging arbeiten, mehr nicht. Schlimmer hätte es für Matilde nicht kommen können.

Ubaldo hingegen hatte zumindest zu Hause endlich seine Ruhe, da er sich nicht mehr ständig mit der Schwester zankte und seine Frau ihn nicht mit Beschwerden und Klagen nervte. Matildes Übergriffe sah er nicht, oder er gab vor, sie nicht zu sehen, außerdem sollten das die Frauen unter sich ausmachen. Wenn nur nicht seine flegelhaften Scheiß-Schüler gewesen wären … aber man kann nicht alles im Leben haben, tröstete er sich. Und um sich noch mehr zu trösten, beschloss er, mit dem Geld aus dem Landverkauf eins der beiden Autos seines Großvaters neu herrichten zu lassen.

Eingemummelt wie am Nordpol, hat er gesagt. Natürlich! Ich muss mich verstecken, aus Angst, erkannt zu werden.

So eingemummelt sehe ich wirklich albern aus, denke ich, während ich mich im großen Spiegel des Kleiderschranks betrachte. Ich ziehe Schal und Jacke aus, fahre mit den Fingern durchs Haar, betrachte mich kritisch.

Ich bin ganz anders als Marika, aber hübsch bin ich auch. Sogar hübscher als früher, und das liegt vielleicht an der Frisur. Diese kurzen Haare, derentwegen ich noch vor Kurzem wütend und beschämt war, gefallen mir jetzt, sie lassen mich entschlossener aussehen, selbstsicherer, weniger… provinziell. Jetzt habe ich ein Gesicht wie die Mädchen aus der Stadt, die mit der Straßenbahn fahren, Schaufensterbummel machen, sich mit Klassenkameraden und Freunden unterhalten und sich nicht die ganze Zeit von kurzbeinigen Fettärschen oder alten neidischen Jungfern anglotzen lassen müssen.

Ich möchte, dass Paolo mein Gesicht sieht. Wenn er dann an mich denkt, sieht er mich im Geist, wie ich wirklich bin, trotz des Namens und all der falschen Informationen über mich. Falls er manchmal an mich denkt.

Ich ziehe die Jacke der Tante wieder an, um mich einmal ohne Kapuze im Spiegel anzuschauen, gehe vor und zurück, betrachte mich im Profil von der einen Seite, dann von der anderen. Die Jacke ist eine Katastrophe, sie lässt mich plump aussehen, und außerdem ist sie alt, das Schwarz ist schon ganz speckig und streifig, die Ränder abgewetzt. Aber eine neue kaufen, wie soll das gehen? Genug Geld hätte ich, das zum Namenstag, aber eine Jacke lässt sich nicht verstecken wie ein Buch. Und die andere Jacke der Tante, die chinesische mit den Drachen und Laternen, gefällt mir überhaupt nicht, und viel zu auffällig ist sie auch. Wahrscheinlich gefällt sie ihr selbst nicht, sie zieht sie ja auch nie an, vielleicht hat sie sie in einem Moment gekauft, als sie noch unzufriedener war als sonst. Und bei den Drachen und Laternen ist sie ins Träumen geraten, von einer Reise oder einer Flucht. Abhauen würde ihr auch guttun, finde ich.

Es gibt da Gedanken, die ich aus meinem Kopf vertreiben möchte, und wenn sie zurückkommen, verscheuche ich sie mit all meiner Willenskraft, was mir aber nicht immer gelingt.

Der Gedanke, der sich immer wieder hineindrängen will, ist der an Enzino, den jüngeren Sohn von Don Raffaele, den der Vater besonders ins Herz geschlossen hatte, weil er geboren wurde, als er schon nicht mehr damit gerechnet hatte, den er zum Studium ins Ausland geschickt hatte, weil er zu aufbrausend war, ein Heißsporn, und der nach seiner Rückkehr im Dorf als aufgeblasener, gewalttätiger Wichtigtuer aufgefallen war. Auf dem Bürgersteig musste man ihm den Vortritt lassen, am Steuer tat er, als gehörten die Straßen ihm allein, in der Bar ließ er sich zuerst bedienen und blitzte alle an, die nicht rasch genug den Platz an der Theke räumten. Er ist nicht wie der Vater, sagten die Leute, und auch nicht wie sein Bruder Ciro, der ein wenig mehr Benehmen an den Tag legt, obwohl: Schurken sind die alle. Enzino besaß nur einen Trumpf: Er war schlank und dunkelhäutig, und sein Körper brachte die Mädchen zum Träumen. Wenn die anderen in der sechsten und siebten Klasse über ihn sprachen, bekamen sie leuchtende Augen, und wenn sie ihm auf der Straße begegneten, stießen sie sich heimlich mit dem Ellbogen an und kicherten blöde, aber er würdigte diese Gören keines Blickes.

Nur Marika, die würdigte er eines Blickes, und wie.

Marika war das schönste Mädchen im ganzen Dorf: mittelgroß, lange Beine, hellbraunes lockiges Haar, tiefblaue Augen mit Glitzer, ein Körper elastisch wie Biskuitteig und mit lauter sanften Kurven. Kurven, die man nicht übersehen konnte, weil sie im Sommer Tops und Jeans trug, die so eng anlagen wie eine zweite Haut, und im Winter den Reißverschluss der Jacke offen ließ, damit man ihre Brustwarzen unter dem T-Shirt sah. Den Frauen im Dorf, besonders den kurzbeinigen Fettärschen, trat der Neid in die Augen, wenn sie sie sahen, und dann zogen sie über sie her:

»Schau dir mal die dumme Gans an, wie sie den Männern den Kopf verdreht!«

»Glaubt, sie wäre eine Diva, diese Hexe…«

»Nutte, wie die Mutter, so die Tochter!«

Aber die Mutter war alles andere als eine Nutte. Seit sie Witwe war, arbeitete sie tagsüber an der Tankstelle und atmete giftige Dämpfe ein, während Marika ihre Schönheit genoss, was ich völlig in Ordnung finde. Doch dann traf Enzinos Blick sie, und sie drehte sich um.

Bis ich zwölf war, hatte ich einen ganz kindlichen Körper, dann bekam ich meine Tage und entwickelte mich in wenigen Monaten so schnell, dass ich mich manchmal selbst nicht wiedererkannte. Meine Hübsche, mein schönes Kind!, sagte Oma Assunta hundert Mal am Tag zu mir, und ich hoffte, ich würde so schön werden wie Marika. Wenn ich jetzt mit schlechtem Gewissen an sie denke, ist es wie eine eiternde Wunde, die nie verheilt. Ich darf nicht daran denken.

In der Werkstatt des Volkswagenhändlers wandte sich Ubaldo an einen Mechaniker im Blaumann:

»Wo finde ich Salvatore Schiano?«

»Salvatore, das bin ich, aber ich heiße Palumbo.«

»Ach, entschuldigen Sie, da habe ich wohl was durcheinandergebracht. Signor Schiano ist ein Kollege von mir, er meinte, ich solle mich an seinen Schwiegersohn wenden …«

»Der bin ich.«

»Signor Schiano meinte, Sie wären Fachmann, was Motoren angeht, und würden es vielleicht hinkriegen.«

»Was hinkriegen?«

»Das Auto meines Großvaters.«

»Ihres Großvaters?«, wiederholte Salvatore und rechnete schaudernd mit einem Auto in noch üblerem Zustand als die Schrottkarre von Doktor De Lucia.

»Ein Lancia Astura Coupé 4. Aus der Serie von 1939.«

»Oh, eine alte Dame.«

»Tja. Aber er fährt nicht, der Motor springt nicht mehr an.«

»Das ist normal, bei dem Alter.«

»Galeazzo Ciano, der Schwiegersohn des Duce, fuhr auch so einen.«

Schöne Referenz, dachte Salvatore und fragte:

»Und was haben Sie damit vor?«

»Ich will ihn herrichten lassen und dann an Oldtimertreffen teilnehmen.«

»Aha.«

»Wäre das möglich?«

»Ich muss ihn mir erst mal anschauen. Wo steht er?«

»In der Garage der Villa. Da steht noch ein zweiter.«

»Noch ein Lancia?«

»Nein. Ein Isotta Fraschini Tipo 8, aber der Lancia gefällt mir besser.«

»Ich kann ihn mir ja mal anschauen und ein bisschen unter die Lupe nehmen, dann kann ich mehr sagen.«

»Und mir einen Kostenvoranschlag machen.«

»Das wird schon schwieriger.«

»Warum?«

»Weil man eventuell für kaputte Motorteile Ersatzteile auftreiben muss, und dafür gibt es keine festen Preise, die werden von den Besitzern nach Gutdünken festgelegt. Und die Karosserie kann ich auch nicht selbst richten.«

»Könnten Sie ihn sich denn mal anschauen, ganz unverbindlich?«

»Natürlich, ohne Verpflichtung, weder für Sie noch für mich.«

Doch sobald Salvatore die alte Dame sah, verliebte er sich in sie, und er hätte die Arbeit auch umsonst getan, nur für das eigene Vergnügen.

Ich habe eine Schwester, besser gesagt eine Halbschwester, die Greta heißt. Aber weder sie noch ihre Mutter Ursula, mit der mein Vater in München zusammenlebt, habe ich je kennengelernt.

Nach Mamas Tod fand Papa mit Helgas Hilfe eine Arbeit in Deutschland und verließ das Dorf für immer. Die anderen Großeltern, die ich fast nie sah, haben Gasherd und Kühlschrank, die sie zur Hochzeit geschenkt hatten, wieder geholt und meine richtigen Großeltern die anderen Möbel, als Erinnerung und weil sie sie ja bezahlt hatten.

Papa ist immer noch Fahrer, aber jetzt für eine Tageszeitung, Touristen kutschiert er nicht mehr durch die Gegend. Helga und er haben sich nach drei Jahren getrennt, danach kam Uta und jetzt Ursula. Meinen Großeltern schickt er Geld für meinen Unterhalt, aber nur wenig, und jetzt, wo ich bei der Extante bin, schickt er es, glaube ich, an sie.

Angela hat mich mal gefragt, ob ich meinen Vater nicht vermisse. Die Frage war zwar lieb gemeint, aber auch ein bisschen dumm, es ist nämlich so: Als Mensch, das heißt als Nicola Schettino, fehlt er mir nicht, weil er nie wie ein Vater zu mir war. Aber einen Vater vermisse ich schon, als Idee. Angela antwortete ich mit einem schroffen Nein, ohne mich weiter zu erklären, schließlich habe ich ja zwei Ersatzväter, nämlich Onkel Salvatore und Opa, wobei der mittlerweile immer weniger mitkriegt und ihn alles nur noch anstrengt. Mama hingegen fehlt mir sehr als Mensch, ich vermisse ihre Stimme, ihr Lächeln, ihren Duft. Aber es tut nicht mehr weh, wenn ich an sie denke und mich daran erinnere, wie wir Arm in Arm im Bett lagen, wie sie mir all die schönen Blumennamen gab und mir das Lied von der Stadt Mantua vorsang. Der Schmerz über ihren Tod ist zu etwas anderem geworden, Sehnsucht vielleicht, er ist wie eine leise Rührung, eine Erinnerung, die nicht mehr brennt, sondern wärmt wie ein fernes Glimmen.

Für Greta und Ursula empfinde ich nichts, das sind nur zwei Namen. Einmal kam Papa zu Besuch ins Dorf und fragte, ob ich sie kennenlernen und bei ihnen wohnen wollte, und als ich Nein sagte, hat er, glaube ich, erleichtert aufgeatmet. Ich weiß nicht, warum er das getan hat, vielleicht hatte jemand in Deutschland ihm dazu geraten, möglicherweise hatte er mit einem Pfarrer gesprochen oder im Fernsehen eine Sendung über die Pflichten von Eltern gesehen, jedenfalls kam es mir vor, als täte er irgendwie Buße.

Als er an der Tür klingelte, bot Oma ihm nicht mal einen Stuhl an und ließ die Tür offen, als wollte sie sagen: Mach schnell. Er legte einen Umschlag mit dem Geld und ein Geschenk für mich auf den Tisch und ging, ohne sich zu verabschieden.

In Oma brennt der Schmerz über Mamas Tod noch immer wie ein Feuer.

Für Assunta waren schwere Zeiten angebrochen.

Erst war da dieser Stachel, der sich in ihr Herz bohrte, wenn sie Melina sah, wie sie sich aus Liebe selbst zerstörte, dann der schwere, düstere Schmerz über ihren Tod, der wie ein Brunnen ohne Boden war. Anschließend das jahrelange Verstummen ihrer Enkelin und zu allem Unglück noch der langsame, aber unaufhaltsame Rückzug Saverios, der sich zunehmend mit Apathie und Geistesabwesenheit gegen das grausame Leben zu schützen versuchte. Und schließlich war das große Unglück mit Imma passiert, und sie hatten sie fortschaffen müssen, um sie und sich selbst zu schützen, mussten alle belügen, hatten Angst, das Haus zu verlassen, lebten in der ständigen Furcht vor einem Anschlag, ein Leben wie die Ratten im Loch.

Assunta hatte begonnen, sich über Gott zu beklagen, der blind, stumm und taub war, der sich nicht als guter Vater erwiesen hatte, sondern als unerbittlicher Verfolger oder zumindest als Zuschauer, dem Ungerechtigkeit und Gewalt gleichgültig zu sein schienen. Vielleicht war die ganze Sache mit Gott sowieso nur ein Bluff der Priester, um die Leute ruhigzustellen.

Andere Male machte sie die Vorwürfe nicht Gott, bei dem sie ja nicht wissen konnte, ob es ihn gab oder nicht, sondern sich selbst, dass sie ihre Tochter vor dem Unglück nicht hatte bewahren können.

Melinas zäher, heftiger Leidenschaft hätte sie allerdings so oder so nichts entgegensetzen können, das wusste sie. Es wäre sinnlos gewesen, ihr zu verbieten, das Haus zu verlassen, selbst wenn sie Melina angebunden hätte, hätte die einen Weg gefunden, sich zu befreien und auszureißen. Aber später, tadelte sie sich, habe ich mich schon schuldig gemacht. Später hätte ich sie mitnehmen müssen, fort aus dieser Wohnung ohne Mann, da hätte ich mich durchsetzen müssen, und sei es mit Gewalt. Ich hatte diese Kraft nicht, und deshalb konnte ich sie nicht retten, ich konnte den Unfall nicht verhindern. Der eigentlich kein richtiger Unfall war, sondern ein Mord auf Raten, bei dem ihr erst die Seele und dann der Leib geraubt wurde. Meine aufgeweckte, stolze, willensstarke Melina war zu einer trägen Raupe geworden, die Tropfen brauchte, um sich zum Weitermachen zu zwingen, und die vielleicht sowieso alle Lebenslust verloren hatte.

Und danach meine Fehler mit Imma, die von weiß Gott wem den Geist einer Vagabundin geerbt hat. Statt mit den anderen Mädchen zu spielen, ging sie spazieren. Wenn ich ihr verbot rauszugehen, reagierte sie nicht und nutzte die kleinste Unaufmerksamkeit, um mir zu entwischen, ob im Garten oder im Haus, wie eine Eidechse unter einen Blumentopf oder einen Stein. Sie durchstreifte die Gegend, spazierte durch die Zitronenhaine, pflückte Schnecken von den Felsen, ließ sich vom Anblick des fernen Meeres verzaubern. Eine Zigeunerin, eine Streunerin. Und jedes Mal nahm ich mir vor, sie dafür ordentlich zu bestrafen, doch wenn sie zurückkam und so vor mir stand, das arme Waisenkind ohne Mutter und Vater, das arme Geschöpf, das schon so viel Übel am eigenen Leib erfahren hatte, konnte ich die Hand nicht gegen sie erheben und wollte sie nur noch fest an mich drücken.

Dann wieder machte Assunta sich Vorwürfe, weil sie früher so hochmütig gewesen war. Da hast du es, grübelte sie, ich habe mir zu meiner Familie gratuliert, dass es uns so gut miteinander ging, dass wir niemandem gegenüber verpflichtet waren, und wenn abends alle bei Tisch saßen, ging mir das Herz auf, wenn ich sah, wie reich uns das Glück bedacht hatte. Das Schicksal, oder Gott, dieser Neidhammel, falls es ihn gibt, hat das mitbekommen und uns alles mit Wucherzinsen zurückzahlen lassen. Ich hätte den Gedanken gar nicht erst zu Ende denken dürfen, hätte ihn aus dem Kopf jagen müssen, noch ehe er sich ganz gebildet hatte, ihn verscheuchen wie eine Fliege.

Der Pfarrer, dem auffiel, dass sie immer seltener zum Gottesdienst kam und irgendwann überhaupt nicht mehr erschien, kam sie eines Nachmittags besuchen. Sie ließ ihn eintreten, bot ihm Kaffee und ein Gläschen Limoncello an, unterbrach ihn aber schon bei den ersten Worten seiner kleinen Predigt:

»Ach nein, Herr Pfarrer, kommen Sie mir bitte nicht mit der Geschichte von Hiob. Denn falls es wirklich Gott war, der ihm sein Hab und Gut, Schafe, Kühe und Kamele wegnahm, der seine Kinder sterben ließ und ihm die Lepra oder was auch immer auf den Hals schickte und mit den körperlichen Schmerzen die Schmähungen seiner Frau, dann will ich von diesem Gott nichts mehr wissen. Und sagen Sie mir bitte nicht, seine Wege seien unergründlich, aber gerecht! Dann hätte er uns doch in die Lage versetzen müssen, seine Gerechtigkeit zu verstehen, schließlich hat er uns nach seinem Ebenbild geschaffen, sagt jedenfalls die Bibel. Und sagen Sie mir nicht, danach habe Hiob noch weitere Kinder gezeugt: Tote Kinder kann man nicht ersetzen wie ein heruntergefallenes Tafelservice. Zehn Kinder hat Gott ihm genommen, und danach soll Hiob sich gefreut haben, dass er neue bekam?«

Der Pfarrer versucht ihr darzulegen, dass sie Gott lästere, dass der Schmerz sie fantasieren lasse, doch Assunta räumt Tasse, Zuckerdose, Limoncello und Glas vom Tisch und beendet die Unterhaltung energisch:

»Beten Sie für meine Seele, wenn Ihnen danach ist, Herr Pfarrer, aber lassen wir die Sache hiermit auf sich beruhen.«

Arme Anne, so jung gestorben. Mit all ihrer Lebenslust, Energie, ihren Hoffnungen. Und mit ihrer Enttäuschung über Peter, die sie in den letzten Briefen offen ausspricht. Ich hatte recht, als ich dachte, dass sie sich nur wegen der Nähe und aus einem Bedürfnis heraus in ihn verliebt hat.

Und was ist mit mir? Auch ich lebe in einer Situation, die nicht normal ist, bin Gefangene wie sie, nur dass ich ein paar Stunden Freigang habe. Aber zur Schule gehen oder mit jemandem reden kann ich nicht, außer mit der Extante.

Ich hätte nie gedacht, dass mir die Schule so fehlen würde. Mir fehlt die Möglichkeit, mit anderen zu lernen, mir etwas ausführlich erklären zu lassen, Fragen zu stellen, wenn ich etwas nicht verstanden habe. Von guten Lehrern lernt man nicht nur was über die Flüsse und Kriege, Englisch und Algebra, sondern andere wichtige Dinge, nämlich Gut und Böse auseinanderzuhalten und dass man den Bossen keinen Respekt schuldet, weil sie Kriminelle sind. Und wenn sie den Söhnen von Concetta einen Job im Hafen beschaffen und denen von Spedito einen bei der staatlichen Forstverwaltung, dann nicht, weil sie so ein gutes Herz haben, sondern weil es ihnen bei ihren Geschäften nützt: Schmuggel, Drogenhandel und Brandstiftung.

Aus den Büchern lernen genügt mir nicht. Wenn mir Zweifel kommen, oder wenn ich nicht verstanden habe, kann ich mit niemandem reden. Mit der Tante? Ich glaube nicht, dass sie die Antworten wüsste, außerdem unterhalten wir uns abends nicht viel, nur ein paar Worte, die ich für mich Dienstplan nenne: Was sie zu essen einkaufen soll, was ich für sie bügeln, welches Waschmaschinenprogramm ich wählen soll. Ansonsten sind wir, obwohl wir zusammenleben, wie Fremde.

Mit Paolo habe ich mich zwar unterhalten, aber ich musste ihn anlügen, musste ihm gegenüber eine andere sein, als ich in Wirklichkeit bin. Denke ich vielleicht nur deshalb weiterhin an ihn, an seine dunkelgrünen Augen und seine Hände, weil ich in der gleichen Situation bin wie Anne, weil er der einzig Greifbare für mich ist?

Früher, hat Oma mir mal erzählt, haben die Leute geheiratet, ohne sich zu kennen, die Eltern bestimmten einfach, wen man heiratete, die Kinder wurden nicht nach ihrer Meinung gefragt, und in vielen Teilen der Welt hält man es heute noch so. Sie hat mir auch erzählt, dass Ehemann und Ehefrau sich meist nicht nur ertrugen, sondern irgendwann sogar lieben lernten, dass sie gern zusammenlebten und ein fröhliches Leben führten, vorausgesetzt sie mussten nicht hungern. Ich fand das absurd: Wie soll man an der Seite eines Menschen glücklich werden, den man sich nicht ausgesucht hat? Andererseits war Mama mit meinem Vater, den sie doch um jeden Preis haben wollte, ja auch nicht glücklich, ganz im Gegenteil.

Jedenfalls ist das Leben viel komplizierter, als ich früher gedacht habe, ich finde es schwierig, nicht an sich selbst und den anderen zu zweifeln, an den Dingen, die man getan oder nicht getan hat, ebenso wie an denen, die geschehen oder die wir geschehen lassen. Und ich zweifle auch am Zweifel, also ich frage mich, ob es gut ist oder nicht, dass ich nicht so viele Gewissheiten habe, die so unumstößlich sind wie der Fels in der Contrada Munì, ob das ein Glück ist oder ein Unglück.

Heute Morgen habe ich einen anderen Weg zum Markt gewählt als sonst. Es regnete in Strömen, und ich hatte schon Angst, ich könnte nicht nach draußen, weil die alte schwarze Jacke sich vollsaugen würde und das Risiko, entdeckt zu werden, zu groß wäre: Falls die Tante nämlich zufällig den Kleiderschrank öffnen würde, würde die nasse Jacke mich sofort verraten. Aber ich wollte auf meinen Freigang nicht verzichten, weil diese Stunde im Freien mich tröstet, was auch oder vor allem an Paolo liegt. Zum Glück fiel mir der schwarze Regenschirm ein – den roten hatte die Tante mitgenommen –, den könnte ich hinterher vor dem Heizkörper oder mit dem Föhn trocknen. Und da der Schirm mich ein wenig schützte, zog ich diesmal die Kapuze nicht über und band auch keinen Schal um.

An der Straße, die ich heute Morgen einschlug, gibt es ein Geschäft neben dem anderen. Zuerst viele chinesische, die Kleider mit Schlitzen oder Volants verkaufen, Teekannen, fremdartige Töpfe, vergoldete Katzen, die mit einer Pfote winken, winzige Keramikbecher, Wecker, Sonnenbrillen und so Zeug; dann kommen afrikanische Lebensmittelläden voller Dosen und Schachteln mit afrikanischem Essen, deren Etiketten so ausgebleicht sind, dass sie schon Monate, wenn nicht Jahre im Schaufenster stehen müssen. Vor der Tür eines dieser Läden stand ein zwei Meter großer Schwarzer, der ein kleines Mädchen mit lauter Zöpfchen auf dem Arm hatte und ihm Wangen und Hals abküsste, was ihr fröhlich quietschende Laute entlockte. Danach ein Zigarettenladen, in dessen leerem Schaufenster ein roter Kater seine Morgentoilette abhielt, und dann … dann bekam ich einen fürchterlichen Schreck.

Danach kam nämlich kein weiterer Laden, sondern ein Gebäude mit nur zwei Geschossen, über dessen halb geöffneter Eingangstür CARABINIERI stand, und davor hielt ein Polizist Wache, den ich erst im letzten Moment bemerkte, weil ich den Schirm so tief hielt.

Kehrtzumachen schien mir nicht klug, genauso wenig wie hier über die Straße zu gehen, wo es keinen Zebrastreifen gab. Deshalb tat ich, als ob nichts wäre, senkte den Schirm noch tiefer und ging mit steifen Knien und wild schlagendem Herzen an ihm vorbei. Erst nach zwanzig Metern, als ich um die nächste Ecke gebogen war, fühlte ich mich sicherer.

Auf dem Markt waren nur wenige Leute, und der Platz, wo der Bücherstand hätte stehen sollen, war leer. Um mich über die Enttäuschung wegzutrösten, kaufte ich mir am Wagen mit den Süßigkeiten einen Babà, der aber wie Sägemehl schmeckte, und nach dem ersten Bissen warf ich ihn in den Müllkorb.

Selbst in der Hölle, so die christliche Lehre, gibt es eine Hierarchie des Leidens, und in ihrer Ehehölle stürzte Rosaria von Kreis zu Kreis immer tiefer. Nach einem Jahr fand Matilde einen neuen Vorwand, um ihr zuzusetzen: das Ausbleiben eines freudigen Ereignisses, wie man so sagt.

Nicht dass Matilde sich vor Sehnsucht nach einem brüllenden, sabbernden und kackenden Säugling in der Wiege verzehrt hätte, im Gegenteil. Wenn sie sich die Situation realistisch ausmalte, packte sie der blanke Horror, wegen der zahlreichen Unbekannten, die sie enthielt: Würde die Schwägerin weiter arbeiten gehen, wenn sie ein Baby versorgen müsste? In diesem Fall würde wohl sie als Tante sich solange um das Kind kümmern müssen. Doch stinkende Windeln zu wechseln, Fläschchen zu wärmen, füttern und das Baby danach zum Aufstoßen zu bringen, waren sicher nicht die Aktivitäten, mit denen sie sich in ihrem Leben zu beschäftigen gedachte. Gewiss, in der geplanten Ehe mit dem treulosen Salvo Tagliafierro waren ein oder zwei Kinder einkalkuliert, aber selbstverständlich mit der Hilfe einer Amme, die ihr die lästige Arbeit abgenommen hätte. Die Aussicht, Rosaria würde aufhören zu arbeiten, war keineswegs besser: Dann wäre sie den ganzen Tag zu Hause und würde mit dem Säugling im Arm hocherhobenen Hauptes rumkommandieren. Außerdem bestand die Gefahr, dass Ubaldo übermütig werden, seine neutrale Haltung aufgeben und sich auf die Seite der Frau schlagen könnte, die ihn zum Vater gemacht hatte.

Doch das war Zukunftsmusik. In der Gegenwart hingegen bot sich die Gelegenheit, Rosaria mit immer weniger verhüllten Anspielungen auf ihr weibliches Versagen zu triezen. Matilde ließ sich die Chance nicht entgehen und versuchte Ubaldo aus der Reserve zu locken.

»Du hast eine unfruchtbare Frau geheiratet«, zischte sie ihm zu, als sie allein waren, und setzte noch eins drauf: »Bäuerin und obendrein unfruchtbar.« Und er protestierte nicht, ließ sich zu der Überzeugung drängen, dass er eine unreife Melone erwischt hatte.

Rosaria ärgerte sich maßlos, schluckte aber alle Grobheiten und Sticheleien, bis sie irgendwann beschloss, etwas zu unternehmen.

»Signor Polito«, sagte sie eines Tages zu ihrem Chef. »Ich hätte gern einen Tag Urlaub.«

»Wann immer du willst, vielleicht Freitag, dann schließe ich die Kanzlei und mache ein verlängertes Wochenende.«

»Dann lieber in zwei Wochen, da haben Sie nur einen Termin, und den können wir noch verlegen.«

»In Ordnung. Aber Rosà, verrätst du mir mal was?«

»Wenn ich kann, Signor Polito.«

»Wie geht's dir denn im Hause Manconi, machen sie dir die Hölle sehr heiß?«

Rosaria ließ sich auf den Stuhl vor dem Schreibtisch sinken, ohne dass der Notar sie aufgefordert hätte, und schüttelte den Kopf, um die Tränen zurückzuhalten.

»Es ist deine Schwägerin, die alte Schrumpelmöse, stimmt's?«

Rosaria musste trotz allem lächeln: Schrumpelmöse, das passte zu gut auf Matilde.

»Womit piesackt sie dich denn am meisten?«

»Weil ich nicht schwanger werde.«

»Und sie meint natürlich, das ist deine Schuld.«

»Tja. Deshalb habe ich Sie auch um den freien Tag gebeten, um mich untersuchen zu lassen, und zwar in Neapel, denn wenn ich hier in die Ambulanz gehe, weiß es gleich das halbe Dorf.«

»Falls du noch keinen Termin ausgemacht hast, würde ich dich gern zur Frau eines Freundes schicken, die ist eine sehr gute Frauenärztin. Einverstanden?«

»Oh, vielen Dank, aber nur, wenn es nicht zu viele Umstände macht.«

»I wo. Aber lass dir eins sagen, Rosaria: Du darfst dieser Schlange nicht das Feld überlassen. Wenn sie dich beißt, beiß zweimal zurück, erteile ihr eine Lektion. Nimmt dein Mann dich denn nicht in Schutz, weist er sie nie zurecht?«

»Ach, Sie wissen doch, wie Ubaldo ist…«

»O ja, das weiß jeder: *Der Bourbone ohne Hengst*. Und ohne Mumm.«

Langer, langweiliger Nachmittag. Der Regen macht mich melancholisch, es nervt. Der Schirm steht trocken an seinem Platz, die Tante wird nichts merken. Die Wohnung ist sauber und aufgeräumt. Fürs Abendessen habe ich Gattò vorbereitet, wenn ich ihn um sieben in den Ofen schiebe, ist er rechtzeitig fertig. Der Kopfsalat ist gewaschen und muss nur noch angemacht werden. Ich habe zu nichts Lust, weder zum Lernen noch zum Musikhören oder Lesen. Das neue Buch, das ich Montag gekauft habe, hat einen schönen Umschlag: ein reifes Kornfeld, im Hintergrund ein sanfter Hügel, darüber ein blauer Himmel mit weißen Wolken. Vielleicht hat das Kornfeld mich so melancholisch gemacht, hat mir die Ebene nahe der Contrada Munì in Erinnerung gerufen, die ist Anfang Juni auch ein einziger Goldrausch, gesprenkelt mit den roten Flecken der Mohnblumen, und wenn Wind weht, wellt sich das Getreide mit einem leisen Rauschen, das wie die Brandung klingt.

Contrada Munì. Ich darf nicht an die Contrada Munì denken, doch die Erinnerung steht immer vor der Tür und will herein. Die Ebene mit dem Getreide auf der einen Seite, der Felsen, der vielleicht vom Himmel gefallen oder aus der Erdkruste emporgestiegen ist, aufgegangen wie eine Pagnotta im Ofen, in der Mitte ein Feldweg und auf der anderen Seite der Zitronenhain der Erben Barucco. Die

Straße, voller Schlaglöcher, Steine und Unkraut, führt zur Casaccia, einem alten verlassenen Bauernhof, dem Türen und Fenster fehlen und dessen Obergeschoss zur Hälfte eingestürzt ist, das Dach ist zerfetzt. Es heißt, dort wimmelt es von Ratten, Schlangen und finsteren Gestalten, weshalb nie jemand diesen Feldweg benutzt. Die Erben Barucco, die in Amerika leben, haben den Zitronenhain verkommen lassen, die Bäume sind von Blatt- und Schildläusen befallen, und da sie seit Jahren nicht beschnitten werden, wachsen die Äste kreuz und quer, geben wenige weißgetupfte Zitronen, die gleich faul werden, und niemand macht sich die Mühe, sie zu ernten. Zwischen den Bäumen, wo inzwischen Brombeeren und Zistrosen wachsen, hatte ich mir eine kleine Fläche freigeräumt. Da kam ich ab und zu her, um ein Mickymausheft zu lesen und das ferne blaue Meer anzuschauen, hinter dem grünen Vorhang der herunterhängenden Blätter der Zitronenbäume.

An jenem Tag vor zweieinhalb Jahren kam langsam ein Geländewagen den Feldweg entlanggefahren und hielt vor dem Hof, und Enzino und Marika sind ausgestiegen. Ich hätte mich besser davongeschlichen, aber ich hatte Angst, mich an den Dornen zu zerkratzen oder dass sie mich entdecken, deshalb blieb ich, wo ich war, mucksmäuschenstill in meinem Versteck.

Um Viertel nach drei hatte Enzino die Bar an der Piazza betreten. Draußen schmolz der Asphalt in der Sonne; drinnen wälzte ein Ventilator die Luft um und gab so eine Illusion von Abkühlung. Kein Mensch war an Theke und Tischen, nur Marika stand vor dem flackernden Bildschirm eines Videospiels und aß ihr Erdbeereis, leckte genüsslich in dieser relativen Frische, bevor sie in die unbewegliche, sengende Hitze des frühen Nachmittags hinausgehen würde, nach Hause.

Catello, der Barmann, hatte sich ins Hinterzimmer zurückgezogen und dämmerte nun, die Kopfhörer seines iPods auf den Ohren, in einem Liegestuhl vor sich hin und behielt die Tür nur sehr nachlässig im Auge. Er sah und hörte Enzino nicht kommen.

Was Enzino und Marika miteinander sprachen, lässt sich nur mutmaßen, vermutlich hat er dem Mädchen irgendwas Schmeichelhaftes gesagt, Komplimente über ihre Schönheit gemacht. Garantiert hat er sie auf eine Spritzfahrt eingeladen, aber nicht für diesen Nachmittag, denn kurz darauf kam Marika nach Hause, insgeheim vielleicht stolz, das Interesse des Sohns vom Boss geweckt zu haben. Mit Sicherheit hatten sie sich für den folgenden Tag verabredet, fern von indiskreten Augen und später am Tag, wenn die Sonne nicht mehr so brannte.

Die Erinnerung ist wie ein Film. Ich will ihn nie wieder sehen, aber er läuft oft von allein vor meinem geistigen Auge an, als würde jemand unbemerkt ein Video abspielen. Dieser Jemand drückt einen Knopf, und die Bilder erstehen klar und deutlich, ohne Kratzer oder Schnitte. Der Jemand ist vielleicht ein Etwas und heißt schlechtes Gewissen oder Scham oder Angst.

Marika trägt ein rot-weißes Kleid mit Kirschen und kleinen Erdbeeren, mit einem sehr kurzen, weiten Rock und sehr engem Oberteil. Die Haare hat sie locker zu einem Pferdeschwanz zusammengebunden, vielleicht weil es immer noch so heiß ist, obwohl schon weit nach sechs. Und ich müsste schon längst zu Hause sein, ich habe Oma versprochen, dass ich nicht weit fort gehe.

Doch dann bekam ich Lust auf den Duft nach Erde und Zitronen, Mamas Duft, und auf das Glitzern des fernen Meeres und bin hierhergekommen, an meinen Geheimplatz.

Enzino trägt eine blaue Hose, aber keine Jeans, irgendwas Leichtes, bei dieser Hitze würde er sich in Jeans ja totschwitzen, und darüber ein hellblaues Poloshirt mit einem kleinen Logo, vielleicht ein Krokodil, das kann ich nicht genau erkennen.

Nachdem sie aus dem Auto gestiegen sind, gehen sie nach rechts und bleiben direkt vor mir stehen, um das Meer anzuschauen. Vier Schritte vor der ersten Reihe Zitronenbäume, sodass ich jetzt statt des Meeres ihre Rücken sehe. Sie stehen nah beieinander und unterhalten sich leise, ab und zu, wenn ein leichter Wind geht, schnappe ich ein paar Wörter auf. Enzino legt einen Arm um ihre Schulter, und so stehen sie vielleicht eine Minute oder auch weniger nebeneinander da, dann dreht er sie in seine Richtung, zieht sie an sich und küsst sie. Jetzt sehe ich sie im Profil: Sie macht sich nicht los, aber man sieht, dass sie darauf nicht vorbereitet war, dass sie sich vielleicht auch ein bisschen fürchtet, weil er sie zu fest packt, denn sie steht steif da, die Arme an den Seiten herunterhängend, eingesperrt in seinem Griff. Vielleicht gefällt ihr diese Furcht auch, vermutlich kennt sie dieses Gefühl noch nicht, etwas zu tun, wozu sie genötigt wird, das ihr aber auch Lust bereitet. Bestimmt hat sie schon mit Jungs geknutscht, aber Enzino ist anders, er zählt, einer, der alles haben kann, was er will, und der jetzt sie will, der gewohnt ist, zu nehmen, ohne um Erlaubnis zu fragen …

Doch als er die rechte Hand in ihren Ausschnitt schiebt und entschlossen daran reißt, kriegt sie es plötzlich richtig mit der Angst zu tun, wendet ihr Gesicht ab, sagt laut: NEIN, BITTE NICHT, und versucht sich aus seinem Griff herauszuwinden. Jetzt kämpfen sie miteinander, sie streckt den Oberkörper nach hinten und versucht ihn mit dem freien Arm wegzustoßen, aber er ist stärker, noch einmal reißt er an dem Kleid, ihre spitzen Brüste sind jetzt in Reichweite seiner Hand, seines Mundes, seiner Zähne. Enzino beugt den Kopf über diese Brüste und beißt offenbar zu, denn ihr NEIN ist jetzt lauter und es schwingt darin Weinen und Schmerz mit.

NEIN, NICHT, LASS MICH! Jetzt ist es ein Schrei, in dem Angst und Verzweiflung liegt. Und während sie weiterkämpft, lässt er ein wenig von ihr ab, und sie kann ihm einen Kniestoß verpassen und sich befreien. Aber die Freiheit währt nur einen Schritt: Er bekommt den Rocksaum zu fassen, sie fällt hin, er stürzt sich auf sie, beschimpft sie keuchend, während sie HILFE schreit und er sie mit Ohrfeigen, die ihren Kopf hin und her schleudern, zum Schweigen bringt.

Ich muss ihr helfen, schießt es mir durch den Kopf. Aber ich habe Angst: Angst, nichts tun zu können, das ihr hilft, Angst um mich. Ich schließe die Augen, halte mir die Ohren zu, und wenn ich könnte, würde ich auch aufhören zu atmen. Aber ich höre immer noch etwas, ein unterdrücktes Wimmern, andere Geräusche, die ich nicht zuordnen kann, und erst nach einer Zeit, die mir unendlich lang vorkommt, als die Geräusche aufgehört haben, zwinge ich mich schließlich, hinzuschauen.

Marika liegt noch immer auf dem Boden, ich kann ihr linkes Bein und ein Stück des Rocks am Schenkelansatz erkennen. Enzino hingegen läuft nervös hin und her, das Handy am Ohr. Ein paar Wortfetzen höre ich, »Unfall« und »Aber macht schnell«, dann geht er zum Auto, öffnet die Heckklappe und wartet.

Ich zittere am ganzen Leib und kann nur mit Mühe den Brechreiz unterdrücken, im Mund habe ich einen bitteren und zugleich sauren Geschmack, die Zeit steht still. Ich werde für immer hierbleiben müssen, sie werden mich nie finden. Ich weine.

Ich höre ein Auto heranfahren, Türen werden geschlagen, und Mimmo und Peppuccio, Enzinos Handlanger, stehen neben ihm.

»Was für einen Scheiß hast du da angestellt, Mann!«, sagt Mimmo laut. Er ist der Kräftigere der beiden, er hat Oberarme wie Melonen, eine platte Hundenase, das linke Auge ist fast blind. Der andere, Peppuccio, ist dünner, seine

Nase ist von der Krätze zerfressen, das kommt vom Koks, seine Augen sind rot wie auf einem Foto, das mit Blitzlicht gemacht wurde.

»Zu Onkel Mario, er soll sich darum kümmern«, entscheidet Enzino.

»Und wenn der sich drücken will?«, fragt Peppuccio.

»Wenn der sich drücken will, sag ihm, dass es bei dieser Hitze leicht brennt«, lautet die Antwort.

Mimmo und Peppuccio heben Marika an Beinen und Schultern hoch und tragen sie fort.

»Und danach kommt ihr her und räumt hier auf. Aber gründlich, klar!«, ruft Enzino hinter ihnen her.

»Keine Sorge, wir kümmern uns drum. Da, die Schlüssel von unserm Auto.«

Sie fahren weg. Ich warte ein paar Minuten, dann gehe auch ich, mitten durch die Brombeeren zwischen den Zitronenbäumen. *In der Stadt Mantua*, singe ich leise vor mich hin, weil ich Angst habe, wieder zu verstummen, *In der Stadt Mantua, In der Stadt Mantua, In der Stadt Mantua,* weiter komme ich nicht.

Marika ist noch keine fünfzehn. Und sie wird es auch nie werden.

Um nicht gesehen zu werden, ging ich hinten ums Dorf herum nach Hause. Auf halber Strecke musste ich stehen bleiben und mich übergeben. Ich besudelte mein T-Shirt, und meine Beine wurden noch weicher.

In der Küche saßen alle beisammen. Sie hatten beraten, ob sie mich allein suchen oder gleich die Nachbarn alarmieren sollten. Oma Assunta wollte mir schon eine Ohrfeige geben, als sie sah, dass ich ganz zerschunden war und verwirrt dreinschaute. Stattdessen packte sie mich an den Armen, schüttelte mich und fragte zornig:

»Darf man erfahren, was du da treibst? Willst du, dass uns alle der Schlag trifft? Weißt du eigentlich, wie spät es ist?«

Ich hatte keine Ahnung, aber sehr spät, draußen wurde es schon dunkel. Ich war sehr müde und zitterte am ganzen Körper, mir war nicht nach reden zumute.

»Hast du nichts zu sagen? Bist du wieder verstummt?«

Salvatore warf Oma einen tadelnden Blick zu, sie erschrak über das, was sie gesagt hatte, und fuhr in sanfterem Ton fort:

»Wo hast du diese Kratzer her, meine Kleine?«

»Ich bin hingefallen.«

»Und die Flecken da?«

»Ich habe Brombeeren gegessen«, log ich, »aber die sind mir nicht bekommen, und ich musste mich übergeben.«

Oma legte mir die Hand auf die Stirn und merkte, dass sie glühte.

»Du hast eine Vergiftung, das ist es. Wann begreifst du endlich, dass du nicht die Zigeunerin spielen darfst? Wenn du herumstreunst wie eine Katze, können dir die schlimmsten Dinge passieren. Wer weiß, was die auf diese Brombeeren gekippt haben, irgendein Gift vielleicht…«

»Jetzt übertreib nicht, Mama, es verschwendet doch keiner Pflanzenschutzmittel an wilde Brombeeren. Aber unserer Kleinen musst du wirklich mal den Marsch blasen und sie mehr im Auge behalten, sie besser im Zaum halten.

»Du musst, du musst… als ob das so einfach wäre. Aber jetzt, Imma, wo du uns allen, hörst du: uns allen, eine solche Angst eingejagt hast, musst du uns versprechen, dass du nicht mehr ausreißt, sondern schön brav im Haus bleibst oder höchstens auf die Piazza gehst, mit den anderen Mädchen in deinem Alter … Versprichst du das?«

»Ja.«

»Das reicht nicht.«

»Ich verspreche es. Kann ich jetzt ins Bett?«

»Ohne Abendessen?«

»Ich habe mich übergeben, ich mag nichts essen.«

»Möchtest du eine Limonade?«

»Nein, ich möchte nur ins Bett.«

»Mama«, schaltete Graziella sich ein, »vielleicht solltest du ihr was gegen das Fieber geben, ihr Gesicht ist ja ganz rot.«

Das Fieber hielt die ganze Nacht und den darauffolgenden Tag an, und dass sie nicht nach Doktor De Lucia schickten, lag nur daran, dass das ganze Dorf wegen Marikas Verschwinden in hellem Aufruhr war.

Mariagrazia Esposito, verwitwete Carulli, Marikas Mutter, beendete ihre Schicht an der Tankstelle wie jeden Abend um halb acht. Und wie jeden Abend hatte sie geschwollene Knöchel, ein leichtes Kratzen in der Kehle und ein deutliches Pochen in den Schläfen. Sie bestieg ihr Moped aus dritter Hand und fuhr nach Hause. Marika war nicht da, aber das beunruhigte sie nicht: Der Tisch war gedeckt, auf dem Herd wartete ein Topf Ratatouille, und im Kühlschrank stand der Rest Hühnersalat vom Vortag, die Küche war ausgefegt, und im Spülstein standen keine schmutzigen Teller. Ihre Tochter hatte die Hausarbeiten erledigt und war dann wahrscheinlich auf die Piazza oder zu einer Freundin gegangen.

Mariagrazia setzte sich auf das abgewetzte Sofa, legte die Füße auf einen Stuhl und genoss die frischen Böen des aufziehenden Gewitters. Es wäre der richtige Augenblick für eine Zigarette gewesen, doch sie hatte vor ein paar Monaten aufgehört, weil die Arbeit an der Tankstelle ihre Lunge schon genug angriff, wie sie aus einer Fernsehsendung wusste. Also streckte sie sich nur genüsslich und machte es sich bequem. Bald war sie eingenickt.

Ein Donnerschlag weckte sie: Das Gewitter war nun ganz nah, es regnete noch nicht, aber es war finster geworden. Sie fragte sich, ob die Dunkelheit nur mit dem Gewitter zu tun hatte, und nachdem sie einen Blick auf die Uhr geworfen hatte, begann sie sich Sorgen zu machen, dass Marika immer noch nicht da war.

Sie wollte nach draußen, um nach ihr zu suchen, doch genau in diesem Augenblick setzte der Regen ein, am Himmel zuckten Blitze, und das Donnergrollen wurde immer ohrenbetäubender.

Sie wird sich in der Bar untergestellt haben, versuchte Mariagrazia sich zu beruhigen, oder sie ist bei einer Freundin geblieben: Wäre ja auch verrückt, bei so einem Platzregen auf die Straße zu gehen. Sie kramte in der Tasche nach ihrem Handy und wählte die Nummer der Tochter, doch die war nicht erreichbar. Ihre Unruhe schwoll mit der Intensität des Regens an. Als sie Marikas rotes Handy auf der Anrichte liegen sah, beruhigte sie sich wieder. Der Schussel musste es da vergessen haben. Oder sie hatte es absichtlich dagelassen, weil sie dieses Kleidchen ohne Taschen angezogen hat, das mit Zweigen voller Kirschen und Erdbeeren, das sie in einem Schaufenster entdeckt und unbedingt hatte haben wollen.

Sie wird nach draußen gegangen sein, um sich ein bisschen zu zerstreuen, dachte Mariagrazia. Na ja, und wenn Mädchen eine Freundin treffen, reden sie über Mode, Schminke und Jungs und vergessen darüber die Zeit. Schade, dass sie nicht mehr mit Roberto zusammen ist, der ist so nett, geht aufs Gymnasium und hat keine Flausen im Kopf, aber ein bisschen kann ich Marika auch verstehen. Seine Eltern sind arme Leute wie wir, der Vater Maurer, die Mutter arbeitet stundenweise als Haushaltshilfe, und zwei jüngere Geschwister müssen auch durchgefüttert werden. Sie hat recht, dass sie auf was Besseres hofft, schön wie sie ist, nur dass es hier nicht viele gibt, die anständig sind und Geld haben, das sauber ist. Vielleicht in Neapel…

Unterdessen trommelte der Regen immer weiter, ein dichter Vorhang, der fast die Sicht auf die gegenüberliegenden Häuser nahm. Sicher, für das Land ist er ein Geschenk des Himmels, und für uns Menschen auch, weil er die Hitze ein wenig mildert, aber wenn der Himmel noch ein oder zwei Stunden gewartet hätte, ehe er losbricht, das wäre mir lieber gewesen, sagte sich Mariagrazia, dann wäre Marika bei mir, während ich so wie auf glühenden Kohlen sitze. Könnte ruhig mal anrufen, diese Träumerin, um mich zu beruhigen, aber sie denkt nicht dran. In dem Alter ist das so, ich war ja genauso und habe meinen Eltern viel Kummer bereitet…

Um halb zehn ging Mariagrazia auf die Straße. Das Gewitter zog langsam weiter, vereinzelt fielen noch schwere Tropfen. MARIKA, MARIKA!, begann sie laut zu rufen, und an Balkonen und Fenstern und an den Hauseingängen zeigten sich die Nachbarn.

»Was ist los, ist sie nicht nach Hause gekommen?«, wunderte sich eine ältere Frau.

»Bestimmt kommt sie gleich«, meinte jemand anders.

»Haben Sie es auf dem Handy versucht?«, fragte ein Dritter.

»Sehen Sie doch mal in der Bar bei Catello nach.«

»Ich habe gesehen, wie sie um sechs weggegangen ist, nein, ein bisschen früher, da hat sich das Gewitter von Weitem schon angekündigt.«

»Wo ist sie bloß hingegangen?«, fragte Mariagrazia.

»Wer weiß. Auf die Piazza jedenfalls nicht, sie ist vorher abgebogen, Richtung Kapelle.«

»Die Kapelle wird um fünf zugeschlossen.«

»Weinen Sie nicht, Mariagrà, warum weinen Sie denn? Sie kommt bestimmt bald zurück.«

»Diese Kinder brechen uns noch das Herz mit all dem Kummer, den sie uns bereiten.«

Um zehn hörte es auf zu regnen. Die Nachbarn schwärmten aus, um Marika zu suchen, nur ein paar Frauen blieben, um Mariagrazia zu trösten, obwohl sie ahnten, dass es keine guten Neuigkeiten geben würde.

Um kurz nach elf wurden die Carabinieri benachrichtigt.

Ich hätte lieber gleich alles erzählen sollen. Ich tat es nicht, weil ich benommen war und fieberte, weil das, was ich gesehen und gehört hatte, *zu viel* war, ich hatte einfach nicht die Kraft, darüber zu sprechen. Oma fragte mich zweimal, ob ich zufällig Marika gesehen hätte, und ich schüttelte zweimal den Kopf, weil ich nicht mit fester Stimme Nein hätte sagen können.

Die Carabinieri suchten das Dorf und die ganze Umgebung ab, doch die Hunde trafen erst zwei Tage später ein, und da hatte der Regen bereits alle Spuren weggewaschen. Keiner hatte etwas gesehen: Nachdem sie in die Straße zur Kapelle eingebogen war, verlor sich Marikas Spur. Oder jemand hatte was gesehen oder mitgekriegt und schwieg. Wie ich.

Eine Flucht aus Liebe? Unwahrscheinlich, die Sache mit ihrem Freund Roberto war schon seit Wochen vorbei, außerdem hatte er ein wasserdichtes Alibi, und andere Verehrer gab es nicht. An Enzino und seine Leute dachte keiner, denn keiner hatte je einen von ihnen mit Marika zusammen gesehen. Und selbst wenn die Carabinieri einen Verdacht gehabt hätten, hätte sich garantiert ein halbes Dutzend Personen bereitgefunden zu schwören, dass die sich zum fraglichen Zeitpunkt ganz woanders aufgehalten hätten.

Blieb eine Entführung. Aber nicht, um ein Lösegeld zu erpressen, bei der Familie gab's nichts zu holen, sondern mit viel schlimmeren Absichten, wie vermutet wurde. Und die kurzbeinigen Fettärsche tuschelten, dass das arme Mädchen das aber auch irgendwie herausgefordert habe, wo sie sich immer so aufreizend anzog, klar macht das die Männer an, und einer auf Durchreise – keiner aus dem Dorf, Gott behüte! – musste gedacht haben, sie wolle das so, was ja vielleicht auch stimmte, nur dass die Sache dann ein böses Ende genommen hatte.

Dass sie aus Abenteuerlust in die weite Welt hinausgezogen war, glaubte keiner, am allerwenigsten ihre Mutter, die nicht müde wurde, das den Carabinieri und Journalisten von Presse und Fernsehen zu erzählen, die alle Welt interviewten, um Seiten und Sendungen mit Fotos und heißem Dampf zu füllen. Weil Marika schön und fotogen war, veröffentlichten die Zeitungen noch eine Weile ihre Fotos, aber sie wurden immer kleiner, bis es ganz aufhörte, als zwischen zwei Familien aus Baiano eine Fehde ausbrach, die vier Tote forderte. Und vier neue Morde sind eine interessantere Meldung als ein verschwundenes Mädchen, auch wenn es sich nur um eine stinknormale Camorrageschichte handelt und die Leute sagen, das sei ja nicht so schlimm, solange sie sich untereinander die Köpfe einhauen.

Die Carabinieri und Mariagrazia bekamen eine Menge Anrufe, einer hatte sie am Bahnhof Termini in Rom gesehen, ein anderer auf der Kirmes in Benevent, wieder andere im Norden, in Mailand, Turin und Genua, aber das waren alles nur Spinnereien von Leuten, die zu viel Zeit hatten oder dringend eine Brille brauchten.

Geteiltes Leid ist halbes Leid, sagt man bei uns, aber ich empfand nicht nur Schmerz, sondern Wut, Angst,

Ekel, Abscheu, und es war niemand da, mit dem ich diese Gefühle hätte teilen können. Also behielt ich sie für mich, und sie vergifteten meine Gedanken und meinen Schlaf, bis sie irgendwann langsam schwächer wurden, obwohl sie jederzeit wieder hochkommen konnten, sobald jemand Marikas Name erwähnte. Oder sobald ich in der Ferne Enzino und seine widerlichen Freunde entdeckte.

»Salvatò, er hat mich verlassen«, sagte Doktor De Lucia durchs Telefon.

»Der Käfer?«

»Wer denn sonst?«

»Ich hab's Ihnen doch gesagt, Dottore, früher oder später…«

»Es war zwar eher später als früher, aber jetzt sitze ich echt in der Patsche.«

»Und wo genau?«

»Richtung Contrada Moglia, kurz vor der Provinzstraße. Komm mit einem Seil her und schlepp mich ab.«

»Das geht nicht.«

»Wie, das geht nicht, du alter Faulenzer?«

»Weil man mit dem Seil nicht mehr abschleppen darf. Dafür gibt es jetzt Abschleppwagen.«

»Madonna, machen die es kompliziert. Ein Abschleppwagen kostet bestimmt ein Vermögen. Kannst du nicht eine Ausnahme machen?«

»Wenn uns die Carabinieri erwischen, kriegen wir beide einen Strafzettel.«

»Um die Carabinieri kümmere ich mich. Die kommen ständig an und wollen was von mir, und eine Hand wäscht die andere. Kommst du jetzt her, oder was?«

»Na gut, aber bei allem Respekt, Dottore, das ist das letzte Mal.«

Carabinieri und Straßenpolizei waren anderswo beschäftigt, deshalb klappte die Aktion ohne Zwischenfall. Aber als Salvatore die Motorhaube öffnete, schüttelte er gleich den Kopf:

»Die Mühe hätten wir uns sparen können.«

»Was soll das heißen?«

»Das soll heißen, dass der Motor einen Kolbenfresser hat und nichts mehr zu machen ist.«

»Gar nichts?«

»Gar nichts. Die Karre ist eine einzige Katastrophe: Reifen, Bremsen, Karosserie, und jetzt noch Kolbenfresser. Sie sind doch nicht mit ihm verheiratet, Dottore, kaufen Sie sich einen neuen.«

»Einen neuen? Niemals.«

»Wieso nicht?«

»Weil ich es in meinem Alter einfach nicht übers Herz bringe, Schluss zu machen und ihn zu verlassen. Und wegen des Geldes.«

»Dann eben einen Gebrauchtwagen. Aber einen in gutem Zustand.«

»Kannst du mir so einen besorgen? Er muss aber günstig sein.«

»Keine Sorge, ich mach das schon.«

»Sag mal, stimmt es, dass du einen Oldtimer vom *Bourbonen* wieder fit machst?«

»Von Ubaldo Manconi, meinen Sie?«

»Genau, dem *Bourbonen ohne Hengst*.«

Salvatore musste grinsen. Ubaldos Spitznamen hörte er zum ersten Mal, aber er fand ihn treffend.

»Ja. einen Lancia Astura Coupé 4, Serie von 1939. Ein Juwel.«

»So viele Namen, bestimmt auch blaublütig. Darf man sich den mal anschauen?«

»Hier entlang, kommen Sie.«

Sie gingen in die zweite Werkstatt, in der die Neuwagen montiert wurden, und dazwischen thronte der Lancia.

»Eine echte Schönheit«, musste De Lucia zugeben. »Wo hat er den her?«

»Hat seinem Großvater gehört, dem Vater der Marchesa. Und stand seit Jahrzehnten in der Garage.«

»Deshalb habe ich ihn noch nie gesehen. Sein Vater ist damit nicht gefahren, soweit ich mich erinnere. Und was hat er jetzt damit vor? Ans Meer fahren, zum Picknicken unter freiem Himmel?«

»Oldtimertreffen, sagt er. Und dass der Schwiegersohn vom Duce auch so einen gefahren ist.«

Doktor De Lucia feixte: »Ich sehe ihn schon vor mir! Ohne Hengst, dafür mit dem Lancia Astura Coupé. Ein Provinzfürst aus einer anderen Zeit. Die Zeiten ändern sich, aber die Idioten sterben wohl nie aus.«

Diesmal musste Salvatore kichern: Ubaldo war ihm nicht unsympathisch, aber ein bisschen bescheuert fand er ihn auch, vor allem seit er jeden Tag in der Werkstatt auftauchte, um ihn herumschwänzelte, sich erkundigte, wie die Arbeit vorangehe, ihn mit unsinnigen Fragen bombardierte und zur Eile antrieb. Dabei hatte er ihm gleich gesagt, er solle sich in Geduld fassen, erstens wegen der Ersatzteile und zweitens weil er an dem Lancia nur in seiner Freizeit arbeiten konnte, die Arbeitskosten wären sonst ins Unermessliche gestiegen.

Aber entweder war Ubaldo taub, oder er verbrachte seine Zeit lieber in der Werkstatt als zu Hause.

Notar Polito wollte nicht indiskret sein, doch die Neugier juckte ihn wie ein Wespenstich. Es war aber nicht nur Neugier, die ihn trieb, er hatte seine Sekretärin ins Herz geschlossen wie ein Onkel die aufmerksamste, stillste seiner Nichten. Er hatte drei echte Nichten und dazu noch zwei Neffen, aber aufmerksam wurden die nur, wenn es um das zukünftige Erbe ging, das – wie sie hofften – nicht allzu lange auf sich warten lassen würde, während er als Person ihnen piepegal war. Polito war seit fast zwanzig Jahren Witwer und hatte keine Kinder, doch noch einmal heiraten wollte er nicht, weil die Beziehung mit seiner Teresa so erfüllt gewesen war, dass die Vorstellung, eine andere an ihr zu messen, ihn von vornherein melancholisch stimmte. Und irgendwann hatte er gar nicht mehr daran gedacht.

Ein paar Wochen lang unterdrückte er die Neugier und hoffte vergeblich, Rosaria würde von selbst darauf zu sprechen kommen, doch irgendwann konnte er nicht länger an sich halten:

»Was ist denn nun, Rosà, alles in Ordnung bei dir?«

Sie errötete: Auch sie wollte sich gern mitteilen, aber der Anstand hatte ihr verboten, »Frauenleiden« anzusprechen.

»Ja, Signor Polito, ich… bei mir ist alles in Ordnung. Alles bestens, die Untersuchung hat nichts erbracht.«

»Hast du's ihnen gesagt?«

»Wem?«

»Der Schrumpelmöse und deinem Mann.«

»Ja, erst ihm und dann ihr.«

»Und?«

»Sie sagen, dass das nicht sein kann.«

»Inwiefern?«

»Der Defekt kann nicht beim Mann liegen.«

»Ja, leben die hinterm Mond, oder was? Vergessen wir die Schrumpelmöse, denn die ist mit Verlaub ein Miststück, aber dein Mann hat doch studiert und einen Universitätsabschluss, den hätte ich nicht für so ignorant gehalten. Oder für so überheblich.«

Der Notar wusste, wovon er redete. Im Gegensatz zu ihm hätte seine Teresa damals nämlich so viele Kinder haben können, wie sie wollte. Als sie von seiner Unfruchtbarkeit erfuhren, waren sie traurig, aber dann hatten sie sich damit abgefunden. Und falls möglich, hatte Teresa ihn noch mehr geliebt als zuvor.

»Er hält zu seiner Schwester. Nie verteidigt er mal mich.«

»Dann verteidige dich selber. Ohne Ubaldo beleidigen zu wollen, aber verdammt noch mal, du bist zehnmal so viel wert wie einer von denen. Wenn er dich geheiratet hat, muss er zu dir stehen. Immer.«

Über diese Worte grübelte Rosaria lange nach. Das Gleiche hatte sie auch schon gedacht, doch die Bestätigung des Notars verlieh dem Gedanken noch mehr Gewicht.

Und ganz langsam reifte in ihr der Entschluss, etwas zu verändern, die Sticheleien, Gemeinheiten und Übergriffe nicht länger hinzunehmen, sondern sich zu wehren, wie Polito ihr geraten hatte.

Manchmal denke ich, ich habe Marika getötet. Durch mein Nichtstun, durch mein Schweigen, während es geschah, und nachher. Aber ich war erst elf, noch ein Kind. Möglicherweise ist Kind sein ein mildernder Umstand, der die Schuld vielleicht sogar löscht, aber sicher bin ich mir nicht.

Nach Marikas Verschwinden – dass sie tot war, wusste allein ich, die anderen vermuteten es nur – bin ich zwei Jahre lang nicht mehr in der Umgebung des Dorfes spazieren gegangen. Da mir die Bewegung so fehlte, meldete Oma mich im Sportstudio Fortitudo in dem Dorf an, in dem Tore und Graziella arbeiteten. Dreimal pro Woche ging ich dort trainieren, montags, mittwochs und freitags, wie Paolo auf dem Markt. Oma brachte mich hin, weil Opa zu unkonzentriert geworden war und nicht mehr Auto fuhr, und zurück nahmen Salvatore und Graziella mich in ihrem Wagen mit.

Im Studio hatte ich zwar Bewegung, aber mir fehlte die Stille auf dem Land, besser gesagt die Geräusche, die ich so liebe: das Rauschen der gepeitschten Blätter im Herbst, das Fauchen des Windes im Winter, der Gesang der Vögel im Frühling, das Konzert der Insekten im Sommer. Und die Gerüche: nach trockener oder nasser Erde, nach Gras, Akazien- und Zitronenblüten. Die Liebe zum Land war das Erbe meiner Mutter.

Der Geruch im Sportstudio war ganz anders, strenger, nach Schweiß, Magnesia und nach Füßen. Ich trainierte an Kletterstangen, Seilen, Pferd, Gewichten und Maschinen, meine Arme und Beine wurden kräftiger. Und die Anstrengung machte mich ruhiger.

An den anderen Nachmittagen half ich nach den Hausaufgaben Oma in der Küche. In kurzer Zeit wurde ich eine gute Köchin, nur den Pizzateig mit bloßen Händen auswalzen, das habe ich nie geschafft. Aber Kneten machte mir großen Spaß, unter meinen kräftigen Händen wurde der Teig geschmeidig und glatt. Wenn wir hier Pizza essen, kauft die Tante im Supermarkt ein Päckchen Tiefkühlteig, aber der schmeckt ganz anders. Ich hab's ihr ein paar Mal gesagt, dass ich nur Mehl und Hefe brauche, aber sie befürchtet wohl, dass ich die Kochecke versaue, jedenfalls bringt sie jedes Mal den Fertigteig mit. Sie lebt allein, vermutlich hat sie deshalb die Lust am Kochen verloren und es sich abgewöhnt.

Trotzdem fehlten mir die langen Spaziergänge sehr, und manchmal wäre ich nur zu gern ausgerissen, aber ich hatte ein Versprechen gegeben und wollte es nicht brechen. Irgendwann aber wurde es stärker als ich. »Ich fühle mich wie in einem Käfig«, erklärte ich Oma, und sie erlaubte mir ab und zu ein bisschen herumzustromern.

Über Marika redete im Dorf keiner mehr.

E s i s t h a l b z e h n a b e n d s. Rosaria und Imma sitzen auf dem Sofa vor dem Fernseher und schauen sich einen Film an, irgendwas zwischen Krimi und Science-Fiction, aber sie sind nicht richtig bei der Sache, schweifen mit den Gedanken ab. Plötzlich schreckt das Klingeln des Handys sie auf. Um diese Zeit ruft nie jemand an. Verdutzt steht Rosaria auf und gräbt in der Tasche nach dem Telefon. Als sie im Display Nummer und Namen des Anrufers sieht, geht sie ins Schlafzimmer und schließt die Tür. Ein paar Minuten später kommt sie zurück, sichtlich verstört.

Imma beobachtet sie, sie ist unsicher, ob sie fragen soll, aber da die Tante auch ganz blass geworden ist, gibt sie sich einen Ruck:

»Stimmt was nicht?«

Rosaria schüttelt den Kopf, doch aus ihren Augenwinkeln kullern zwei Tränen.

»Was ist los, schlechte Nachrichten? Oma und Opa? Salvatore und Graziella? Angela?«

»Nein, nein.«

»Bestimmt nicht?«

»Du weißt doch, dass sie nie auf dem Handy anrufen ...«, sagt die Tante, während immer mehr Tränen kommen.

»Wer dann?«

Rosaria schüttelt den Kopf und ringt noch einmal um Fassung, dann gibt sie auf:

»Alfonso.«

»Ist ihm was passiert?«

»Nein, es ist nur ... wir werden uns morgen und Samstag nicht sehen.«

Imma findet nicht, dass diese Nachricht einen Heulkrampf rechtfertigt: »Wenn er diese Woche nicht kommt, dann seht ihr euch eben nächste Woche.«

»Nein, du verstehst nicht: Er kommt, aber er bringt seine Frau mit.«

Dazu fällt Imma kein Trost ein, aber bei sich denkt sie, dass Rosaria ja von der Frau wusste. Eine kranke Ehefrau, okay, aber doch die Ehefrau. Wie soll die sich eigentlich die fünfeinhalb Stockwerke hochschleppen?

»War seine Frau nicht krank?«

»Doch, doch.«

»Geht es ihr jetzt besser?«

»Was weiß ich? Ich hab nie irgendwas von ihm verlangt. Aber er ...«

»Er was?«

»Er verlangt ... er verlangt, dass ich in die Wohnung fahre und ... und aufräume, meine Sachen packe, Pantoffeln, Zahnbürste, Kämme ... so Sachen.«

Imma nimmt die Tante in den Arm – es ist das erste Mal –, weil sie nicht weiß, was sie sonst tun oder sagen könnte, und Rosaria drückt sie an sich.

Dann, ganz langsam, fängt sie an zu erzählen.

Die Worte des Notars hatten den Ausschlag gegeben.

»Sag mal, Ubaldo, warum nehmen wir uns nicht eine eigene Wohnung, du und ich?«

»Wozu? Kinder kommen ja wohl keine.«

»Wir könnten noch mal zusammen zum Arzt gehen, vielleicht gibt es ja eine Medizin ... Und bitte, wir haben doch noch Zeit, wir sind ja nicht alt.«

»Richtig. Und während wir darauf warten, dass welche kommen, können wir auch genauso gut hierbleiben.«

»Ubaldo, ich fühle mich hier nicht wohl.«

»Aber du bist doch eh den ganzen Tag unterwegs.«

»Abends und nachts und an den Wochenenden bin ich hier.«

»Und, was passt dir denn nicht?«

»Alles. Ich habe hier überhaupt nichts zu sagen. Ich komme mir vor wie eine Katze, die sich durch die Hintertür eingeschlichen hat und die von allen Plätzen, an denen sie sich niederlässt, mit Fußtritten verjagt wird.«

»Ich habe dich nie getreten.«

»Du nicht, aber Matilde schon.«

»Jetzt hör aber auf! Du hast einfach ihr Wesen noch nicht verstanden.«

»Ich verstehe es nur zu gut. Sie ist die Tochter der Marchesa Maria Sofia, ich eine Bäuerin.«

»Bäuerin, Bäuerin ... du bist Angestellte.«

»Gewiss, aber wenn sie mit euren Verwandten telefoniert – zumindest glaube ich, dass es Verwandte sind, Freundinnen hat sie ja keine, soweit ich weiß –, dann nennt sie mich so. Und nicht etwa heimlich, sie achtet genau darauf, dass ich es höre.«

»Was weiß ich, was du gehört hast, vielleicht hat sie über Fiorona gesprochen.«

»Du glaubst mir also nicht?«

»Natürlich glaube ich dir, aber du übertreibst, du siehst alles nur negativ.«

»Ich übertreibe, sehe alles nur negativ? Und was soll ich davon halten, dass sie in unser Zimmer geht und ihre Nase in sämtliche Schubladen und Schränke steckt?«

»Tja, das war halt immer schon ihr Haus.«

»Aber jetzt ist es auch mein Haus. Dann gehe ich jetzt also in ihr Zimmer und schaue mir bei ihr mal alles genau an, wie sie bei mir.«

»Jetzt mal ehrlich, was stört dich denn daran? Du hast doch keine Geheimnisse oder kompromittierende Papiere…«

»Von mir aus, schauen wir doch mal, ob es sie stört, wenn ich ihr Zimmer auf den Kopf stelle.«

Ubaldo hielt sie am Arm zurück:

»Was hast du vor? Bist du verrückt geworden?«

»Nicht halb so verrückt wie sie. Aber von heute an wird sich hier einiges ändern.«

Und das Erste, was sich änderte, war die Meinung, die Rosaria von ihrem Mann hatte.

Freitag, Markttag. Heute regnet es nicht, es ist beinahe schönes Wetter. Anders als auf dem Land, aber immerhin so schön, wie es hier sein kann. Und es macht Spaß, den weißen Wolken zuzuschauen, wie sie einander zwischen den Hausdächern jagen.

Gestern Abend war die Tante so traurig, dass ich schon Angst hatte, sie würde heute nicht zur Arbeit gehen, aber dann ist sie doch aufgestanden, hat alles gemacht wie immer und die Wohnung verlassen. Nur eins war anders: Sie hat die Fernbedienung dagelassen, ob aus Unachtsamkeit oder absichtlich, weiß ich nicht. Wohl eher aus Unachtsamkeit, weil sie immer noch völlig durcheinander war wegen Alfonsos Anruf.

Je älter ich werde, desto weniger verstehe ich die Erwachsenen. Sie sind zu den schlimmsten Dingen fähig, ohne sich darüber Gedanken zu machen. Sicher, wenn Alfonso seine Frau, ob krank oder nicht, mit in die Stadt bringt, darf sie keine Spur von Rosaria in der Wohnung entdecken. Aber wenn er von Rosaria verlangt, hinzufahren und sauber zu machen, dann trampelt er auf ihren Gefühlen herum. Warum ist er nicht auf die Idee gekommen, mit seiner Frau unter irgendeinem Vorwand ins Hotel zu gehen? Die vielen steilen Treppen oder die kaputte Heizung, er hätte auch im letzten Augenblick so tun können, als hätte er den Schlüssel vergessen, zum Beispiel. Aber so ist es nun mal: Wenn Erwachsene die eigene Haut retten wollen, entwickeln sie eine unglaubliche Fantasie, geht es aber darum, Rücksicht auf andere zu nehmen, fällt ihnen nichts ein. Zwar waren die Kinder, die ich kennengelernt habe, auch nicht besser, doch bei ihnen hatte ich immerhin Hoffnung, sie wären so fies, weil sie eben noch Kinder sind, und würden sich irgendwann bessern. Denkste.

Nur Michele Amitrano, der in dem Buch, das ich bei Paolo gekauft habe, seine Geschichte erzählt, ist anders. Er kümmert sich rührend um seine kleine Schwester und auch um ein dickes Mädchen, das von allen anderen gehänselt wird. Er hat ein Geheimnis, das er vor seinen Freunden verbergen muss, genau wie ich. Er ist erst neun, und wenn ich ihn damals, vor zweieinhalb Jahren schon gekannt hätte, dann wäre mein Leben vielleicht anders verlaufen.

Heute Morgen gehe ich ganz sicher einen anderen Weg als beim letzten Mal, weil Polizei und Carabinieri jetzt meine Feinde sind, die nichts von mir wissen dürfen. Als ich in die Nähe des Markts komme, werde ich aufgeregt wie vor einem Wettkampf, weil ich Angst habe, Paolo könnte heute wieder nicht da sein und ich müsste mich damit begnügen, an ihn zu denken, statt ihn leibhaftig vor mir zu sehen.

Ich gehe schneller, renne fast. Als ich in die Gasse mit den Verkaufstischen einbiege und sehe, dass der vorletzte Platz besetzt ist, beruhige ich mich, und der Zinkgeschmack im Mund geht weg. Zink, wie die Schüssel, in die Mama mich vor dem Schlafengehen immer gesetzt hat, um mich zu waschen, und an der ich immer geleckt habe.

Ich darf nicht an Mama denken. Ich darf nicht an Marika denken. Ich darf nicht an Enzino denken. Ich darf nicht an Mimmo den Blinden und an Peppuccio Koksnase denken. Zu viele Menschen, an die ich nicht denken darf. Dabei bin ich erst dreizehneinhalb.

»Ciao, Lucia. Hübsch siehst du aus ohne Kapuze.«

»Danke. Vorgestern warst du nicht da.«

»Es hat zu stark geregnet. Da werden die Bücher feucht und gehen kaputt, und dann kauft sie keiner mehr.«

»Läuft das Geschäft gut?«

»Kann man nicht gerade sagen. Aber mein Onkel gibt nicht auf, obwohl fast nichts hängen bleibt.«

»Wieso gibt er nicht auf?«

»Weil Bücherverkaufen sein Leben ist. Früher hatte er einen Laden, dann wurde die Miete zu teuer, und er musste dichtmachen. Deshalb hat er einen Gewerbeschein als fliegender Händler beantragt.«

»Wie alt ist dein Onkel?«

»Sechzig.«

»Das ist aber bestimmt nicht gut für ihn, so lange in der Kälte rumzustehen.«

»Geh zu ihm und sag's ihm. Wie geht's deiner Oma?«

»Meiner Oma? Wie immer, sie hat ihre Schmerzen und so.«

»Und, kommst du mal auf eine Pizza ins Da Arnaldo?«

»Wenn meine Eltern mit mir hingehen …«

»Du kannst doch auch alleine kommen. Oder mit einer Freundin. Ich gebe euch einen Tisch im hinteren Teil und lass euch was nach.«

»Ich frag mal. Aber ich weiß nicht, ob sie's erlauben.«

»Die müssen dir doch mal ein bisschen Spaß gönnen! Den ganzen Tag passt du auf deine Oma auf, abends gehst du in die Schule …«

Ich weiß nicht, was ich antworten soll. Ich weiß nur, dass ich nie in die Pizzeria Da Arnaldo gehen werde.

»Hast du das Buch schon gelesen?«

»Noch nicht ganz.«

»Gefällt es dir?«

»Sehr. Die Landschaft erinnert mich an zu Hause.«

»Hast du Heimweh?«

»Ja und nein.«

»Was meinst du damit?«

»Na, die Wärme, die Farben und die Gerüche vermisse ich schon, aber manche Dorfbewohner überhaupt nicht.«

Pass auf, sage ich mir, du verrätst zu viel. Während ich mich schon wappne, dass er mir mit gefährlichen Fragen zu sehr auf die Pelle rückt, kommt ein Mädchen und klopft ihm von hinten auf die Schulter. Er dreht sich um, sie küsst ihn.

Aber nicht auf den Mund, auf die Wange, wie unter Freunden. Ich möchte so vertraut mit ihm sein wie dieses Mädchen, die ihn vielleicht oft sieht und auch in der Pizzeria besucht, die ihn treffen kann, wann immer sie will. Noch schöner fände ich es, wenn ich seine Freundin wäre, aber das ist ganz unmöglich, ich weiß, deshalb mache ich mir erst gar keine Hoffnungen.

»Das ist Linda, eine Kommilitonin von der Uni«, sagt Paolo und deutet auf sie. »Und das ist Lucia, eine Kundin.«

»Ciao, Linda«, sage ich, und gleich hinterher: »Na, ich geh dann mal. Ciao, Paolo.«

»Kaufst du heute nichts?«

»Heute nicht. Montag vielleicht.«

Ich mache mich aus dem Staub. Natürlich ohne zu rennen. Ich mache mich aus dem Staub, weil Frauen unvorhersehbare Fragen stellen und mehr auf Details achten. Am Wochenende werde ich sowieso nicht viel lesen können, wenn die Tante dauernd zu Hause ist.

Salvatore fand das geeignete Auto für Doktor De Lucia. Er kaufte es dem alten Besitzer direkt ab und umging damit seinen Chef, der auf den Kaufpreis eine satte Provision aufgeschlagen hätte. Er machte eine Probefahrt, besah sich den Motor und war zufrieden: ein sieben Jahre alter Golf mit sechzigtausend Kilometern auf dem Buckel, aber in gutem Zustand, wenig belastet. Um die kleinen Macken würde er sich kümmern, sobald der Wagen den Besitzer gewechselt hatte, für Reparaturen bekam der Arzt nämlich einen Sonderpreis.

Da das Geschäft unter der Hand ablaufen sollte, witterte der Verkäufer einen Betrug.

»Dann lassen Sie ihn doch woanders schätzen, in Neapel meinetwegen, und diesen Preis zahlt Ihnen dann mein Käufer«, schlug Salvatore vor.

»Und was, wenn der Käufer zig Strafzettel sammelt und ich einen Haufen Zeit damit verliere zu beweisen, dass ich nicht mehr der Besitzer bin? Sie wissen, wie so was läuft.«

»Der Käufer ist Doktor De Lucia.«

»Ach so, dann bin ich beruhigt. Und sagen Sie einen Preis, Ihnen vertraue ich.«

Damit war das Geschäft abgemacht. Der alte Käfer wanderte in die Schrottpresse, und seinem Chef sagte Salvatore, der Doktor sei sich direkt mit einem Patienten einig geworden.

Salvatore machte sich an die Arbeit, und nachdem er diverse Beulen und Kratzer ausgebessert hatte, sah der Golf fast wie neu aus.

»Sehr schön«, lobte Doktor De Lucia. »Und die helle Farbe gefällt mir ausnehmend gut, zumal man da den Staub von der Straße nicht so sieht.« Und dann, mit leiser Stimme: »Wenn er so gut fährt, wie du sagst, bin ich dir was schuldig, Salvatò.«

Ich sehe hübsch aus, hat er gesagt, ohne die Kapuze sehe ich hübsch aus. Und wenn ich nicht diese Pennerjacke und schlecht geschnittene Jeans vom Markt anhätte, dann fände er mich bestimmt noch schöner. Ich habe nämlich auch eine gute Figur, lange Beine, eine schmale Taille und einen schönen Busen. Das kommt vom Sportstudio, in dem ich unzählige Stunden ächzend und schwitzend verbracht habe, ohne mich zu schonen, weil ich während der Übungen und auch danach, wenn ich kraftlos und erschöpft war, wegen der Erinnerung an Marika und vor schlechtem Gewissen die Anstrengung fast gar nicht spürte. Hier bei der Tante mache ich täglich Gymnastik, aber das strengt nicht genügend an. Damit ich nicht dauernd über böse Erinnerungen stolpere, muss ich mich zwingen, an anderes zu denken.

An Angela, zum Beispiel.

Angela, meine Cousine, müsste in etwa so alt sein wie Linda, die Freundin von Paolo. Sie studiert auch, und zwar in Rom, wo sie in einem Nonnenwohnheim lebt. Samstags und sonntags fährt sie meist nach Hause, aber nicht immer, weil sie manchmal in die Bibliothek geht oder Studienarbeiten erledigen muss. Oder weil sie mit ihrer Zimmergenossin, die Fiorenza heißt und einmal mit auf Besuch gekommen ist, ins Theater geht oder Musik hören will.

Angela mag ich sehr, weil sie immer nett zu mir war, nie eifersüchtig oder gemein. Als Oma und Opa mich zu sich holten und ich in Angelas Zimmer schlafen sollte, hat sie nicht protestiert, sondern sich an manchen Abenden sogar zu mir ans Bett gesetzt und mir ein Märchen erzählt. Sie konnte zwar nicht so gut erzählen wie Oma, die darin großartig ist, dafür tat sie es aus freien Stücken, ohne dass es ihr jemand aufgetragen hätte. Außerdem durfte ich mit ihren alten Spielsachen spielen, all den Puppen, Spieldosen, Kochsachen und Kuscheltieren, und wenn wir ans Meer fuhren, half sie mir, Steinchen aus buntem Glas zu suchen. Als ich wieder anfing zu sprechen, gab sie mir Ratschläge wie eine große Schwester, kämmte meine Haare zu immer neuen Frisuren und beriet mich, welche T-Shirts ich anziehen sollte.

Ich beneide Angela in vielerlei Hinsicht, aber ich meine es nicht böse. Ich beneide sie darum, dass sie noch Mutter und Vater hat, während meine Mutter tot ist und mein Vater weit weg lebt und wenig an mich denkt, das Geld zum Geburts- und Namenstag immer zum falschen Datum schickt und es ihm nie in den Sinn gekommen ist, dass ich statt Geld vielleicht lieber ein Geschenk hätte, das er für mich ausgesucht hätte. Außerdem beneide ich Angela, weil sie, wie Oma es ausdrückt, im gemachten Nest sitzt, das heißt, sie hat noch nichts Schlimmes erlebt, im Gegensatz zu mir.

Um etwas beneide ich Angela allerdings nicht, und zwar um einen ganz bestimmten Charakterzug. Angela hinterfragt nichts, sie glaubt stets, was man ihr sagt, nimmt alles für bare Münze und fragt nie nach den Hintergründen. Wenn sie zum Beispiel an Michele Amitranos

Stelle gewesen wäre, dem Kind aus *Ich habe keine Angst*, wäre ihr das Detail mit dem Topf bestimmt nicht aufgefallen, und ihr wären keine Zweifel an ihrer Familie gekommen.

Vielleicht ist es ein Segen, wenn man so sorglos und zufrieden ist, bestimmt kommen keine quälenden Gedanken. Trotzdem, von den schlimmen Erlebnissen einmal abgesehen, bin ich lieber so, wie ich bin. Oder bin ich nur so, weil ich das erlebt habe.

Ich werde es nie erfahren.

Die Tante kommt mit einer Leidensmiene nach Hause. Eine tiefe Falte zieht sich von der Nasenwurzel über die Stirn. Die Falte war schon gestern da, aber nicht so tief: Alfonsos Anruf hat sie über Nacht eingegraben. Ich betrachte ihr gealtertes Gesicht und habe Mitleid mit ihr.

»Tante Rosaria«, sage ich, »ich habe eine Überraschung für dich vorbereitet.«

»Was Schönes?«, zwingt sie sich zu antworten.

»Na klar, sonst hätte ich sie doch nicht extra vorbereitet.«

»Und was ist es?«

»Ich habe Reis-Arancini gemacht, die magst du doch so. Und es riecht gar nicht nach Fett, stimmt's?«

»Du bist ein tüchtiges Mädchen, Imma. Wie hast du das mit dem Geruch hingekriegt?«

»Ich habe Durchzug gemacht, durchs Schlafzimmer. Aber keine Sorge, das Fenster zur Straße habe ich nur einen Spalt geöffnet, dafür das zum Hof etwas weiter, wenn der Rollladen halb heruntergelassen ist, kann niemand reinschauen.«

»Hattest du denn alle Zutaten?«

»Ja, war alles da: Reis, getrocknete Erbsen, Fleischsoße, Eier, Mozzarella, Brot, Pesto. Und ich habe gleich so viele gemacht, dass es auch für morgen reicht. Freust du dich?«

»Über die Arancini schon, über alles andere nicht.«

»Falle ich auch unter alles andere?«

»Nein, du doch nicht. Du leistest mir Gesellschaft, versuchst mich aufzuheitern.«

»Du musst dein Leben ändern, Tante Rosaria.«

»Und wie, wenn ich fragen darf?«

»Das weiß ich nicht, ich bin erst dreizehneinhalb. Aber dein Leben jetzt ist erbärmlich.«

»Unser beider Leben ist erbärmlich, wir haben zu viel Unglück erlebt.«

»Aber wir dürfen uns nicht damit abfinden.«

»Du vielleicht. Apropos, fast hätte ich es über der Geschichte mit der Wohnung vergessen, das war so anstrengend... Anstrengend fürs Herz, nicht für die Arme, meine ich, meine Sachen packen, schauen, dass nirgendwo noch Haare von mir waren, meine Anwesenheit auslöschen, als wäre ich nie dort gewesen. Von der Szene verschwunden, verstehst du? Und sein Anruf gestern Abend, als er mich darum bat, als wäre es ein Klacks, wie, was weiß ich, eine Straßenbahnfahrkarte oder ein Parkticket kaufen. Seit gestern lastet ein Stein auf meinem Herzen. Fast hätte ich darüber vergessen, dir was Wichtiges zu sagen.«

»Was denn?«

»Montag wird im Fernsehen ›Bitte melde dich!‹ ausgestrahlt.«

»Hat Tante Graziella dir geschrieben?«

»Nein, sie hat bei meinem Notar angerufen. Vom Telefon eines anderen Notars aus.«

»Dem von Notar Polito?«

»Nein, einem aus Neapel, wo sie beruflich zu tun hatte. Sie fragte die Sekretärin um Erlaubnis, und die ist diskret aus dem Zimmer gegangen.«

»Wahrscheinlich dachte sie, dass Graziella Salvatore betrügt.«

»Umso besser, so konnte Graziella ganz offen sprechen.«

»Was hat sie gesagt?«

»Dass es allen gut geht, dass ein Teil der Sendung bereits aufgenommen ist, dass im Dorf alle in Aufruhr sind, weil alle möglichen Leute befragt wurden. Sie haben auch Marikas Fall noch mal aufgerollt, wegen der offensichtlichen Parallelen zu deiner Geschichte. Was mit Enzino passiert ist, kann sich deine Familie nicht erklären. Es hat keine Beerdigung gegeben, als hätten sie ihn heimlich irgendwo in der Landschaft verscharrt, wie eins von ihren Opfern, das nicht gefunden werden soll. Aber Enzino ist nicht irgendein Penner, ein gekaufter Gangster, Enzino ist der Sohn von Don Raffaele, und wenn ein Sohn vom Boss stirbt, wird er mit allem Pomp beerdigt, mit Kränzen und Gestecken, die Geschäfte lassen die Rollgitter herunter, in der Kirche wird eine große Messe mit Trauer-Tamtam abgehalten. Ein Pfarrer, der ihn segnet und in der Predigt behauptet, dass er eine gute Seele war, findet sich immer.«

»Und was bedeutet das?«

»Es geht das Gerücht, dass er wieder im Ausland ist,

aber diesmal nicht zum Studieren, sondern geschäftlich.«

»Und was glaubt meine Familie?«

»Sie wissen es auch nicht. Natürlich trägt das nicht zu ihrer Beruhigung bei.«

»Und die Leute?«

»Die Leute glauben, dass es ein schreckliches Ende mit dir genommen hat. Entführt, vergewaltigt und ermordet. Vielleicht auch nicht ermordet, sondern unter Drogen gesetzt und wer weiß wohin gebracht, um für einen Zuhälter anschaffen zu gehen.«

»Ein schönes Schicksal bescheiden sie mir da!«

»Hoffen wir, dass es anders kommt. Gibt's auch einen Hauptgang?«

»Frikassee mit Erbsen. Die sind noch von den Arancini übrig geblieben.«

»Komm, wir vertreiben die Traurigkeit mit dem Abendessen. Und mit einem Glas Wein. Ich hatte ein paar Flaschen piemontesischen Roero gekauft, den mag Alfonso so gern. Jetzt trinken eben wir ihn.«

»Ich habe noch nie Wein getrunken.«

»Irgendwann muss man ja anfangen, und heute Abend ist der richtige Moment. Nur ein Glas, für die gute Laune.«

»Darf ich dich was fragen, Tante Rosaria?«

»Nur zu.«

»Wie sind wir eigentlich miteinander verwandt?«

»Ganz entfernt, über viele Ecken. Die Eltern von deinem Opa waren mit den Manconis verwandt, das heißt, deine Urgroßmutter war die Schwester von Ubaldos Urgroßvater. Aber inzwischen bin ich gar nicht mehr deine Tante.«

»Und wieso hast du mich dann aufgenommen?«

»Das ist eine lange Geschichte.«

»Kannst du sie mir nicht erzählen?«

»Doch, schon. Es ist die Geschichte einer Schuld. Aber jetzt essen wir erst mal zu Abend. Die Geschichte lässt sich leichter erzählen, wenn man ein bisschen Wein intus hat.«

Die Ankunft des Kamerateams von Rai Tre versetzte das ganze Dorf in Aufruhr. Die Geschichte von Marika hatte es nie ins landesweite Fernsehen gebracht, schon gar nicht zur Primetime, doch jetzt, im Zusammenhang mit Immas Verschwinden wurde sie wieder ausgegraben. Zwei Mädchen in weniger als zwei Jahren, die im gleichen Dorf unter mysteriösen Umständen verschwunden waren. Die erste eine echte Schönheit, die zweite mit etwas herberen Zügen, dafür mit einer tragischen Familiengeschichte auf den Schultern. Ein solcher Mix hatte außergewöhnliches Medienpotenzial. Das versprach eine Quote, die vielleicht nicht ganz an eine Fußballübertragung heranreichte, aber mindestens an eine Naturkatastrophe.

Auf den Fernsehbildern sah man das Dorf und seine Umgebung, die Häuser, in denen die Opfer gelebt hatten, dazu gab es Interviews mit den Nachbarn, mit Catello, dem Barmann, bei dem Marika am Tag vor ihrem Verschwinden ihr letztes Erdbeereis gekauft hatte, mit Immas Lehrerinnen, dem Pfarrer, den Klatschweibern. So viele Interviews, die zusammengeschnitten ein Bild der Wut und der nie vergessenen Schande ergaben.

Und so wurden die beiden Fälle, über die man höchstens noch in der Bar oder nach Tisch tratschte, erneut zum allgegenwärtigen Thema, und die Mädchen im Dorf wurden wieder bei jedem Schritt überwacht und die meiste Zeit im Haus eingesperrt. Manch eine mag da Marika und Imma insgeheim um ihr Schicksal beneidet haben.

Es war Samstagmorgen. Rosaria war eine halbe Stunde später aufgestanden als sonst, Ubaldo genoss noch den süßen Dämmer des Erwachens. Er streckte sich im Bett, stopfte das Kissen gegen das Kopfteil und wartete auf den Kaffee, den seine Frau ihm wie jeden Morgen bringen würde. Stark und nur ganz wenig Zucker. Später würde er in der Küche den gedeckten Tisch vorfinden und ein ordentliches Frühstück zu sich nehmen, mit Brot, Butter, Marmelade und einem zweiten Kaffee, diesmal mit etwas Milchschaum.

Rosaria war ins Bad gegangen, in den Morgenmantel geschlüpft, hatte sich mit der Espressomaschine einen Cappuccino gemacht und im Stehen getrunken und war dann in die Kammer gegangen, wo auch gebügelt wurde.

Dort warteten ein Stapel Weißwäsche, und ganz oben auf dem Stapel zwei Blusen, eine Hose und ein Rock von Matilde. Rosaria stellte das Brett auf, steckte das Bügeleisen in die Steckdose und sortierte die Wäschestücke: auf einen Haufen ihre und Ubaldos Wäsche sowie drei Küchenhandtücher, auf einen anderen Wäsche und Kleider der Schwägerin. Sie schaltete das Radio ein und drehte die Lautstärke so weit auf, dass Matilde im Nachbarzimmer aus dem Bett getrieben wurde.

»Das Radio leiser, Rosà, leiser, da wird man ja taub«, protestierte Matilde genervt.

»Jazz muss man laut hören. Hör mal das Schlagzeug, toll, was?«, erwiderte Rosaria.

Matilde sah sie verdutzt an: Es war das erste Mal, dass die Schwägerin eine Bitte, die eigentlich ein Befehl war, ignorierte.

»Von dem Lärm wird Ubaldo aufwachen.«

»Ubaldo ist schon wach. Und was du Lärm nennst, ist eins der schönsten Jazzstücke überhaupt.«

»Woher willst denn du das wissen?«

»Ich bin vielleicht die Tochter und Schwester von Bauern und selbst eine Bäuerin, aber ein bisschen was habe ich schon mitgekriegt im Leben.«

Matilde war völlig verwirrt. Die Bäuerin trug ja plötzlich die Nase hoch, sie musste sie in ihre Schranken verweisen.

»Wenn du mit Bügeln fertig bist, kannst du im Wohnzimmer saugen. Fiorona ist gestern nicht mehr dazu gekommen.«

»Na, dann macht sie das eben beim nächsten Mal. Soll ich das Bügeleisen anlassen?«

»Wieso?«

»Damit du deine Sachen bügeln kannst. Ich kann's auch gern ausschalten, dann bügelst du eben später.«

»Wann kommt endlich mein Kaffee, Rosà?«, rief Ubaldo aus dem Schlafzimmer, während Piano, Saxofon und Bass sich zum Schlagzeug gesellten, das jetzt gedämpfter war.

»Ubaldo hat nach dir gerufen«, sagte Matilde in der Hoffnung, die Situation wieder in geregelte Bahnen lenken zu können.

»Lass ihn nur rufen. Der wird schon aufstehen, wenn er es leid ist.«

Matilde trat den Rückzug an.

Der Krieg hatte begonnen.

»Warum ausgerechnet Samstag, Tante Rosaria?«

»Weil Samstag nach Freitag kommt. Und an jenem Freitag hatte Matilde gegrillte Bernsteinmakrele gemacht, und weil es an dem Tag auch bei uns im Süden saukalt war, hatte sie das Fenster nicht mal einen Spalt breit geöffnet, und die Dunstabzugshaube hatte sie absichtlich nicht eingeschaltet, sodass in der Küche ein Gestank nach gegrilltem Fisch hing, dass ich würgen musste. Ich bin nicht zimperlich, aber diesen Gestank halte ich einfach nicht aus, mein Magen erträgt ihn nicht, er treibt mir den kalten Schweiß auf die Stirn. Fisch kann man doch wirklich auf die verschiedensten Arten zubereiten, im Ofen, in der Pfanne, in Tomatensoße, man muss ihn nicht nur ausschließlich auf dem Grill zubereiten, aber nein, seit fast zwei Jahren, seit ich eingezogen war …«

»Hatte sie ihn immer nur gegrillt?«

»Ja. Die Suppen habe ich gemacht, Gemüse und Nudelsoßen auch, aber Fleisch und Fisch durfte nur sie zubereiten, das war ihre Domäne. Als ich hierherkam, war mir die Lust richtig zu kochen, vergangen, mir war nicht mehr danach, und außerdem musste ich so viel regeln.«

»Wie hast du eigentlich diese Wohnung gefunden?«

»Über Signor Polito. Bei dem stehe ich bis an mein Lebensende in der Schuld.«

»Telefoniert ihr noch manchmal?«

»Ja, ich rufe ihn mindestens einmal im Monat an. Aber ich belüge ihn.«

»Wieso das?«

»Weil ich ihm erzähle, dass alles bestens läuft und es mir gut geht, dass ich mich gut eingelebt und einen neuen Freund habe.«

»Und glaubt er das?«

»Nein, aber er tut so. Jedenfalls hat er seine Verbindungen spielen lassen und mir diese Wohnung besorgt. Und eine Stelle bei einem Kollegen, der allerdings längst nicht so nett ist. Weil die Wohnung keine Möbel hatte, habe ich anfangs in einer kleinen schäbigen Pension gewohnt, unter lauter schwarzen und marokkanischen Immigranten. Ich und zwei junge Frauen, die wahrscheinlich gedealt haben, in einem Zimmer. Ich musste so schnell wie möglich Geld verdienen, um Bett, Tisch und Gasherd zu kaufen, denn das Leben hier ist teuer, und meine Ersparnisse schmolzen dahin wie Butter in der Sonne. Sobald es ging, zog ich hier ein, ich weißelte die Wände, kaufte mir nach und nach die Dinge, die ich brauchte, und weißt du, wovon? Von dem Geld für den Verlobungsring, den ich verkauft hatte. Die Schrumpelmöse wollte natürlich, dass ich ihn zurückgebe, der Ring einer Marchesa bei einer Bäuerin? Das durfte nicht sein. Aber ich gab nicht nach, ich hatte ihn schon längst in meiner Schreibtischschublade beim Notar versteckt, ich wusste ja, dass sie unser Zimmer auf den Kopf stellt, sie hätte ihn an sich genommen und hinterher glatt behauptet, die Bäuerin hätte ihn verloren.«

»Hat dein Mann wirklich nie für dich Partei ergriffen?«

»Nicht ein Mal. Er meinte, wir wären wie zwei Hennen, und in einen Streit im Hühnerstall wolle er sich nicht einmischen. Dabei hätte es so wenig gebraucht… aber er wollte nur seinen Frieden haben, in seinen Autozeitschriften blättern und sich ansonsten im Glanz seines Lancia sonnen, er wollte nicht belästigt werden, belästigt wurde er schon genug in der Schule, wegen der Sticheleien und Spitznamen. Aber ich bin auch nicht ganz unschuldig an allem.«

»Wieso?«

»Na… aus der Ferne, mit ein wenig Distanz zu dem Chaos, das man angestellt hat, begreift man, dass alles ganz einfach gewesen wäre, dass es auch anders hätte laufen können… Aber wenn man in dem Schlamassel drinsteckt, dann glaubt man zu ersticken und handelt nicht mehr vernünftig.«

»Ich weiß nicht, was du meinst.«

»Schau, ich habe es von Anfang an falsch gemacht, als ich in dieses Haus gezogen bin. Statt Geduld zu beweisen und zu allem Ja und Amen zu sagen, hätte ich als Hausherrin auftreten sollen. Aber das ist schwierig, wenn man aus der Pförtnerloge in die Beletage aufgestiegen ist und glaubt, es nicht verdient zu haben, dass es ein Wunder war, für das man dem Himmel danken muss, dass man in einer richtigen Wanne baden darf, so oft man will, ohne dass Vater und Bruder einen als Schlampe beschimpfen, weil nur Schlampen das Laster der Reinlichkeit besitzen. Auch gegenüber Ubaldo habe ich alles falsch gemacht: Ich dachte, er wäre anders, dass er sich für eine gute Ehe verantwortlich fühlen würde, dass er ein Mann wäre und keine Witzfigur, deshalb hasste ich ihn irgendwann noch mehr als Matilde und begann ihn zu bekriegen, und sie bekriegte ich auch.«

»Und dann?«

»Und dann, und dann ... das erzähle ich dir ein andermal. Hör mal, ich habe uns vier Filme ausgeliehen, irgendwie müssen wir Samstag und Sonntag ja rumkriegen. Jetzt machen wir ein bisschen Ordnung, und dann schauen wir uns einen an, oder auch zwei, wenn uns danach ist.«

Ich muss die ganze Zeit über Tante Rosarias Worte nachdenken. Um es lösen zu können, braucht man Distanz zu dem Chaos, das man angestellt hat oder das einem widerfahren ist. Aber wenn man mittendrin steckt, wenn man in etwas hineingeraten ist, das eine Nummer zu groß ist, wie soll man da einen Blick von außen haben? Wenn man selbst im Schlamassel sitzt, reagiert man spontan, ohne nachzudenken, man hat nicht die Kaltschnäuzigkeit, alle Fluchtwege abzuwägen, man nimmt den, der am nächsten liegt und der einem am wenigsten gefährlich erscheint.

Nach der Sache mit Marika bin ich nach Hause gelaufen, und das Fieber war meine Art zu reagieren, mich in Sicherheit zu bringen und auch meine Familie zu schützen. Ohne mir dessen bewusst zu sein, muss ich gedacht haben, dass Marika ja tot war und ich nichts mehr für sie tun konnte; und dass nichts zu sagen und alles für mich zu behalten einfach die Fortsetzung dessen war, was ich zuvor schon getan hatte, also nichts. Marika ist vor meinen Augen vergewaltigt und ermordet worden, und ich habe nicht geschrien. Und wenn ich gekonnt hätte, hätte ich sogar aufgehört zu atmen, wäre zu einem Stein geworden, einer leblosen Sache.

Ein Riesenfehler. Jeden Tag bitte ich Marika um Verzeihung, aber ich weiß nicht, ob sie mir verzeihen kann, und wenn das schlechte Gewissen mir die Kehle so zuschnürt, dass ich befürchte, wieder zu verstummen, sage ich mir zum Trost, dass ich noch klein war, ein elfjähriges Mädchen. Und selbst die Erwachsenen machen in solchen Situationen Fehler und wählen Wege, die in einer Sackgasse enden. Wie mein Onkel Salvatore, als er beschloss, mich hier unterzubringen.

Aber seit ich das Buch über Michele Amitrano gelesen habe, der erst neun war, trösten mich diese Gedanken nicht mehr.

Das ganze Wochenende über war Tante Rosaria ruhelos. Anders als vorher, ruhelos vor Schmerz, vor Enttäuschung, vor Bitterkeit. Ich wusste nicht, wie ich sie ablenken sollte, und selbst als wir die Filme schauten, war klar, dass sie mit dem Kopf woanders war, in einem anderen, selbst erfundenen Film, mit Alfonso und seiner Frau als Darstellern und der gesäuberten Wohnung als Bühnenbild. »Das Wetter ist so schön«, sagte ich, »warum gehst du nicht ein bisschen nach draußen und schaust dir die Schaufenster in der Innenstadt an oder machst einen Spaziergang im Park? Ich würde das sofort machen, wenn ich könnte.« Aber sie schüttelte nur den Kopf, und ich drängte sie nicht weiter, weil ich merkte, dass sie nah am Wasser gebaut hatte.

Sie kämpfte gegen ihre Trauer, ich gegen meine Angst. Und mit der Geschichte von Michele Amitrano, die mich nicht losließ. Michele ist ein Kind aus Papier, im Unterschied zu Anne hat er nie gelebt, trotzdem ist er realistisch, eine Art Gennarino ohne Schorf im Gesicht. Und wie mein Klassenkamerad aus der Grundschule verhält er sich anders als die anderen, verschließt nicht die Augen vor der

Gewalt. Als ich stumm war, riss Gennarino einmal Jessica an den Haaren, die die Fieseste im Chor derer war, die mir »Stumm, dumm, stumm und dumm!« zuriefen, und ein anderes Mal hat er sich mit Nunzio geprügelt, der mir in der Pause mein Kuchenstück geklaut hatte. Geklaut, auf die Erde geschmissen und darauf rumgetrampelt.

Gennarino hätte ich küssen sollen, obwohl der Schorf mich abstieß, aber das wird mir erst jetzt klar, aus der Ferne und nach all der Zeit.

Den Kopf voller Gedanken, laufe ich durch die Straßen und hätte beinahe den falschen Weg eingeschlagen, bei den Carabinieri vorbei. Heute ist ein Tag der Gefahr, denn als ich gerade links in eine Straße abbiege, überholt mich ein Polizeiauto und bremst plötzlich keine fünf Meter entfernt scharf ab. Ich bremse ebenfalls, meine Beine wollen fliehen, aber der Kopf sagt, ich soll ruhig weitergehen, auch als zwei Polizisten aus dem Auto springen und auf mich zugelaufen kommen. Und während ich noch denke: Das ist das Ende, gehen sie an mir vorbei und ergreifen einen, der vor einem Schaufenster steht. Sie geben ihm einen Schlag auf den Hinterkopf, und da spuckt er drei Päckchen aus, Kokstütchen sind das, das weiß ich aus dem Fernsehen. Einer der zahllosen Dealer, bei uns im Dorf gibt's die auch, aber ich habe noch nie mit angesehen, wie einer erwischt wird. Vielleicht sind die bei uns schlauer als dieser Schwarze, oder sie bekommen einen Tipp, wann und wo Carabinieri und Polizei Streife fahren. Von jemandem wie Don Raffaele, Ciro und Kumpanen.

Als ich an den Bücherstand komme, fragt Paolo mich sofort, ob alles in Ordnung ist.

»Ja, warum?«, erwidere ich.

»Du bist ja ganz blass.«

»Mir ist kalt, ich bin ein Eiszapfen.«

»Stimmt ja, du bist ein anderes Klima gewöhnt. Ich hatte gehofft, du schaust mal in der Pizzeria vorbei, Samstag oder gestern.«

»Ich konnte nicht.«

»Gehen die nie mit dir aus, damit du mal Spaß hast?«

»Manchmal. Aber nicht in eine Pizzeria.«

»Wohin denn?«

»Zu Verwandten.«

»Tolle Ablenkung.«

»Na ja, da sind meine Cousinen, mit denen kann ich mich unterhalten.«

»Nur Cousinen? Hast du keinen Freund?«

»Nein. Hatte ich auch noch nie.«

»Bestimmt begegnest du bald einem, der dir gefällt.«

Ich senke den Kopf, weil ich fühle, dass ich rot geworden bin. Einem, der mir gefällt, bin ich schon begegnet, er steht genau vor mir, aber wir werden nie zusammenkommen. Und plötzlich möchte ich nur noch weglaufen, seine Worte haben mich traurig gemacht.

»Welches kaufst du heute?«

»Ich weiß nicht«, zwinge ich mich zu antworten.

»Soll ich dir einen Tipp geben?«

»Ja.«

»Nimm das hier«, sagt er und reicht mir ein Buch.

»Wie viel kostet es?«

»Nichts, ich schenk's dir. Sag mir hinterher nur, ob's dir gefallen hat.«

»Danke.«

»Und versuch, fröhlich zu sein, heute machst du so ein bedrücktes Gesicht.«

Ich versuche zu lächeln, aber es gelingt mir nicht, glaube ich.

Als das mit mir passiert ist, im Oktober, haben Zeitungen und Fernsehen immer dasselbe Foto gezeigt, das der Schulfotograf letztes Jahr gemacht hat. Ich bin im Halbprofil zu sehen, sehe mir aber so wenig ähnlich, dass Oma das Foto erst gar nicht hatte kaufen wollen. Aber bald verschwanden die Fotos und Artikel über mich, wegen des Hochwassers in Oberitalien, wo es Tote und Vermisste gab und wo die Leute mit Booten aus den überschwemmten Dörfern gerettet werden mussten. Das Fernsehen sprach von einer Umweltkatastrophe, jede Menge Leute mussten interviewt werden und Experten ihren Senf dazugeben.

Jetzt, fast zwei Monate später, sitzen Tante Rosaria und ich auf dem Sofa vor dem Fernseher und warten darauf, dass »Bitte melde dich!« anfängt. Und wir hoffen, dass niemand etwas Neues sagt und dass das Foto immer noch das gleiche ist.

Ich bin aufgeregt: Diese Sendung wird mich wieder ins Rampenlicht zerren, dabei sollte doch Gras über die Sache wachsen. Ich weiß nicht, wessen Idee das war, aber ich halte sie nicht für besonders klug. Ich kann mir nicht vorstellen, dass sie von Oma oder von Onkel Salvatore kam, wahrscheinlich haben sie einfach Ja gesagt, als man es ihnen vorschlug, aber ich denke, dass das falsch war. Vielleicht nur, weil ich weit weg und irgendwie aus dem Schlamassel raus bin, vielleicht aber auch, weil ich langsam glaube, dass die ganze Geschichte mit der Flucht und dem

Verstecktwerden wenig Sinn hat. Bis jetzt ist zwar weder mir noch meiner Familie etwas passiert, aber ich kann mich ja nicht das ganze Leben lang verstecken.

»Es fängt an«, sagt die Tante und greift nach meiner Hand. Ich wende mich ihr zu und gebe ihr einen Kuss auf die rechte Wange. Es ist das erste Mal, dass ich sie küsse, und auch das erste Mal, dass sie meine Hand nimmt. Seit Freitagabend hat sich etwas verändert zwischen uns.

Die Moderatorin ist blond, sie lächelt nicht blöde, und es wirkt, als ob ihr das, was sie sagt, etwas bedeutet. Nicht dass sie mit den Menschen leidet, die verschwunden sind und deren Fotos sie zeigt, sie kann sich ja nicht den Schmerz all der Zurückgebliebenen aufbürden, aber immerhin macht sie ein angemessenes Gesicht.

Eine fünfunddreißigjährige Frau aus einem Dorf bei Mailand, verheiratet, zwei Kinder, wird seit zwei Wochen vermisst, und der Mann sagt, sie hätten keinen Streit gehabt und würden sich lieben und so weiter; ein achtundsechzigjähriger Mann aus Frosinone, der vor einem Monat nachmittags ohne Ausweis und Geld das Haus verlassen hat und dessentwegen die Tochter schon zum zweiten Mal im Studio ist; eine Siebzehnjährige, die spurlos verschwunden ist und deren Mutter erklärt, dass es ihr nicht wichtig ist, ob sie in der Schule schlechte Noten hatte, das Wichtige ist, dass sie sich meldet, dass ihr nichts Schlimmes passiert ist; es folgen noch zwei Fälle, jedes Mal werden eine Telefonnummer und E-Mail-Adresse eingeblendet, an die man sich mit Hinweisen wenden kann.

Dann geht die Moderatorin zu einem langen Tisch, hinter dem Marikas Mutter, Oma Assunta und Onkel Salvatore sitzen, und mir schlägt das Herz bis zum Hals.

Begrüßung, Händeschütteln, und gleich danach ein Filmbericht aus meinem Dorf, das so gewöhnlich und etwas heruntergekommen wirkt, dass ich bei dem Bericht weniger Sehnsucht danach habe. Ein Reporter erzählt die Geschichte des geheimnisvollen Verschwindens zweier Mädchen im Abstand von etwas über zwei Jahren, dann werden zwei Fotos von Marika eingeblendet, einmal nur das Gesicht, das andere mit Oberkörper. Ich rutsche auf dem Sofa hin und her, weil sie auf dem zweiten das rotweiße Kleid mit den Erdbeeren und Kirschen trägt, und sie sieht so schön aus, dass es selbst das Herz eines Ungeheuers rühren würde. Nur nicht das von Enzino.

Die beiden Fotos von mir sehen mir nicht wirklich ähnlich, zumindest wie ich jetzt aussehe, und ich denke sofort, dass auch das sehr schlau von Oma war: Sie hat den Fernsehleuten Fotos von vor zwei Jahren gegeben, auf denen ich noch runde Bäckchen habe wie ein Eichhörnchen, das sich mit Nüssen vollgestopft hat, ein volles Gesicht und lange Haare.

»Wer soll dich denn auf diesen Fotos wiedererkennen?«, zwinkert mir die Tante zu.

»Niemand, glaube ich.«

»Sie hätten schon andere gehabt, oder?«

»Jede Menge.«

»Das haben sie gut gemacht.«

Der Journalist beendet seinen Bericht mit vier Interviews, zwei über Marika und zwei über mich. Catello, der Barmann, redet den üblichen Schwachsinn, Nunziata, eine von den kurzbeinigen Fettärschen, die Marika und ihre Mutter immer als Nutten bezeichnet hat, hat jetzt eine Trauermiene aufgesetzt und erinnert sich an ein freundliches, hochanständiges Mädchen; mich beschreiben Carulina und die Grundschullehrerin als zurückhaltend und etwas einzelgängerisch, und dass ich sehr an meinen Großeltern und Verwandten hänge. Nichts Sachdienliches, zum Glück.

Dann geht es wieder ins Studio, live, wie die Moderatorin betont, und Oma erzählt ihre Geschichte. Sie überzeugt am meisten von allen, und wenn ich es nicht besser wüsste, würde ich ihr sofort abnehmen, dass sie nicht weiß, was mit mir passiert ist, wo ich bin und wieso ich in all der Zeit nicht ein Mal angerufen habe. Als die Kamera ihr Gesicht in Großaufnahme zeigt, presst sie sich sogar zwei Tränen ab.

»Assunta macht das klasse, die hätte Schauspielerin werden sollen!«, kommentiert Tante Rosaria.

Den Aufruf spricht Tore, und dabei zittert seine Stimme – vor Verlegenheit, nicht vor Aufregung, aber das weiß nur ich. »Wer immer etwas weiß«, sagt er, »der möge sich bitte melden. Immacolata ist erst dreizehn, als Kind hat sie miterlebt, wie ihre Mutter bei einem Autounfall gestorben ist, und nach diesem traumatischen Erlebnis ist sie für lange Zeit verstummt.«

Der arme Onkel, denke ich, diese Komödie ist ihm bestimmt total unangenehm.

»Sehr gut«, kommentiert Tante Rosaria, »jetzt wird dich niemand mehr mit Enzino in Verbindung bringen, und alles wird wieder gut.«

»Ich weiß nicht. Mir kommt das alles falsch vor«, erwidere ich.

Wenn Oma den Carabinieri die gleichen Fotos gegeben hat, ist die Gefahr nicht sehr groß, dass man mich auf der Straße erkennt. Und so habe ich beschlossen, dass ich heute einen richtig langen Spaziergang mache, und zwar ins Zentrum, um mir die Stadt anzuschauen, in der ich als Gefangene lebe. Als Halbgefangene.

Außerdem habe ich mir gedacht, dass Paolo mich sehr genau anschaut, mich wirklich sieht. Zum Beispiel fällt ihm auf, wenn ich blass bin oder ein düsteres Gesicht mache, und deshalb habe ich noch einen Entschluss gefasst: Ich werde mir heute eine neue Jacke kaufen. Irgendwie werde ich es schon schaffen, sie zu verstecken.

Da ich nicht weiß, in welcher Richtung das Zentrum liegt und fragen nicht ratsam ist, habe ich die Stadtpläne studiert, die an den wichtigen Straßenbahn- und Bushaltestellen hängen. Ich habe die Straße gefunden, die zum Markt führt, und versucht, mir den Weg einzuprägen. Es ist ziemlich weit, aber ich gehe ja gern spazieren.

Das Stadtzentrum ist sehr schön. Es gibt Straßen mit Arkaden, manche haben rechts und links Alleebäume, die Bars und Konditoreien sind voller Leute, auch Frauen und Mädchen ohne Begleitung sieht man, und im Schaufenster werden ganz andere Petit Fours und Torten angeboten als bei uns. Aber lecker sehen sie auch aus. Die Häuser sind nicht pockennarbig wie in der Straße, in der ich mit der

Tante wohne, ihre Fassaden sind frisch gestrichen und die Balkons haben bauchige Gitter, aber Blumen sieht man kaum, wegen der Jahreszeit. Jenseits eines von Arkaden gesäumten großen Platzes kam ich an den Fluss, überquerte die Brücke und spazierte am anderen Ufer entlang. Irgendwann stieß ich auf einen Markt, anders als der, auf dem ich Paolo besuche, eher ein Markt für die reichen Leute, die in diesem Viertel leben. Aber ich dachte mir, dass es auf Märkten immer günstiger ist als im Geschäft, deshalb suchte ich mir trotzdem eine neue Jacke aus. Ziemlich teuer zwar, aber wunderschön.

Als der Lancia Astura Coupé wieder in seiner alten Pracht erstrahlte, überführten sie ihn in die heimatliche Garage: Ubaldo saß am Steuer, und Salvatore auf dem Beifahrersitz gab Tipps zur Fahrweise. Ubaldo fürchtete den Spott der Dorfbewohner, weshalb die Jungfernfahrt unbemerkt in der Dunkelheit stattfand, um halb acht an einem Januarabend, so eisig und windig, dass das komplette Dorf sich ins Warme verzogen hatte. So wurde sein Glück nur dadurch getrübt, dass die auf Hochglanz polierte Karosserie völlig einstaubte. Nicht schlimm, meinte Salvatore, einfach leicht mit dem Staubwedel drübergehen – nie mit dem Lappen! –, dann ist alles wieder in Ordnung.

Die Heimkehr der alten Dame brachte zwei Veränderungen mit sich: Erstens verbrachte Ubaldo fortan lange einsame Stunden in der Garage, um sein Schmuckstück zu betrachten, und zweitens trafen sie sich von da an ab und zu mit dem Ehepaar Palumbo-Schiano. Was von Matilde natürlich bekämpft wurde, schon aus Prinzip (weil die Initiative nicht von ihr ausgegangen war) und weil sie spürte, dass zwischen Rosaria und Graziella unterschwellig Sympathien flossen.

Und just anlässlich des dritten (und letzten) Besuchs von Herrn und Frau Palumbo im Hause Manconi ereignete sich der im Folgenden sogenannte Unfall samt anschließendem Auseinanderbrechen der Familie Manconi.

Ich schaue mich nackt im großen Spiegel an. Ja, ich bin schön. Vielleicht war genau das mein Untergang, wie bei Marika. Wobei, abgesehen von Oma hatte das im Dorf noch keiner bemerkt. Kein Junge war hinter mir her, wartete vor der Schule, um mich anzusprechen und ein Stück zu begleiten. Im Verborgenen schön war ich. Aber gestern, als ich aus der Innenstadt mit der neuen Jacke zurücklief (die alte hatte ich in die Plastiktüte gesteckt), habe ich die bewundernden Blicke bemerkt. Sich gut anziehen hilft, das wusste ich bereits, aber jetzt habe ich es selbst erfahren. Die Jacke ist aus einem glänzenden Stoff, der aussieht wie Satin, ist aber wasserdicht, mit senkrechten Nähten, Knöpfen und einem Reißverschluss. Was mich allerdings wirklich begeistert hat, ist ihre Farbe, hellviolett wie Glyzinien. »Ist diese Saison total in«, hat die Verkäuferin gesagt.

Ich kann's kaum erwarten, damit auf den Markt zu Paolo zu gehen.

Ich lese sehr viel. Lesen lenkt mich von den Sorgen und der Traurigkeit ab oder rückt sie zumindest in den Hintergrund. Sorgen, weil es mir vorkommt, dass wir – ich, meine Familie, Tante Rosaria – so vieles falsch gemacht haben; Traurigkeit, weil am Mittwoch der Bücherstand nicht da war. Ich hatte solche Sehnsucht, Paolo wiederzusehen, weil ich Montag weggelaufen war, ohne mich zu verabschieden, und hatte gehofft, er würde die neue Jacke bemerken und mir was Nettes sagen. Deshalb war die Enttäuschung groß.

Mein tägliches Ausbüxen ist sinnlos, wenn die drei Highlights der Woche fehlen, also Paolo sehen und vor allem mit ihm sprechen. Obwohl ich jetzt weiß, wie schön diese Stadt ist und dass es hier viel zu entdecken gibt, macht spazieren zu gehen hier längst nicht so viel Spaß wie auf dem Land, es ist mehr ein Training, um fit zu bleiben. Vermutlich liegt es daran, dass ich kein Stadtkind bin und mich hier fremd fühle, oder weil mir zu viele Dinge fehlen, obwohl Tante Rosaria mittlerweile nicht mehr die Fernbedienung mitnimmt.

»Du hast sie schon wieder vergessen«, habe ich am Dienstagabend zu ihr gesagt.

»Ach, du sollst dich ruhig ein bisschen ablenken, du bist ein tüchtiges Mädchen, und die Tage sind lang«, hat sie geantwortet.

»Du bist auch ein tüchtiges Mädchen, Tante Rosaria.«

»Na ja, ... Mädchen war ich mal, jetzt bin ich verbluht!«

»Verblüht? Wieso, wie alt bist du denn?«

»Sechsunddreißig, meine Schöne.«

»Sechsunddreißig ist doch kein Alter.«

»Kommt drauf an. Für eine wie mich ist es zu viel.«

»Ich wäre gern so alt wie du.«

»Und warum?«

»Weil es dann ein Ende mit dem Unglück hätte.«

»Glaub das nicht, jedes Alter hat sein Unglück.«

Da hat sie bestimmt recht. Meine Mutter ist mit zwanzig unglücklich gewesen, Oma und Opa jenseits der sechzig, und ich bin es mehr oder weniger, seit ich fünf bin. Nicht immer, aber die meiste Zeit schon.

Verliebtsein, habe ich herausgefunden, ist wie eine Achterbahn der Gefühle. Ich weiß nicht, ob das nur bei mir so ist, weil es ein heimliches Verliebtsein ist, von dem niemand weiß, nicht mal Paolo. In der Achterbahn steigt die Aufregung immer weiter, immer mehr, das Herz ist voll, dann gibt es so was wie eine Pause des Glücks – das sind die wenigen Minuten, in denen wir uns unterhalten haben –, und gleich darauf beginnt die lange Abfahrt, runter, immer runter, und wenn ich unten angekommen bin, dauert es viele Stunden bis zur nächsten Runde. Wenn ich es recht bedenke, muss es auch für Anne so gewesen sein. Sie ist mit Peter von einem Gemütszustand in den nächsten gewechselt, bis zum Entlieben am Schluss. Im Unterschied zu Anne weiß ich aber, dass mein Verliebtsein nie ein glückliches Ende nehmen wird, keine Küsse und Umarmungen, gar nichts außer Fantasien in den vielen Stunden, die ich allein bin.

Tante Rosaria kommt früher nach Hause als erwartet: Sie wollte noch einkaufen, hat aber keine Plastiktüte in der Hand. Stattdessen macht sie ein entsetztes Gesicht, und ich denke gleich, es ist wegen Alfonso, vielleicht hat er noch mal angerufen.

»Was ist los? Sag schon…«, frage ich sofort.

»Eine Katastrophe, unfassbar!«

»Was denn?«

»Graziella hat noch einmal angerufen, sie ist extra nach Neapel gefahren«, sagt sie und wirft sich aufs Sofa.

»Schlimme Nachrichten?«

»Don Raffaele ist tot.«

»Aber das ist doch nicht schlimm.«

»Das nicht, aber rat mal, wer heute Morgen auf seiner Beerdigung war?«

»Die ganze verdammte Bande.«

»Ja, sicher, aber Enzino war auch da.«

Ich lasse mich neben ihr aufs Sofa fallen, aus Angst umzukippen.

»Ist das sicher?«, frage ich, als sich in meinem Kopf nicht mehr alles dreht.

»Ganz sicher, alle haben ihn gesehen.«

»Auch Tante Graziella?«

»Sie nicht, sie war auf der Arbeit. Aber ihr Chef, der Autohändler, der an der Beerdigung teilnehmen musste, hat's ihr erzählt.«

»Und er kann sich nicht geirrt haben?«

»Aber nein! Er sagt, Enzino hätte eine Sonnenbrille angehabt, die das halbe Gesicht verdeckte, und eine Narbe auf der Stirn.«

»Ich habe ihn also nicht umgebracht.«

»Anscheinend nicht.« Ein tiefer Seufzer, dann: »Enttäuscht?«

»Ich weiß nicht. Einerseits bin ich froh, dass ich keine Mörderin bin, aber andererseits ...«

»Andererseits?«

»Es wäre besser, wenn er tot wäre. Für mich und alle anderen.«

»Das ist wahr. Mein Gott, was wird jetzt passieren?«

»Jetzt werden sie richtig nach mir suchen.«

»Aber er ist doch nicht auferstanden wie der heilige Lazarus. Vorher hat er auch gelebt, und sie haben nicht nach dir gesucht.«

»Oder sie haben mich nur nicht gefunden. Noch nicht.«

»Heilige Muttergottes, was für ein Unglück. Aber sie werden bestimmt nicht rauskriegen, dass du hier bist. Bei all den Vorsichtsmaßnahmen, die wir getroffen haben …«

»Hoffentlich. Vielleicht ist es besser, wenn ich nach Belgien fahre, zu Onkel Antonio.«

»Du rührst dich vorläufig nicht von der Stelle. Deine Familie soll entscheiden.«

»Aber so bist du in Gefahr!«

»Keine Panik. Das Schicksal hat es so gewollt. Vielleicht sollte ich mir mal wieder ein Messer in Reichweite legen.«

Ein Messer in Reichweite hatte Rosaria schon zweimal gehabt.

Das erste Mal, als sie noch mit Vater und Brüdern zusammenlebte, lag es auf dem Küchentisch; das zweite Mal neben Tellerchen und Schälchen aus Capodimonte-Porzellan, Silberlöffelchen und Servietten auf dem Esszimmertisch im Hause Manconi, wo es eigentlich dazu dienen sollte, die bis zum letzten Moment frisch gehaltene Wassermelone in Scheiben zu schneiden.

Ein Frühsommerabend, am pechschwarzen Himmel zuckten schon die herannahenden Blitze, Donner grollte: Besser, sie blieben gleich im Haus, statt später vielleicht überstürzt im Regen flüchten zu müssen mit Salvatore und Graziella Palumbo, die gegen halb zehn erwartet wurden.

Um neun Uhr vierzig klingelt es, Rosaria läuft zum Türdrücker, während Matilde sie finster und beleidigt ansieht, als wäre das ein neuerlicher Übergriff und sie das Opfer. Aber genau so fühlt sie sich auch, seit die Bäuerin die Hausherrin spielt, als wären es allein ihre Gäste. Diese unverschämte Person, die nicht mehr mitisst, wenn es gegrillten Fisch gibt, nicht mal mehr die Küche betritt, sondern einfach zum Lebensmittelladen läuft und sich ein Stück Quiche oder gefüllte Focaccia kauft und sich dann damit ins Esszimmer setzt und den ganzen Boden vollkrümelt und gar nicht daran denkt, hinterher aufzufegen. Ja, als Matilde sie einmal zurechtgewiesen hat, hat sie doch glatt geantwortet, Fiorona könne ja sauber machen, schließlich werde die auch von ihrem Geld bezahlt.

Zum Glück ist Ubaldo schon seit Langem nicht mehr in sie verliebt, seit er nämlich erfahren hat, dass sie nicht mal fähig ist, ihm einen Sohn zu schenken. Tausendmal hat er schon bereut, dass er sie geheiratet hat, und er hätte sie schon längst in die Wüste geschickt, wenn er nicht hätte vermeiden wollen, dass sich das ganze Dorf das Maul zerreißt.

Heute Abend hat Matilde brüllendes Kopfweh, nicht mal die Schmerztablette hat gewirkt. Bestimmt liegt es am drückenden Wetter, die Schwüle hat sie noch nie gut vertragen. Die Tatsache hingegen, dass sie heute Morgen auf der Hauptstraße Salvo in die Arme gelaufen ist und er sie nur mit einem schiefen Lächeln auf dem Lügnergesicht angesehen hat, ohne zu grüßen, dieser Akt des schlechten Benehmens hat rein gar nichts mit ihrem Kopfweh zu tun, das war schon vorher da. Und um diesen Unglückstag perfekt zu machen, muss sie nun auch noch solche Gäste ertragen, einen Automechaniker und eine Buchhalterin, die keine Konversation machen können und für die Raffinesse ein Fremdwort ist. Und die Wassermelone, die sie gekauft hat – schön groß und rot –, will die Bäuerin vor, nach oder anstelle des Eises anbieten. Auf den Tellerchen und Schälchen aus Capodimonte-Porzellan.

Niemals, das Capodimonte-Geschirr kann sie sich abschminken. Das hat Matildes Mutter gehört und davor ihrer Großmutter, das tatscht die Bäuerin nicht an, sie hat kein Recht, es aus dem Glasschrank zu holen, als ob es ihr gehörte, und damit wen zu bewirten? Leute, die echtes

Porzellan nicht von China-Ramsch unterscheiden können und fähig wären, es mit dem Löffelchen zu zerschlagen.

Also wandert das Capodimonte-Geschirr zurück an seinen Platz, ebenso wie die Silberlöffelchen. Die aus Edelstahl reichen vollkommen.

Die Palumbos sind nicht mit leeren Händen gekommen, sie haben ein Tablett mit Gebäck mitgebracht, das sie Rosaria überreichen – Rosaria, nicht ihr –, und Matilde muss die Begrüßungen erwidern, fast versagt ihr die Stimme, und sie antwortet äußerst schmallippig.

Rosaria ist es auch, die sagt: »Bitte, machen Sie es sich doch bequem, drinnen ist besser, dachte ich, das Gewitter lässt bestimmt nicht mehr lange auf sich warten, der Wetterbericht im Internet hat es für zweiundzwanzig Uhr angekündigt.«

Der Wetterbericht im Internet: Damit verbringt die Bäuerin also ihre Zeit beim Notar, denkt Matilde.

An den Gesprächen im Esszimmer nimmt sie bald nicht mehr teil, was interessiert es sie, ob Angela, die Tochter der Gäste, gut in der Schule ist, dass Imma, die Nichte, endlich ihr Trauma überwunden hat und ein ruhiges Kind zu sein scheint und dass der Volkswagenhändler einen neuen Verkäufer eingestellt hat – nichts als Geschwätz, das nicht mal für die Bar taugt.

»Möchten Sie eine Scheibe frische Wassermelone oder lieber ein Fruchteis?«, fragt die Bäuerin.

»Machen Sie sich keine Umstände, Signora…«, antwortet der Automechaniker.

Die und Signora, ha! Die kann ja nicht mal richtig Spaghetti aufdrehen, wenn sie sie in den Mund stopft, hängen alle runter.

»Aber ich bitte Sie, das macht doch keine Umstände! Vielleicht erst das Eis, als Erfrischung?«

»Sehr gern, danke«, entgegnet die Buchhalterin.

Rosaria geht in die Küche, kommt mit der Eisschale zurück, stellt sie auf den Tisch und merkt in diesem Augenblick, dass Teller, Schälchen und Löffelchen verschwunden sind. Sie stemmt die Hände in die Seiten und wendet sich an die Schwägerin:

»Wo hast du sie hingetan?«, fragt sie.

»An ihren Platz.«

»Ihr Platz ist jetzt hier«, entgegnet Rosaria und tippt mit dem rechten Zeigefinger auf den Tisch.

Matilde zuckt die Achseln, Ubaldo tut so, als wäre er nicht da, die Gäste schauen sich unbehaglich an.

Rosaria öffnet den Glasschrank, nimmt aus dem mittleren Fach die Capodimonte-Schälchen und will sie gerade auf den Tisch stellen, als Matilde, die bis dahin auf ihrem Stuhl gethront hat, aufspringt und sie anraunzt:

»Die nicht! Die gehören Mama!«

»Um Eis im Familiengrab zu löffeln, oder was?«

»Unverschämte Bäuerin!«, zischt Matilde.

»Lieber eine Bäuerin als eine Schrumpelmöse wie du!«

Es folgt ein Augenblick der Fassungslosigkeit, dann verpasst Matilde Rosaria eine schallende Ohrfeige. Rosaria dreht sich abrupt um, packt das Melonenmesser, dreht sich wieder um, taumelt vorwärts und steht plötzlich Ubaldo gegenüber, der endlich aus seiner Lethargie erwacht ist. Das Messer erwischt ihn an der Seite, etwas oberhalb des Gürtels.

Ubaldos Wehklagen, Matildes Aufschrei, die überraschten Rufe der Gäste – alles wird vom Getöse eines Donners übertönt. Ubaldos Hemd färbt sich blutrot.

»Mörderin! Mörderin! Mörderin!«, schreit Matilde hysterisch, Rosaria lässt das Messer fallen, Salvatore eilt zu Ubaldo, der ganz blass geworden ist und in Ohnmacht zu fallen droht.

»Legen Sie sich auf den Tisch«, befiehlt Salvatore, während er die Schälchen unsanft beiseiteschiebt.

»Die Carabinieri, die Carabinieri, ich rufe die Carabinieri!«, kreischt Matilde.

»Lassen Sie das, Signorina«, erwidert Salvatore schroff, »erst mal sehen wir uns die Verletzung an.«

Er hebt Ubaldos Hemd an und versucht, das Blut mit den Servietten zu stillen.

»Wir brauchen Eis, schnell!«, ordnet er an.

Graziella eilt in die Küche und versorgt dann den Verletzten, der matt stöhnt. Unterdessen ist Matilde aufgestanden und will den Hörer von der Gabel nehmen, doch Salvatore reißt ihn ihr aus der Hand:

»Erst den Doktor, das ist dringender, Signorina.«

»Und dann, Tante Rosaria?«

»Dann kam Doktor De Lucia, den Salvatore angerufen hatte.«

»Wen wolltest du eigentlich mit dem Messer treffen?«

»Die Schrumpelmöse natürlich, nicht Ubaldo, obwohl ich ihn mittlerweile fast genauso hasste: Endlich hatte er sich mal eingemischt, aber statt seiner Schwester den Kopf zu waschen, weil sie mir eine Ohrfeige verpasst hatte, hat er sich gegen mich gewandt.«

»Aber du hattest auch ein Messer, Tante Rosaria.«

»Zum Messer habe ich gegriffen, nachdem er aufgestanden war. Aber du hast recht, ich hätte das nicht tun sollen, ich hätte ihr die Ohrfeige zurückgeben sollen und basta, aber ich war außer mir, verstehst du, vor Wut und Schmerz, und dann war da noch diese Luft vor dem Gewitter, diese schwüle Luft… Ubaldo verlor immer noch Blut und wurde immer bleicher, obwohl dein Onkel die Servietten und Eis zum Kühlen auf die Wunde presste, und ich konnte keinen klaren Gedanken fassen, ich war benommen wie nach einer Tracht Prügel. Zum Glück kam der Doktor schnell, er wohnt ja nicht weit, an Salvatores Stimme hatte er wohl gemerkt, dass es dringend war.«

»Und was hat er gesagt?«

»Nichts, nicht ein Wort. Er kümmerte sich um Ubaldo, gab ihm zwei Spritzen, versorgte die Wunde, nähte und verband ihn.«

»Und dann?«

»Danach wollte er wissen, was eigentlich geschehen war. Und Matilde sprang sofort auf und forderte, dass er die Carabinieri verständigen müsse, und wenn er es nicht tue, wie es seine Pflicht sei, würde sie es tun, sie hätten nämlich eine Mörderin im Haus. Aber er gebot ihr unverzüglich zu schweigen.«

»Bei allem Respekt, Signorina Matilde, ich weiß selbst, was meine Pflicht ist, Sie brauchen mich nicht daran zu erinnern, ich weiß, was ich den Carabinieri zu sagen habe. Aber was werden Sie ihnen sagen?«

»Dass wir eine Mörderin im Haus haben, die mich und Ubaldo ermorden wollte.«

»Zwei auf einen Streich?«

»Ja, wenn wir sie nicht aufgehalten hätten.«

»Wer hat sie aufgehalten?«

»Keiner, sie hat das Messer sofort fallen lassen«, mischte Salvatore sich ein.

»Und warum wollte sie Ihren Bruder umbringen?«

»Keine Ahnung, aber eigentlich hatte sie es auf mich abgesehen.

»Und warum?«

»Wegen der Capodimonte-Schälchen. Ich hatte ihr untersagt, sie zu benutzen, und da hat sie sofort nach dem Messer gegriffen.«

»Nein«, schaltete sich Salvatore erneut ein, »das Messer hat Signora Rosaria erst genommen, nachdem Sie ihr eine Ohrfeige gegeben haben.«

»Und Sie haben nichts zu sagen, Signora Rosaria?«

»Ich war einfach außer mir. Ich lebe in diesem Haus wie in einem Gefängnis. Apropos Gefängnis, machen wir dem Ganzen doch eine Ende und rufen die Carabinieri.«

»Nicht so voreilig. Die Carabinieri sind das eine, aber danach kommt es zur Gerichtsverhandlung, und dann erfährt die ganze Welt, was in Ihrem Haus los ist. Der Streit, alles, was Sie sich an den Kopf geschmissen haben … die Anwälte werden alles hervorzerren. Sie werden am Pranger stehen, und die Leute haben Gesprächsstoff für ein Jahr«, gab Salvatore zu bedenken.

»Sollen sie sich doch das Maul zerreißen, ich habe nichts zu verlieren, und mein Bruder auch nicht. Die Einzige, die das Gesicht verlieren wird, ist sie, die sich wie eine Schlange in unser Haus geschlichen hat, um Unheil zu stiften, die meinem Bruder nicht mal ein Kind schenken kann, wo ihm doch so daran liegt.«

»Ihm liegt daran, ein Kind mit einer Schlange zu zeugen?«, fragte der Arzt.

»Ja, wegen des Namens, damit unser Name weitergegeben wird.«

»Signor Manconi, möchten Sie etwas dazu sagen?«

Ubaldo schüttelte langsam den Kopf:

»Ich hab solche Schmerzen, Dottore.«

»So schlimm kann es nicht sein, ich habe Ihnen ein Schmerzmittel gegeben. Geht sicher gleich vorbei.«

»Ich kann so viele Kinder haben, wie ich will. Das hat mir die Frauenärztin gesagt und das steht auch in dem Befund aus den Untersuchungen, die ich habe machen lassen«, sagte Rosaria, und ihre Stimme klang erloschen und bitter.

»Hat sich Ihr Mann auch untersuchen lassen?«

»Wozu denn! Der Mann ist nie daran schuld!«, rief Matilde dazwischen.

»Ach ja, meinen Sie? Die Leute im Gerichtssaal werden sich amüsieren, wenn sie das hören«, bemerkte De Lucia.

»Wollen Sie es wirklich zu einer Verhandlung kommen lassen?«, wandte sich Salvatore an Matilde.

»Ich will nur, dass die da«, und sie wies mit dem Kinn auf die Schwägerin, »in den Knast geht und nie wieder einen Fuß in dieses Haus setzt.«

»Sehr gut. Aber nach der Verhandlung, oder auch schon vorher, nach der Vernehmung durch die Carabinieri, mit anderen Worten ab morgen, werden alle im Dorf Sie nur noch die Schrumpelmöse nennen«, platzte Salvatore heraus, dessen Abneigung gegenüber Matilde im Lauf des Abends immer größer geworden war.

»Wie können Sie es wagen, Sie elender Rüpel, Sie …«

»Automechaniker«, sagte er grinsend.

Matilde schnappte nach Luft. In ihrem Kopf wütete nun das reinste Artilleriegefecht.

»Müssen Sie wirklich unbedingt bei den Carabinieri Anzeige erstatten, Dottore? Können wir die Sache nicht unter uns belassen, zum Wohle aller?«

»Ich muss Anzeige erstatten, Salvatore.«

»Aber wenn ich es recht sehe, ist die Verletzung nicht allzu schwer.«

»Allzu schwer ist sie nicht. Er hat viel Blut verloren, aber er wird sich schnell wieder erholen.«

»Man könnte das doch auch ohne Carabinieri, Anwälte, Verhandlung und Gefängnis regeln.«

»Das sagst du so einfach. Von meiner ärztlichen Pflicht mal abgesehen – wenn auch nur einer von den Anwesenden plaudert, sind wir alle dran.«

»Signor Manconi, möchten Sie, dass Ihre Frau ins Gefängnis kommt? Und wollen Sie, dass in der Schule alle über Ihre Stichwunde reden? Und über alles andere auch, über das Kind, das nicht kommt, darüber, wer hier im Haus die Hosen anhat…«

»Ich will nur schlafen.«

»Das ist keine Antwort. Danach habe ich Sie nicht gefragt.«

»Ich begreife Rosaria nicht mehr…«

»Und Sie möchten, dass sie ins Gefängnis kommt.«

»Nein.«

»Ist das Ihr Wort, ein Manneswort?«

»Ja.«

»Und Sie, Signorina Matilde: Carabinieri, Verhandlung, Gefängnis und Gespött der Leute, wollen Sie die Sache auf diese Weise regeln oder mit ein bisschen gesundem Menschenverstand?«

»Mit einer Mörderin lebe ich nicht unter einem Dach.«

»Und wenn Rosaria geht?«

»Wenn es für immer ist…«

»Du machst es dir zu einfach, Salvatò. In dieser Verfassung kann Signor Manconi nicht in die Schule, er braucht ein Attest, das ihn krankschreibt. Und was soll ich da reinschreiben? Dass er Bauchweh hat?«

»Das wissen Sie selbst bestimmt am besten. Zum Beispiel, dass er beim Anschneiden der Melone mit dem Messer abgerutscht ist.«

»Ich bitte dich, wer soll das denn glauben? Und außerdem: Einer, der sich beim Meloneanschneiden das Messer in den Bauch rammt, der gilt doch als total bescheuert.«

»Was immer Sie hinschreiben, Dottore, keiner wird daran zweifeln. Der Direktor wird sicher nicht vorbeikommen und nachschauen, ob das auch stimmt.«

»Nehmen wir mal an, Signor Manconi bleibt der Schule fern und die Ehefrau verlässt das Haus. Und da soll keiner misstrauisch werden, meinst du?«

»Nehmen wir stattdessen an, Rosaria bleibt noch eine Weile hier, bis Signor Manconi sich erholt hat, und geht erst dann.«

»Nein. Ich will sie nicht mehr im Haus haben.«

»Signorina Matilde, wenn es zur Verhandlung kommt, dann wird jeder Gang durchs Dorf für Sie der reinste Spießrutenlauf werden. Rosaria bleibt hier, und Sie gehen sich aus dem Weg, das Haus ist groß genug.«

»Salvatò, das hast du doch nicht zu entscheiden. Was ist denn heute Abend in dich gefahren?«

»Gar nichts, aber wir haben schon genug Unheil im Dorf, es ist besser, wenn nicht noch mehr dazukommt. Was ist, Dottò, stellen Sie das Attest nun aus oder nicht?«

»Ich mach's, aber nur für dich, dann sind wir quitt wegen des Autos. Aber jetzt ist da noch eine Schuld, eine sehr große Schuld, die die drei haben, nicht mir gegenüber, sondern dir.«

»Danach«, sagt Rosaria, »trugen Doktor De Lucia und Salvatore ein Bett ins Esszimmer und legten Ubaldo hinein, der schon wegdämmerte. Matilde und ich bekamen ein Beruhigungsmittel und gingen schlafen, sie in ihr Zimmer, das sie abschloss, ich ins Ehezimmer. Am nächsten und den darauffolgenden Tagen kam der Doktor, um nach Ubaldo zu schauen und den Verband zu wechseln, und nach zwei Wochen konnte er wieder in die Schule. Niemand erfuhr etwas von der Sache, außer Signor Polito, dem Notar.«

Doktor De Lucia und das Ehepaar Palumbo verließen das Haus Manconi gemeinsam.

»Das war eine gute Tat, Dottò«, bedankte sich Salvatore.

»Derartige gute Taten führen geradewegs in die Hölle, mein Lieber.«

»Was, Sie glauben an die Hölle?«

»An die Hölle auf Erde schon, an die andere weniger. Aber falls Matilde redet, wandert nicht nur Rosaria ins Kittchen, dann wandere ich gleich mit.«

»Sie wird schon nicht reden. Sie ist so überheblich, mit wem soll sie denn darüber sprechen. Und vor allem wird sie die Schwägerin los, was sie ja offenbar schon immer wollte. Außerdem hat sie viel zu viel Angst, dass aus dem verborgenen Privatleben der Manconis etwas an die Öffentlichkeit dringen könnte.«

»Du meinst die Qualen, die Rosaria ihretwegen Tag für Tag erleiden musste.«

»Genau. Auch Ubaldo wird todsicher den Mund halten, er macht bei dem Ganzen ja nun nicht gerade die beste Figur, die Flasche. Und dass Rosaria redet, können wir, denke ich, ausschließen.«

»Sie haben beide Glück gehabt. Er, weil er tot gewesen wäre, wenn das Messer nur etwas tiefer eingedrungen wäre, und sie, weil sie um ein paar Jahre Knast herumkommt.«

»Rosaria, was ist los, bist du gestern wieder mal durch die Hölle gegangen, oder hast du Magenschmerzen?«

»Ich muss mit Ihnen reden, Signor Polito.«

»Was ist los, meine Tochter.«

»Lieber in Ihrem Büro, wenn das möglich wäre.«

»Na, dann komm rein und erzähl's mir da.«

Er schob sie in das Büro, setzte sich wie gewöhnlich hinter seinen Schreibtisch, und Rosaria sank auf den Stuhl davor.

»Gestern Abend habe ich meinen Mann mit dem Messer angegriffen«, platzte sie heraus.

»Heilige Muttergottes. Du hast ihn doch nicht getötet, oder?«

»Nein. Er ist außer Gefahr, in zwei Wochen ist er wieder auf den Beinen.«

»Wer sagt das?«

»Der Doktor. Signor Polito, ich sitze hier wie in der Beichte.«

»Und nichts davon wird nach draußen dringen, da kannst du sicher sein.«

»Ich weiß. Ich musste einfach jemandem mein Herz ausschütten, und Sie stehen mir tausendmal näher als mein Vater.«

»Habt ihr euch gestritten?«

»Mit Matilde habe ich mich gestritten. Der Stich galt eigentlich ihr.«

»Worüber habt ihr gestritten?«

»Über Nichtigkeiten. Die Palumbos waren zu Besuch: Ich wollte ihnen das Eis in dem feinen Porzellan servieren, und die hat es wieder vom Tisch geräumt.«

»Und da hast du gleich zum Messer gegriffen?«

»Nein, erst nachdem sie mich geschlagen hat.«

»Warum hat sie dich geschlagen?«

»Weil sie mich Bäuerin genannt hat, und da habe ich …«

»Und da hast du sie Schrumpelmöse genannt, stimmt's?«

»Ja.«

»Das ist meine Schuld.«

»Wieso Ihre?«

»Weil ich dich auf diesen Spitznamen gebracht habe. Allerdings passt er auf deine Schwägerin einfach perfekt. Und was ist nach dem Messerstich passiert?«

»Salvatore Palumbo hat Doktor De Lucia angerufen, während Matilde die Carabinieri holen wollte.«

»Aber ihr habt sie nicht geholt, und der Arzt, der ein prima Kerl ist, hat deinen Mann behandelt. Stimmt's?«

»Ja, und jetzt muss ich das Haus verlassen.«

»Will dein Mann dich fortjagen?«

»Nein, Matilde.«

»Und er zieht mal wieder den Schwanz ein, nehme ich an. *Der Bourbone ohne Hengst* und ohne Mumm. Was willst du jetzt tun?«

»Fortgehen. Ich halte es in diesem Haus nicht mehr aus, und ich habe auch Angst.«

»Wovor?«

»Dass ich noch mal zum Messer greife. Der Doktor meint aber, dass ich dableiben muss, bis Ubaldo wieder in die Schule kann.«

»Richtig. Und wohin willst du dann gehen?«

»Ich weiß es nicht. Zurück nach Hause gehe ich bestimmt nicht.«

»Dann ist es besser, wenn du das Dorf verlässt. In den Norden, vielleicht. Ich spreche gegen meine Interessen und schneide mir ins eigene Fleisch, aber ich denke, für dich ist es das Beste.«

»Aber ich habe dort niemanden, der mir hilft, Signor Polito, ich kenne da keinen. Und wie soll ich eine Arbeit, eine Wohnung finden?«

»Das lass mal meine Sorge sein, Rosaria. Wenn ich für dich wie ein Vater bin, so bist du für mich wie eine Tochter.«

Eine Schuld ist es also. Tante Rosaria versteckt mich, weil sie eine Schuld gegenüber meiner Familie zurückzahlt. Eine Hand wäscht die andere.

Onkel Salvatore hat an jenem Abend alles für sie geregelt, und an einem anderen Abend hat er mit ihrer Hilfe versucht, alles für mich zu regeln. Es gibt aber einen Unterschied: Als er Tante Rosarias Angelegenheiten geregelt hat, betrachtete er die Dinge von außen, weil sie ihn nicht persönlich betrafen. Deshalb konnte er auch die richtigen Entscheidungen treffen, also Ubaldo Erste Hilfe leisten, den Doktor rufen und alle davon überzeugen, die Carabinieri nicht einzuschalten. Dagegen steckte er bei meiner Geschichte mittendrin, und ich bin mir nicht sicher, dass er die Dinge so gut geregelt hat wie beim ersten Mal.

Ich habe Angst, dass er genauso gehandelt hat wie ich damals bei Marika.

Jedenfalls bin ich froh, dass Tante Rosaria nicht ins Gefängnis musste, es ist so schrecklich, eingesperrt zu sein. Ich habe jetzt zwar Radio, Fernsehen, Bücher und sogar Gesellschaft, weil ich mich mit der Tante angefreundet habe und mir ja auch noch meine Freigänge genehmige, aber mein Leben ist nicht wirklich frei. Manchmal habe ich das Gefühl, ich ersticke, manchmal werde ich ganz traurig und muss heulen, dann wieder kriege ich eine Stinkwut auf die Welt. Wenn ich frei wäre, würde ich zur Schule gehen, ich würde bei meiner Familie im Dorf leben und hätte nicht ständig diese Angst, die sich wie ein Stachel ins Fleisch bohrt. Andererseits hätte ich dann Paolo nicht kennengelernt, wir hätten uns nicht unterhalten, ich hätte diese Gefühle nicht gehabt, die wunderschön sind, auch wenn es zu nichts führt.

Ich hätte die Bücher nicht gelesen, die er mir gegeben hat. Das letzte, das er mir geschenkt hat, handelt von einem Staat, in dem alle Bücher verbrannt wurden und immer noch werden, sobald man eins entdeckt. Montag, die Hauptfigur, ist einer dieser Bücherverbrenner, bis er einer jungen Frau und ihrer Familie begegnet, die heimlich lesen. Auch er verliebt sich ins Lesen und flieht vor der Verfolgung durch die Behörden zu einer Gruppe von Rebellen, die Bücher auswendig lernen und eine Art lebende Bibliothek bilden. Das Buch heißt *Fahrenheit 451*, und »Fahrenheit« ist auch der Name einer Büchersendung im Radio, die ich nachmittags immer höre und von der ich viel lerne. Wenn ich darüber nachdenke, handeln alle drei Bücher, die ich gelesen habe, von einer Rebellion gegen die Ungerechtigkeit: Anne auf die einzige Art, die ihr bleibt, indem sie Tagebuch führt; Michele, indem er das entführte Kind zu befreien versucht; Montag und die Buchmenschen, indem sie verhindern, dass das Geschriebene für immer verschwindet.

In allen drei Büchern finden sich Dinge, die mir nur zu gut bekannt sind: Ungerechtigkeit, Gewalt und Gefangenschaft. Ohne das Unglück hätte ich sie nicht gelesen, oder wenn, dann ohne groß darüber nachzudenken. Komische Gedanken habe ich heute, wirre Gedanken, weil ich im

Schlechten auch etwas Gutes entdecke; irgendwie ist aus dem Unglück auch etwas Schönes entstanden, also Paolo und die Bücher, meine ich.

Am Abend des Unglücks, als die Nachbarschaft bereits über Immas Verschwinden informiert war und mit der Suche begonnen hatte und während Salvatore die Carabinieri alarmierte, führte Assunta zwei Telefonate: eins mit ihrem Sohn Antonio und eins, für das sie sich schwer überwinden musste, mit ihrem ehemaligen Schwiegersohn Nicola. Beiden erzählte sie kurz, was passiert war, und erklärte, dass sie unverzüglich ins Dorf kommen müssten, damit die Inszenierung glaubwürdiger wirke. Beide machten sich auch sofort auf den Weg, setzten sich, der eine in Brüssel, der andere in München, ins Auto, fuhren die ganze Nacht durch und trafen am nächsten Vormittag kurz nacheinander im Dorf ein.

Im Geräteschuppen des Gemüsegartens, geschützt vor indiskreten Augen und Ohren, erzählte Assunta noch einmal, was passiert war, und wies die beiden an, wie sie sich zu verhalten hatten und was sie sagen sollten, wenn sie befragt würden. Insbesondere Nicola schärfte sie alles genau ein, weil sie ihn nicht für besonders fix im Kopf hielt, doch er spielte seine Rolle sehr gut: mit der Zerknirschtheit eines Vaters, der weiß, dass er seinen Pflichten nur ungenügend nachgekommen ist, und den die Sorge um das Schicksal der Tochter plagt.

Die Suche nach Imma, anfangs durch Salvatore, Graziella und die Nachbarn, dann unter Mithilfe der Carabinieri und eines Großteils der Dorfbewohner, dauerte die ganze Nacht und wurde an den folgenden Tagen fortgesetzt. Zentimeter für Zentimeter wurde das Umland durchkämmt, ohne dass sich irgendwelche Hinweise fanden. Richtung Contrada Sarò, nahe der Kreuzung eines Feldwegs mit der kleinen Straße, die zur Provinzstraße führte, in einem Gebiet, wo bald eine Feriensiedlung errichtet werden sollte, fanden sich frische Spuren von einem Auto, das gewendet hatte, ein Auto mit großem Hubraum vermutlich, doch die Abdrücke waren zu undeutlich, um Modell und Marke auszumachen.

Die Dorfbewohner wurden befragt, konnten aber nichts Wichtiges berichten: Zwei Frauen und ein alter Mann erzählten, Imma sei gegen halb fünf auf der Landstraße aus dem Dorf gegangen, aber das Mädchen sei ja immer schon ein bisschen komisch gewesen, wahrscheinlich wegen des Unfalls der Mutter, und dass sie immer schon die Angewohnheit gehabt habe, allein durch die Landschaft zu streifen. Nach halb fünf an diesem Nachmittag aber hatte sie niemand mehr gesehen, und keiner wusste, wohin sie unterwegs war, auch nicht ihre Familie, der sie nur gesagt hatte, sie gehe ein bisschen raus.

Salvatore hatte an jenem Tag Urlaub genommen, um seinen Vater nach Neapel zu einer neurologischen Untersuchung zu begleiten, weil er dabei sein wollte, ebenso wie seine Mutter, und auf dem Hinweg hatten sie Graziella bei der Arbeit abgesetzt; gegen sechs oder kurz nach sechs hatte er sie dann wieder abgeholt, war aber vorher noch bei den Manconis vorbeigefahren, um sich das Geld für einen Außenspiegel des Lancia erstatten zu lassen, der beim Einparken zu Bruch gegangen war und den er Ubaldo gegen

Vorkasse besorgt hatte. Zu Hause hatten er und Graziella dann die Eltern völlig aufgelöst vorgefunden, sie machten sich Sorgen wegen Immas Ausbleiben. Zusammen mit Graziella und vier Nachbarn war er sie suchen gegangen, dann hatte er die Carabinieri benachrichtigt. (Fast) alles wahr, (fast) alles nachprüfbar: Tatsächlich überprüften die Carabinieri die Angaben und fanden keine Lücken oder Widersprüche.

Was sich die Palumbos – und auch Nicola Schettino – nicht erklären konnten, war die Tatsache, dass Enzinos Leiche nicht gefunden wurde.

Zwei Abende nach dem Unglück gingen Antonio und Salvatore in den Garten, um eine Zigarette zu rauchen: Ein Laster, das sie sich schon vor Jahren abgewöhnt und nun vor lauter Nervosität und Sorge wieder aufgenommen hatten. Still und in Gedanken versunken standen sie da, bis Antonio nach einer halben Zigarette leise raunte:

»Wär's nicht besser gewesen, wir hätten die Wahrheit gesagt? Imma ist noch keine vierzehn, und außerdem …«

»Darüber habe ich natürlich auch nachgedacht, Antò, aber ich musste schnell entscheiden. Imma war überzeugt, Enzino sei tot, und ich hatte Angst um sie und uns. Angst, dass jemand etwas gesehen und geplaudert haben könnte und die sich postwendend an uns rächen würden. Falls er aber nicht tot war, und dieser Verdacht ist mir gleich gekommen, wäre es noch schlimmer gekommen, denn sie hätten uns das sicher nicht verziehen. Für Imma wäre es auf jeden Fall die Hölle gewesen: Sie wäre das Dorfgespräch gewesen und hätte außerdem jeden Moment damit rechnen müssen, von einem Motorrad aus mit zwei Schüssen abgeknallt zu werden. Ich dachte mir, es klingt glaubwürdig, dass Imma sich aus dem Staub macht: Sie stand unter Schock, war verängstigt und wagte nicht, irgendwem zu erzählen, was sie getan hatte …«

»Die Carabinieri hätten sie doch an einem sicheren Ort verstecken können.«

»Und wir? Wer hätte uns versteckt?«

»Aber Enzino wäre doch verhaftet worden.«

»Du lebst schon zu lange nicht mehr hier, Antò. Erstens: Falls er lebt, was keiner weiß, hält er sich irgendwo versteckt, und um ihn verhaften zu können, müsste man ihn erst mal aufspüren. Und dann kannst du dir doch vorstellen, wie viele Zeugen sich bereit erklären würden zu bestätigen, dass sie ihn an diesem Tag zweihundert Kilometer entfernt von hier gesehen haben, und seine Anwälte würden auch bald Beweise für diese Aussagen liefern und Zweifel streuen, dass Imma ein seltsames Mädchen sei, das psychische Probleme habe, immerhin ist sie ja mal stumm gewesen, hat keine Freundinnen und streunt mutterseelenallein durch die Felder wie eine Hexe …«

»Okay, ich verstehe. Aber Imma kann doch nicht für immer in einer Wohnung eingesperrt bleiben. Und wer garantiert dir, dass die Manconis dichthalten?«

»Für Imma werden wir eine Lösung finden. Was die Manconis betrifft, tun die gut daran den Mund zu halten, sonst sind sie nämlich auch dran. Kannst du mir sagen, wie der *Bourbone* sich aus so einem Schlamassel befreien soll? Und wie soll die olle Schrumpelmöse erklären, wieso und weshalb sie da mitgemacht hat? Nein, die reden nicht, und wir haben die nötigen Vorsichtsmaßnahmen getroffen.«

»Aber passt mit den Telefonen auf, die werden mit Sicherheit abgehört.«

»Keine Sorge, Antò, wir sind doch nicht von gestern.«

»Wer mir Sorgen macht, ist Papa. Er ist nicht mehr der Alte.«

»Du sagst es. Den Carabinieri hat er praktisch keine Frage beantwortet, heulte und stammelte nur, bis sie es aufgegeben haben. Aber sag mal, wie lange bleibst du eigentlich hier?«

»Morgen noch, warum?«

»Musst du dringend zurück?«

»Nicht unbedingt, die Geschäftsführung und Giuliana wissen Bescheid.«

»Wann wollt ihr eigentlich heiraten?«

»Hör doch mal auf mit deiner fixen Idee vom Heiraten. Uns geht es gut, sie hat ihre Wohnung, ich meine, und das Wochenende und die Ferien verbringen wir zusammen.«

»Immerhin hast du dir diesmal eine Italienerin ausgesucht.«

»Das war Zufall. Außerdem ist sie viel weniger Italienerin als ich, sie ist in Belgien aufgewachsen.«

»Spricht sie überhaupt Italienisch?«

»Klar, sie unterrichtet es doch an der Uni. Und ich spreche gern mit ihr Italienisch, da fühle ich mich irgendwie wie zu Hause. Aber sie sehnt sich kein bisschen nach Italien.«

»Und du?«

»Ich glaube, die Geschichte mit Imma wird mir meine Sehnsucht ein für alle Mal austreiben.«

»Das glaube ich dir. Aber wenn ich nicht irre, ist Belgien auch nicht gerade ein Paradies für Mädchen wie Imma.«

»Ja. Da hast du auch wieder recht.«

»Kommt Alfonso diese Woche, Tante Rosaria?«

»Ja. Und er hat gesagt, dass er nicht arbeitet, dass wir zusammen an den See fahren.«

»Und, freust du dich?«

»Auf den See schon.«

»Und sonst?«

»Wie soll ich mich darüber freuen, hm?«

»Magst du ihn denn, also liebst du ihn?«

»Lieben ist ein großes Wort. Aber ich hab ihn gern, ja.«

»Und würdest du ihn heiraten, wenn du könntest?«

»Ja. Weil er mich auf seine Art auch gernhat. Und er ist nett.«

Ich muss daran denken, dass er sie in die Wohnung zum Spuren beseitigen geschickt hat und dass das nicht sehr nett war, aber ich sage es nicht.

»Hast du Ubaldo geliebt, als ihr geheiratet habt?«

»Geliebt nicht, aber ich habe mich bemüht, ihn gernzuhaben, und ohne Matilde wäre mir das auch gelungen.«

»Aber wieso hast du ihn dann geheiratet?«

»Ach je, so ist das eben, mein schönes Kind, man heiratet nicht nur aus Liebe. Es gibt noch viele andere Gründe.«

»Zum Beispiel?«

»Zum Beispiel, weil man denkt, dass es einem dann besser geht als zu Hause, oder weil man nicht allein sein möchte, wenn man in ein gewisses Alter kommt, oder weil man Kinder haben möchte... so Gründe halt.«

»Und dann hast du angefangen, Ubaldo zu hassen.«

»Damals ja, heute nicht mehr.«

»Was empfindest du heute?«

»Etwas Komisches. Eine Mischung aus Mitleid und Zärtlichkeit.«

»Zärtlichkeit?«

»Ja, als wäre er ein Kind geblieben. Ein etwas ungeratenes Kind.«

»Würdest du zu ihm zurückgehen?«

»Ich weiß nicht. Eher nicht, geflickte Töpfe kochen nicht gut. Aber wir könnten Freunde sein. So Freunde, die sich nicht oft sehen, wo man aber weiß, sie sind immer da, wenn es einem schlecht geht oder man den anderen braucht, weißt du. Außerdem hat er sich bei der Trennung und hinterher bei der Scheidung anständig verhalten.«

»Inwiefern?«

»Er überweist mir monatlich Unterhalt, obwohl ich es nicht von ihm verlangt habe. Nicht besonders viel, aber es hilft, denn das Leben hier ist wahnsinnig teuer. Ob ohne Wissen seiner Schwester oder ob er den Mut hatte, es ihr zu erzählen, weiß ich nicht, aber er tut es. Pünktlich jeden Monat.«

»Und seither habt ihr nicht mehr miteinander gesprochen?«

»An Weihnachten und an meinem Geburts- und Namenstag ruft er an und wünscht mit alles Gute.«

»Und du?«

»Ich auch.«

»Würdest du ihn gern wiedersehen?«

»Du fragst mir ja Löcher in den Bauch, Imma! Hilf mir lieber, eine Tasche für morgen zu packen, heute nach der Arbeit komme ich nicht mehr nach Hause.«

Wenn Erwachsene einem nicht antworten wollen, wechseln sie sofort das Thema.

»Ciao, Lucia. Schöne Jacke hast du da. Neu?«

»Ciao. Ja, neu. Gefällt sie dir wirklich?«

»Ja. Und ich hatte echt gehofft, dich heute zu sehen.«

»Warum?«

»Na, weil wir Freunde sind und weil ich dir was sagen muss.«

»Was denn?«

»Ab Montag komme ich nicht mehr.«

Es ist wie ein Faustschlag. Ich muss mich zusammennehmen, damit meine Stimme normal klingt, ohne dass man den Schmerz raushört.

»Und wieso?«

»Mein Onkel hat den Gewerbeschein zurückgegeben.«

»Warum?«

»Weil man mit alten Büchern zu wenig verdient und er keine Lust mehr hat, hinter einem Verkaufstisch zu stehen.«

»Dreimal die Woche machst du das doch für ihn!«

»Die anderen drei aber er.«

»Also keine Bücher mehr.«

»Er arbeitet künftig bei einem Freund, der eine Buchhandlung betreibt. Nur nachmittags, und drinnen.«

»Und du?«

»Ich mache mit der Pizzeria weiter, vielleicht schon ab donnerstags. Die Uni ist nicht billig.«

»Dann werden wir uns nicht mehr wiedersehen.«

»Wieso, du musst doch nur ab und zu mal auf eine Pizza vorbeikommen: Ich hab dir extra die Visitenkarte mit Adresse und so mitgebracht, damit du es nicht vergisst. Hier, nimm. Und denk dran, ich erwarte dich.«

»Danke.«

»Ich habe dir auch diese drei Bücher beiseitegelegt, die werden dir gefallen, glaube ich.«

»Danke. Was macht das?«

»Nichts. Sind ein Geschenk.«

Ich fange fast an zu heulen, aber ich darf nicht.

»Noch mal vielen Dank. Ich hab aber nichts, was ich dir schenken könnte. Nein... warte. Den habe ich heute Morgen als Glücksbringer gekauft. Möchtest du ihn?«

Bei dem Zigarettenhändler mit den Batterien habe ich mir einen rot-schwarzen Marienkäfer aus Blech gekauft, den ich an den Rucksack hängen wollte, wenn ich wieder in die Schule kann.

»Aber den wolltest du bestimmt für dich.«

»Macht nichts. Ich wäre froh, wenn er dir Glück bringt.«

»Ich werde ihn an meinen Schlüsselbund hängen, dann denke ich jeden Tag an dich.«

Jetzt habe ich wirklich Angst, dass ich gleich losheule.

»Nicht weinen, Lucia. Komm mich besuchen, und alles Gute.«

Ich nicke und gehe fort.

Ich möchte heulen wie ein Schlosshund, aber ich kann nicht.

Mein Leben ist beschissen.

Niemand kann mich trösten.

Nicht mal Tante Rosaria, weil sie heute Abend nicht heimkommt.

Aber wie hätte ich mit Paolo über alles reden sollen?

Ich will nach Hause. Zu Oma, damit sie mich in den Arm nimmt.

Zu Toto, der sich an mich kuschelt.

Der mir Hände und Hals leckt.

Ich will, dass mich einer lieb hat.

Ich verfluche den Tag, an dem ich in die Contrada Sarò gegangen bin.

Aber vor allem verfluche ich Enzino.

Ich hätte besser aufpassen und ihn wirklich kaltmachen sollen.

An diesem Abend bläst der Nordwind. Fenster und Läden sind geschlossen, damit sie nicht gegeneinanderschlagen, vor allem aber aus einem uneingestandenen Bedürfnis nach Sicherheit und Schutz heraus. Nach dem Abendessen bleiben sie noch ein bisschen am Tisch sitzen. Assunta starrt abwesend ins Leere, Tore sieht Graziella fragend an, die mit den Schultern zuckt, dann wendet er sich an seine Mutter:

»Was hast du, Mama?«, fragt er.

Assunta scheint ihn nicht zu hören.

»Mama, sag doch was!«

Assunta schüttelt langsam den Kopf, sie zögert, und als sie endlich spricht, ist ihre Stimme erloschen, nicht wiederzuerkennen.

»Ich halt das nicht mehr aus, Tore. Zu viel Unheil. Und ich habe Angst, dass das noch nicht alles war.«

»Bitte, sprich nicht so, beschwör es nicht herauf.«

»Ich muss dauernd an die Kleine denken, wir können nicht mal mit ihr sprechen. Die arme Seele hat schon so viel durchgemacht, und jetzt sitzt sie da wie eine Gefangene bei einer, die sie gar nicht kennt, und wir wissen nicht, wie die sie behandelt, ob sie sie ein bisschen tröstet...«

»Rosaria ist ein guter Mensch.«

»Sie ist mit dem Messer auf ihren Mann losgegangen.«

»Wir waren dabei, Mama, es geschah im Affekt, und die andere hatte sie provoziert.«

»Wir haben uns nie mit dem Messer bedroht.«

»Weil wir uns lieb haben.«

»Aber Rosaria kann die Kleine nicht lieb haben.«

»Aber hassen auch nicht. Und Imma ist fürs Erste in Sicherheit.«

»Fürs Erste: Aber sie kann da nicht ewig bleiben, sie kann nicht über Jahre verschwunden bleiben.«

»Wir werden einen Weg finden. Hab noch etwas Geduld.«

»Ich hab keine mehr, Tore. Weder Geduld noch Mut noch Kraft. Ich bin fertig, ich will nur noch sterben.«

Tore und Graziella schauen sich an und wissen nicht, was sie sagen sollen. Seit dem Unglück und vor allem seit Enzino wieder aufgetaucht ist, haben sie schon zu viel geredet, und alles war nutzlos.

Saverio, der schon lange nicht mehr an den Diskussionen teilnimmt, weil er in seiner Welt des Schattens und der Stille herumirrt, steht plötzlich auf und geht zu seiner Frau:

»Assuntì, du warst doch immer meine Löwin. Du musst deinen Mut wiederfinden«, sagt er, nimmt ihre Hand und küsst sie.

Assuntas Augen glänzen:

»Hilf mir, Savè, hilf mir, ich brauche dich jetzt.«

»Ich bin doch hier.« Er beugt sich zu ihr hinunter und umarmt sie.

»Ich treffe mich erst morgen Vormittag mit Alfonso, er kann heute noch nicht weg. Dafür bleibt er bis Montag, und ich habe mir einen Tag freigenommen«, sagt Rosaria, als sie unerwartet nach Hause kommt. Sie zieht die Jacke aus und stellt ihre Taschen auf das Tischchen neben dem Sofa. Erst dann bemerkt sie Immas bekümmerte Miene.

»Was ist? Weltschmerz?«, fragt sie.

Imma nickt, und die Tränen, die den ganzen Tag über nicht herausgekommen sind, fließen jetzt ungehemmt.

»Komm her, setz dich, lass dich in den Arm nehmen und lass es raus«, sagt Rosaria. »Weinen tut gut, es reinigt das Blut vom Gift. Ich weiß, es ist hart, aber du bist stark, du bist ein Dickschädel. Du musst daran denken, dass bald alles vorbei ist.«

»Aber wann? Und wie?«, fragt Imma mutlos, den Kopf an ihre Schulter gelehnt.

»Ich weiß es nicht. Ich weiß nur, dass nichts so kommt, wie man will, und auch nicht, wie man befürchtet. Es kommt immer anders als gedacht, es passieren Dinge, an die man nie einen Gedanken verschwendet hat. Es gibt immer einen dritten Weg, meine ich.«

»War das bei dir so?«

»Dass die Dinge anders gekommen sind?«

»Ja, schon oft.«

»Gib mal ein Beispiel.«

»Na, wie es mit Ubaldo wegen Matilde gelaufen ist, weißt du ja schon, aber dass es mit einer Messerattacke enden würde, habe ich wirklich nicht vorhergesehen. Möchtest du noch eine Geschichte von Ubaldo hören, aus der Zeit, als wir erst kurz verheiratet waren?«

»Ja, gern.«

»Er war mit dem Auto zu Verwandten nach Frosinone gefahren, es ging um irgendeinen gemeinschaftlichen Besitz. Als ich von der Arbeit komme, ist er noch nicht zurück. Ich rufe ihn auf dem Handy an, er antwortet nicht, aber ich mache mir keine Sorgen. Dann schaltet Matilde den Fernseher ein, und gleich als zweite oder dritte Meldung wird von einer Massenkarambolage berichtet, die sich kurz zuvor auf der Autostrada del Sole in der Nähe von Cassino ereignet hat, mit Dutzenden von Autos, Toten und Verletzten. Jetzt beginne ich mir Sorgen zu machen und rufe Ubaldo noch einmal an, aber er ist nicht erreichbar. Bist du sicher, dass er nicht schon längst zurück war und dann noch mal weg ist?, frage ich Matilde, die mich nur anraunzt, ich solle keine dummen Fragen stellen. Eine Stunde später bin ich wirklich beunruhigt und rufe bei den Carabinieri, der Feuerwehr und was weiß ich wo an, während Matilde um mich herumflattert, ständig die Madonna von Pompeji anruft und die ganze Zeit so tut, als würde sie gleich in Ohnmacht fallen. Niemand weiß etwas Genaues, einige der Verletzten sind noch in ihren Autos eingeklemmt, bei anderen wurden in dieser Hölle aus geborstenem Blech die Papiere nicht gleich gefunden. Ich habe jetzt große Angst, ich bin fast sicher, dass Ubaldo in dieses Inferno geraten ist, sonst hätte er doch Bescheid gesagt, dass es später wird. Um elf bin ich außer mir vor Sorge und stelle ihn mir schon tot oder schwer verletzt vor, mit nur noch einem Bein oder Arm und debil, und um Matilde loszuwerden, gehe ich in den Garten. Ich atme durch, weil ich fast zu ersticken drohe. Da sehe ich einen Lichtstrahl unter dem Garagentor und denke zerstreut, dass Ubaldo am Morgen, bevor er losfuhr, wohl das Licht hat brennen lassen. Ich beschließe es auszuschalten, und da entdecke ich ihn am Steuer seines geliebten Lancia Astura, den dein Onkel für ihn restauriert hat, schlafend wie ein Säugling nach dem Stillen. Ich hätte ihn am liebsten erwürgt.«

»Was war denn passiert?«

»Na, kurz vor dem Dorf ist ihm das Benzin ausgegangen und er hat das Auto am Straßenrand stehen lassen. Seine Schwester oder ich würden es schon am nächsten Tag abholen, hat er sich gedacht und ist dann in die Garage gegangen wie jeden Tag, um seine geliebten Autos zu bewundern, und dort ist er eingeschlafen. Die Spritztour nach Frosinone hatte ihn zu sehr erschöpft. Vielleicht war er auch von den Verwandten verprellt worden und musste erst mal die Schmach verwinden.«

»Es war also nicht so, wie du befürchtet hast, sondern so, wie du erhofft hast«, bestätigt Imma schniefend.

»Was? Glaubst du etwa, ich hätte gehofft, einen schlafenden Idioten in der Garage zu finden?«

»Du hast gehofft, dass er noch lebt.«

»Schon, aber anders. Dass er dort sein könnte, darauf bin ich jedenfalls nicht gekommen.«

»Hm ... ich weiß nicht.«

»Was?«

»Ich weiß nicht, ob mich deine Theorie überzeugt. Dass es immer einen dritten Weg gibt.«

»Es gibt ihn, glaub mir, wir sehen ihn nur nicht.«

»Immer?«

»Immer.«

»Wenn du das sagst…«

Samstag, Sonntag, Montag. Drei endlose Tage, an denen ich nicht nach draußen konnte, aus Angst, von der Tante ertappt zu werden. Vielleicht war sie mit Alfonso gar nicht an den See gefahren, vielleicht hatten sie es sich wegen des Regenwetters ja anders überlegt. Und Gott sei Dank hatte ich diesen Gedanken, denn am späten Samstagnachmittag kam die Tante tatsächlich auf einen Sprung zurück.

»Nicht am See?«, fragte ich.

»Morgen, da soll's schöner werden. Heute Abend gehen wir ins Kino und danach vielleicht eine Pizza essen.«

»Und wo ist Alfonso?«

»Er ist tanken gefahren, die Tankstelle ist ein Stück entfernt. Ich hab so getan, als müsste ich mal, und mich hier absetzen lassen.«

»Wieso diese Ausrede?«

»Ich wollte nach dir sehen, weil du gestern so niedergeschlagen warst. Und ich hab dir Gebäck aus der Pasticceria Aniello hier um die Ecke mitgebracht.«

»Danke.«

»Was ist das für ein Buch?«

»Das hab ich von zu Hause mitgebracht, zusammen mit den Schulbüchern.«

»*Der Marchese von Roccaverdina*. Ist das gut?«

»Ja.«

»Wenn du fertig bist, kannst du es mir ja auch mal geben.«

»Ich bin fast durch.«

»Magst du nichts von dem Gebäck? Das schmeckt fantastisch, wie bei uns, besonders die Sfogliatelle und die Cannoli. Komm, probier mal.«

Ich nahm eine Sfogliatella, die wirklich köstlich schmeckte, aber ich bekam sie kaum runter. Und damit die Tante nicht merkte, dass mir zum Heulen zumute war, schlang ich zum Abschied ganz fest die Arme um sie, und dann war sie auch schon wieder weg.

Cannoli und Sfogliatelle rührten mich und machten mich zugleich noch niedergeschlagener. Gerührt war ich, weil es nett gemeint war, niedergeschlagen, weil das Gebäck die Tür der Erinnerung weit aufgestoßen hatte: Erinnerungen an Mama mit der roten Schlange zwischen den Haaren, an Marikas herunterhängende Arme, als die Gangster sie zum Auto schleppen, an meine Begegnung mit Enzino in der Contrada Sarò.

Die Erinnerungen waren zu mächtig, ich konnte sie nicht verscheuchen, es war kaum auszuhalten: Sie schnürten mir die Brust ein, sodass ich keine Luft bekam, mir war gleichzeitig nach Schreien und nach Sterben zumute. Da erinnerte ich mich an die Medizin, die Tante Rosaria zum Einschlafen nimmt, und ging ins Bad. Das Fläschchen war noch zu drei Vierteln voll, und die Versuchung, es ganz in das Glas zu schütten, war groß, fast ein Befehl: Ich schraubte den Deckel auf und begann die Flüssigkeit Tropfen für Tropfen ins Glas zu träufeln; eins, zwei, drei ... und dabei sang ich ganz leise.

In der Stadt Mantua
Lebt' einst ein schönes Mädchen,
und der König, der es erblickt',
wollt' es gern wiedersehen ...

Während ich sang, hörte ich auf einmal Mamas Stimme genau wie früher. Ich hatte mich schon lange nicht mehr daran erinnert, und da hielt ich inne, weil mir auch Oma und Opa, Tore, Graziella und Tante Rosaria einfielen und dass ich ihnen Liebe und Respekt schuldete. Sie hatten schon zu viel durchgemacht, es wäre ungerecht und gemein gewesen, ihnen noch mehr Leid zuzufügen, also schüttete ich den Inhalt des Glases zurück und wusch es aus, las den Beipackzettel, träufelte nur sechs Tropfen hinein, die Mindestdosis, und stellte dann alles wieder an seinen Platz.

Die Mindestdosis war wirklich minimal, sie half mir nicht einzuschlafen, aber immerhin hat sie mich ein wenig betäubt, wie ein nicht allzu starkes Fieber, das einen nur matt macht, bei dem die Gedanken umherschwimmen ohne das Gift, das brennt wie das Gift der Quallen.

Die Erinnerung an die Begegnung mit Enzino in der Contrada Sarò.

Diesmal verjagte ich sie nicht wie sonst, vielleicht weil ich benommen war, oder vielleicht, aber da bin ich mir nicht sicher, weil ich gedacht habe, dass es an der Zeit war, mich damit auseinanderzusetzen, wie wenn man aus Verzweiflung zum Zahnarzt geht, um sich einen Zahn ziehen zu lassen, weil die Schmerzen zu groß sind. Ich musste mir diese Erinnerung aus der Seele reißen, mitsamt den blutenden Wurzeln, dem Eiter und der Entzündung.

Es ist fast halb vier Uhr nachmittags. Morgen haben wir zwei Stunden Kunstunterricht, eine Turnen und zwei Italienisch. Ein leichter Vormittag, das Temperastillleben habe ich schon vorgestern fertig gemalt: ein Weidenkorb mit Zitronen auf einem Tisch, aber nicht Omas Küchentisch, sondern der von Mama, wie ich ihn in Erinnerung habe. Für Italienisch muss man Verständnisfragen zu dem Gedicht *Schnecke* von Federico García Lorca beantworten. Das Gedicht ist kurz und wunderschön, die Verständnisfragen langatmig und dumm. Unnütze Fragen, über die man glatt vergisst, wie schön die Verse sind, und fast eine Abneigung gegen sie entwickelt. Ich beantworte sie auf die Schnelle, für die Vertretungslehrerin – die Pizzullo, die gute Italienischlehrerin, liegt im Krankenhaus und wird operiert –, dann klappe ich das Heft zu, lösche Fragen und Antworten aus meinem Kopf, lese das Gedicht noch mal und lerne es auswendig.

Die *Schnecke* macht mir Lust aufs Meer, ich möchte es von der Ferne in der reinen Herbstluft betrachten.

»Oma, ich geh ein bisschen raus«, sage ich.

»Aber bleib im Dorf, hörst du? Du kannst ein bisschen bei deinen Freundinnen auf der Piazza spielen, aber komm bald zurück.«

»Ja, keine Sorge«, lüge ich.

Die Straße ist wie ausgestorben, die Geschäfte haben noch geschlossen, die Fenster sind auch zu, weil ein leichter Wind den Staub aufwirbelt.

Ich biege in die Waschhausgasse ein: Die Fensterläden am Haus von Nannina Esposito sind geschlossen, weil Tante Nannina, die am ganzen Körper Schmerzen hat, nachts nicht schlafen kann und deshalb tagsüber eine ausgiebige

Siesta hält; die Familie Guaragno, Vater, Mutter, Sohn, arbeiten in ihrer Schachtelwerkstatt; dann kommen die verschlossenen Häuser der Familien Persichino, Mirabella und Vietri, die nur in den Ferien und manchmal an Weihnachten herkommen. Das Waschhaus ist seit Jahren ohne Wasser, aber jetzt haben ja auch alle eine Waschmaschine im Haus. Umso besser, da kann keiner Oma was verraten.

Ich gehe schnell, weil ich diese Lust aufs Meer in mir habe. Ein echtes Meer, keines auf der Karte, voll kleiner Fische, aus Schatten silberhell, wie in dem Gedicht. Ich hätte gern eine große Meeresschnecke, in der man das Geräusch der Wellen hört, aber so eine hab ich nie geschenkt bekommen, vielleicht weil die Leute, die nah am Meer leben, nicht den Drang verspüren, dauernd daran erinnert zu werden.

Die Waschhausgasse endet vor dem Olivenhain der Familie Veneruso. Die ersten Oliven sind schon geerntet, der Sommer war heiß und sehr ertragreich. Dieses Jahr soll das Öl hervorragend sein, aber Oma kauft ihr Öl nicht bei den Venerusos, weil sie meint, die würden immer tricksen und Schweinereien druntermischen.

Mir fällt ein, dass in der Nähe bald ein Feriendorf mit Wellnessanlage gebaut wird, also Schwimmbäder, Tennisplätze, Asphaltstraßen, Parkplätze und was sonst noch. Dann wird es hier wegen der vielen Leute und dem Trubel nicht mehr schön sein. Es sei denn, wie Onkel Tore sagt, irgendwer rafft sich mal auf und steckt seine Nase in die Angelegenheiten der Familie von Don Raffaele und legt denen endlich das Handwerk.

Ich lasse den Olivenhain hinter mir und biege links in den Feldweg ein. Wäre ich rechts weitergegangen, wäre mir nichts passiert: Manchmal entscheidet sich ein Leben in einer einzigen Sekunde, einfach weil man falsch abgebogen ist. Aber wie hätte ich das vorher wissen sollen?

Es klingelt. An der Gegensprechanlage, nicht an der Wohnungstür. Mein Herz krampft sich zusammen wie bei einem Stromschlag. Ich darf nicht antworten, logisch, ich bin ja nicht hier, ich existiere hier überhaupt nicht.

Ich kann auch nicht nachschauen, wer da klingelt, weil man die Haustür vom Fenster aus nicht sieht, sie wird von den Balkonen im ersten Stock verdeckt. Jetzt wo ich darüber nachdenke, fällt mir auf, dass es überhaupt das erste Mal klingelt, seit ich hier bin, obwohl Tante Rosaria ab und zu Werbezettel von Supermärkten, Möbelgeschäften oder Rollladenreparaturfirmen mit raufbringt, die sie im Briefkasten gefunden hat. In all der Zeit ist es noch nie vorgekommen, dass jemand unsere Klingel gedrückt hat, und jetzt, am späten Samstagabend, klingelt es plötzlich. Bei dem Gedanken zuckt mein Herz wieder zusammen, und mindestens genauso heftig wie beim ersten Mal.

Barfuß, um kein Geräusch zu machen, gehe ich zur Tür, lege das Ohr daran, kann aber kein verdächtiges Geräusch ausmachen. Sicherheitshalber lege ich die Kette vor. Ich stehe noch immer hinter der Tür, als erneut Sturm geklingelt wird, und da renne ich weg, als ob es etwas nützen würde, in ein anderes Zimmer zu laufen.

Jetzt kriege ich fast keine Luft mehr. Wieder klingelt es. Gleich darauf werden Fenster geöffnet, und eine laute Stimme ruft: Hört ihr wohl auf damit, ihr Idioten! Und eine andere: Schert euch zum Teufel! Und da wird mir klar, dass irgendjemand, vielleicht Kinder oder ein Betrunkener, sämtliche Klingeln im Haus gedrückt hat. Sicherheitshalber klemme ich einen Stuhl mit der Lehne unter die Klinke der Wohnungstür, wie in einem der Fernsehthriller, die ich letztes Jahr mit Oma gesehen habe. Allerdings hat das in einem Fall nichts genützt, weil der Mörder durchs Fenster eingestiegen ist. Ich weiß nicht, warum, aber da muss ich fast lachen und beruhige mich.

Ich lege mich ins Bett der Tante, mache mir aus Laken und Decke eine kuschelige Höhle und hoffe, dass ich schnell einschlafe. Stattdessen kommt die Erinnerung zurück.

Ich biege links in den Feldweg ein, weil ich weiß, dass er nach ungefähr fünfzehn Metern eine scharfe Kurve macht und man von dort wie von einer Terrasse in der Ferne das Meer sieht, und erneut denke ich flüchtig, dass das in wenigen Wochen ein verlorener und vergessener Ort sein wird, das Meer wird dann von Häusern verdeckt sein. Es ist wie ein Abschiedsbesuch.

Als ich die Terrasse erreiche, schaue ich lange auf die blau glitzernde Weite mit ihren kleinen weißen Schaumschuppen, und dann tue ich etwas, das ein bisschen albern ist, mir aber in diesem Moment richtig erscheint: Ich sage laut das Gedicht von der Schnecke auf, zum Abschied:

Eine Schnecke haben sie mir gebracht.
In ihrem Innern singt
ein kartenblaues Meer.
Mein Herz
füllt sich mit Wasser,
voll kleiner Fische,
Schatten, silberhell.
Eine Schnecke haben sie mir gebracht.

Dann drehe ich mich um und will gehen.

Doch da steht, nur einen Schritt entfernt, plötzlich Enzino. Und er liest das Entsetzen in meinen Augen.

Ich weiß doch aus den Dokumentarfilmen von National Geographic im Fernsehen, dass die Beute vor dem Räuber nicht fliehen darf, weil Flucht seinen Aggressionsreflex auslöst; aber der Instinkt ist schneller als der Verstand, und deshalb versuche ich in meiner Verzweiflung einfach seitlich an ihm vorbeizuhuschen. Wenn ich etwas gesagt oder ihn gegrüßt hätte, wer weiß ... vielleicht wäre nichts passiert, vielleicht hätte er angefangen zu lachen, ich muss ja ziemlich lächerlich auf ihn gewirkt haben, wie ich so vor dem Meer stand und ein Gedicht aufsagte, ein bescheuertes kleines Mädchen, das glaubt, auf einer Bühne zu stehen, und herumfuchtelt wie eine Schauspielerin ...

So aber.

So aber breitet er die Arme aus, wie wenn man Blindekuh spielt, kriegt einen Zipfel meines T-Shirts zu fassen und bringt mich zum Straucheln.

»Lass mich!«, schreie ich.

Das T-Shirt reißt nicht, er zieht mich an sich, dreht mich herum und hält mich fest.

»Was ist? Hast du Angst?«, fragt er.

»Nein«, lüge ich und denke, dass ich den einzigen Augenblick verpasst habe, in dem ich mich mit einem Kniestoß oder einem gezielten Tritt hätte befreien können. Aber Angst hat einen Geruch, und er wittert ihn.

»Und ob du welche hast. Und nicht zu knapp.«

Ich schüttele den Kopf, weil mir die Stimme versagt.

»Das woll'n wir doch mal sehen«, sagt er und gibt mir

den Kniestoß, den ich ihm hätte geben sollen, wirft mich zu Boden und lässt sich auf mich fallen.

Ich spüre einen stechenden Schmerz in der Leistengegend und wegen des Aufpralls auf der harten, steinigen Erde einen heftigen Schmerz im Rücken, meine Brust wird von Enzinos Gewicht und Kraft zusammengedrückt, meine Arme sind in seinem Griff gefangen. Ich weiß, was mir blüht: Ich werde versuchen, mich zu befreien, werde vielleicht seinem Mund ausweichen können, aber dem Rest kann ich nicht ausweichen, falls ich überhaupt einen Ton rausbringe, werde ich vergeblich schreien: HILFE und LASS MICH, ich werde Marikas Schicksal teilen, und um meine Leiche kümmert sich dann Zio Mario.

Nein. NEIN. NEIN.

Ich will nicht sterben. Nicht durch die Hand dieses Verbrechers, der Sohn eines Verbrechers ist.

Ich winde und wehre mich nicht länger, sondern entspanne die Muskeln, wie sie es mir im Sportstudio beigebracht haben, lasse es geschehen. Er stutzt, lässt aber meinen Arm nicht los, um mir die Kleider vom Leib zu reißen oder mich zu schlagen, sondern sieht mich nur irritiert an. Ich schließe die Augen nicht, sondern schaue aus zwanzig Zentimeter Entfernung in sein Gesicht, als würde ich warten. Und nach ein paar Sekunden (vielleicht weniger, vielleicht auch mehr: Die Zeit ist weich und formlos geworden, ohne Maß) senkt er sein Gesicht auf meines und sucht meinen Mund. Ich öffne die Lippen ein wenig, ohne ihm auszuweichen, wie eine Filmschauspielerin. Mein erster Kuss, denke ich, während seine Zunge in meinem Mund wühlt und sich windet, und ich erwidere alles so gut es geht, während ich hoffe, dass die Leere, die aus meinem Magen nach oben steigt, kein Brechreiz ist. Mein erster, ekelhafter Kuss, er darf nicht der letzte bleiben, denke ich wild entschlossen, und deshalb öffne ich den Mund etwas weiter und lasse meine Zunge gegen seinen Gaumen schnellen und ziehe sie wieder zurück und wühle meinerseits in seinem Mund und beiße auf seine Lippen, aber sanft, obwohl ich sie ihm am liebsten mit den Zähnen durchtrennen würde.

Wie lange geht das so? Ich weiß es nicht. Es kommt mir endlos vor.

Irgendwann lässt er ein bisschen von mir ab:

»Gefällt dir, was?«

Keuchend deute ich ein Nicken an, meine Stimme würde mich verraten.

»Kleine Nutte«, sagt er wie zu sich selbst.

Er lässt meinen rechten Arm los (ein Linkshänder, denke ich) und nestelt tatsächlich mit der Linken zwischen uns, um seine und meine Jeans herunterzuziehen, und statt ihn daran zu hindern, helfe ich ihm, so gut es geht, küsse seinen Hals, lecke ihn, sauge ihn, und die ganze Zeit sucht meine freie Hand fieberhaft den Boden ab, und als er sich wieder etwas löst, um mein Höschen herunterzuziehen, finde ich einen Stein, der groß genug ist und eine scharfe Kante hat.

»Nutte, Nutte, Nutte«, wiederholt er wie eine Litanei, während ich ihm die Zunge ins linke Ohr stecke.

Wer sagt, dass anstößige Szenen in Filmen ein schlechtes Beispiel für die Jugend sind? Ich zumindest verdanke meine Rettung den nächtlichen Sendungen, die ich manchmal zusammen mit Opa anschaute, wenn er heimlich und leise, um Oma nicht zu wecken, aufgestanden war, weil er nicht schlafen konnte. Wenn ich zufällig aufs Klo musste oder ein Glas Wasser trinken wollte, sah ich ihn mit betäubtem, unglücklichem Gesicht auf dem Sofa vor dem leise gedrehten Fernseher sitzen. Dann hockte ich mich neben ihn und nahm seine Hand, und so saßen wir nebeneinander und warteten, dass wir langsam zusammen einschliefen. Am nächsten Morgen fand Oma, die immer als Erste aufstand, uns übernächtigt und durchgefroren.

Ich umschließe den Stein mit der Hand. Enzinos Gesicht ist direkt über meinem, während er sich im Kampf mit seinem Reißverschluss windet. Giftschlange, denke ich.

Jetzt.

Ich hole aus und treffe ihn am Kopf. Ich habe starke Arme, im Sportstudio habe ich auch mit Hanteln und an den Maschinen trainiert, das sind nicht die Arme eines Püppchens. Benommen hält er inne, dann schlage ich wieder zu, wieder und wieder und wieder, mit der stumpfen Seite und mit der scharfen Kante, aus den Wunden fließt Blut, er wird schwer wie ein nasser Sack, doch ich schaffe es, ihn auf die Seite zu wälzen, und verpasse ihm einen letzten Schlag auf die Stirn, weil ich ihn hasse, und ich würde immer weiter auf ihn einschlagen, wenn mein Arm nicht müde wäre und mir alles wehtäte. Während mir die Tränen übers Gesicht laufen, rappele ich mich auf die Knie und stehe mühsam auf, und mein Herz pocht ohrenbetäubend in meinen Schläfen.

Sein Kopf und sein Gesicht sind blutüberströmt, die Augen verdreht.

Er ist tot. Ich habe ihn umgebracht.

Und danach? Danach verschwimmt die Erinnerung. Ich bin schnell weggelaufen, aber ich bin nicht gerannt, das konnte ich nicht mehr. Ich war schmutzig, voller Erde, Blut, Tränen und Rotz, in der Hand hielt ich noch immer den Stein, ich konnte keinen klaren Gedanken fassen, weil die Schlange meinen Geist gelähmt hatte, den Weg fanden Körper und Beine von selbst. Sie liefen quer durch die Landschaft, abseits des Pfads und des Feldwegs, doch irgendwann gaben sie nach, und ich fiel hin, T-Shirt und Hose zerrissen, ich konnte kaum noch was sehen vor Tränen, doch sie, Körper und Beine, wussten, was zu tun war, und trugen mich zum Hintereingang unseres Hauses, drückten das Gartentürchen auf, und im Garten war Onkel Tore, ihm fiel der Rechen aus der Hand und mir der Stein, und er sagte: Heilige Muttergottes!

Es ist ein Uhr nachts. Es hat nicht mehr geklingelt. Alle Rollläden sind heruntergelassen. Ich habe nur ein kleines Licht im Wohnzimmer angelassen, weil ich nicht in der totalen Finsternis sein möchte. Auf der Straße fährt nur ab und zu ein Auto vorbei, und anders als tagsüber hört man auch kein Motorrad knattern. Um Mitternacht hat die Bar zugemacht. Es herrscht beinah völlige Stille, aber ich kann einfach nicht einschlafen. Ich stehe auf, laufe ein bisschen durch die Wohnung, mache mir einen Kamillentee, das funktioniert bestimmt besser als Tante Rosarias Tropfen.

Fehlanzeige, ich kann immer noch nicht einschlafen. Ich nehme eins der Bücher, die Paolo mir geschenkt hat, aus dem Versteck in der Kammer. Eins hatte ich ja offen liegen lassen, aber zum Glück ist Tante Rosaria auf die Lüge reingefallen, die ich ihr aufgetischt habe. Auf dem

Buchumschlag sieht man einen Jungen, der eine Schleuder am Gürtel trägt und etwas in der geschlossenen Hand hält, vielleicht einen Stein. Auch er hat einen Stein. Das Buch ist sehr dick und heißt *Oliver Twist*. Ich gehe zurück in meine warme Höhle, mache Licht und fange an zu lesen.

»Müsst ihr morgen arbeiten?«, fragt Saverio Sohn und Schwiegertochter.

»Nein, dieses Wochenende ist geschlossen, dafür gibt's nächstes eine Verkaufsschau«, antwortet Tore, der sich wundert, dass sein sonst so schweigsamer Vater eine solche Frage stellt.

»Dann können wir doch alle zusammen einen Ausflug machen.«

»Und wohin?«

»Wohin, wohin ... irgendwohin. Zum Königspalast von Caserta zum Beispiel, oder nach Benevent oder sonst wo hin, schöne Orte gibt es hier doch genug. Anschließend gehen wir in ein gutes Restaurant und danach noch ein bisschen shoppen. Meine Assuntina könnte eine warme Jacke für die kalten Tage gebrauchen, und ihr sucht euch auch was Schönes aus. Einverstanden, Assuntì?«

Assunta sieht von ihrem Teller auf.

»Bist du sicher, dass es nicht regnen wird, Savè?«

»Hundert Prozent.«

»Aber schau doch mal die schwarze Wolkenbank da!«

»Heute Abend regnet's, aber morgen nicht.«

»Woher willst du das wissen?«

»Ich hab im Internet nachgeschaut.«

»Du? Du weißt doch kaum, wie man den Computer einschaltet.«

»Doktor De Lucia hat's mir beigebracht.«

»Wann, wie?«

»Heute, gestern und vorgestern. Während du bei Nunziatina warst zum Einkochen.«

»Was hat dich denn veranlasst, zum Dottore zu gehen?«

»Einfach so. Um ihm zu sagen, dass es mir nicht so gut geht und ihn zu fragen, ob er mir was gegen meine Niedergeschlagenheit geben kann.«

»Und, was hat er dir gegeben?«

»Nichts. Er hat mir eine Standpauke gehalten und mir beigebracht, wie man googelt. Und wisst ihr was? Morgen kaufe ich mir vielleicht ein Laptop.«

»Wir haben doch schon einen zu Hause, Papa, mit einem großen Flachbildschirm.«

»Aber der gehört euch. Nicht dass ich noch irgendwas kaputt mache. Montag gehe ich wieder zum Dottore, damit er mir noch mehr zeigt. Wir könnten ihn mal zum Abendessen einladen, was meinst du, Assuntì?«

»Unbedingt. Aber dazu müsste ich wissen, was er gern isst.«

»Hm... ich hab schon mal ein bisschen nachgebohrt, während wir über dies und das geredet haben. Spaghetti mit Meeresfrüchten, Paccheri mit Fleischsoße, marinierten Aal, gefüllte und frittierte Sardellen...«

»Dann lad ihn doch am Montag ein, für Dienstag, oder wann es ihm passt. Mag er auch Babà?«

»Babà mag jeder.«

»Aber den kaufen wir bei Gennaro, so wie bei ihm kriegt man ihn nicht mal in Neapel«, beschließt Assunta. Dann schaut sie Mann, Sohn und Schwiegertochter mit einem zaghaften Lächeln an.

Ich habe die Nacht zum Tag gemacht und umgekehrt. Tropfen und Kamillentee wie Leitungswasser getrunken. Ich habe gelesen, bis mein Blick benebelt war und mir das Buch aus der Hand glitt, und als ich das Licht ausmachte, war es halb neun. Morgens.

Ich schlief bis um drei und wachte mit einem Bärenhunger auf. Weil ich keine Lust hatte, mir etwas zu kochen, aß ich direkt aus dem Kühlschrank. Ich weiß natürlich, dass man das nicht soll, aber einmal ist keinmal. Tante Rosaria hat jahrelang aus dem Kühlschrank oder Fertigmahlzeiten gegessen, und sie sieht trotzdem gut aus, sie ist schlank, hat Kurven an den richtigen Stellen und straffe Haut. Ich finde, dass sie mehr verdient hat als Alfonsos überschüssige Zeit, aber sie scheint da anderer Ansicht zu sein. Jedenfalls werde ich mir heute Abend Pasta mit Broccoli machen, auch wenn dann die ganze Wohnung danach riecht.

An manchen Stellen von *Oliver Twist* kommen mir die Tränen. Viel unglücklicher geht es kaum, der arme Junge … Waise, hungernd, misshandelt … Auch ich bin zu drei Vierteln Waise, weil Mama tot ist und Papa für mich irgendwie auch fast; aber ich habe eine Familie, die mich lieb hat, und hungern musste ich nie, also bin ich im Vergleich zu ihm gar nicht so schlecht dran. Oder im Vergleich zu den vielen Kindern in bestimmten Ländern der Welt, die noch heute leben wie in London vor zweihundert Jahren.

Manches hat sich aber auch bei uns nicht geändert. Fagin ist einer wie Don Raffaele, wie dieser führt er eine Bande von Ganoven, Dieben und Mördern an. Wie Don Raffaele lässt er Kinder Verbrechen begehen, weil sie dann Gangster werden wie Mimmo der Blinde und Peppuccio Koksnase. Fagins Leute rauben und betrügen, die von Don Raffaele dealen mit Drogen, treiben Schutzgeld ein, verprügeln alle, die sich widersetzen, oder zertrümmern ihre Geschäfte. Mein Dorf und die Nachbardörfer ähneln daher den Londoner Elendsvierteln im neunzehnten Jahrhundert, und abgesehen davon, dass die Menschen bei uns mehr oder weniger alle zu essen und einen gewissen Komfort haben, hat sich nicht viel geändert.

Die Schwermut ist eine streunende Katze, die einen hinterrücks anfällt. Die Katze hat gute Gründe, die Krallen auszufahren und zu kratzen: Sie ist krank, oder sie hat Hunger und keinen Ort, an dem sie ihre Ruhe hat, oder sie ist von dummen, bösen Kindern und Erwachsenen getreten worden. Auch die Schwermut hat ihre Gründe, wenn sie kratzt. Heute hat sie viele Ursachen. Zum Beispiel, dass ich Paolo nicht mehr sehe, dass ich eingeschlossen und allein bin und das auch morgen den ganzen Tag sein werde. Die Sfogliatelle.

Die restlichen drei habe ich nach der Pasta mit Broccoli gegessen. Das hätte ich besser nicht getan. Sie waren Honig und Gift zugleich, Honig, weil sie mich nach Hause zurückversetzten, und Gift, weil sie wieder die Erinnerungen geweckt haben, die eingeschlafen waren.

Heilige Muttergottes, sagte auch Oma, als ich ins Haus kam und sie mich sah. Toto jaulte, leckte meine Hand und verkroch sich dann winselnd. Hunde verstehen alles. Opa war nicht da, er war auf ein Schwätzchen in die Bar gegangen.

»Was ist denn mit dir passiert?«, fragte Oma und schlug die Hände über dem Kopf zusammen. Dann goss sie rasch zwei Gläser Wasser ein, eins für sich und eins für mich.

»Kein Wasser, ich will Essig«, sagte ich.

»Essig? Wozu das denn?«

Ich gab keine Antwort, griff nach der Essigflasche, nahm einen Schluck, gurgelte lange und spuckte ins Spülbecken. In meinem Mund brannte es höllisch.

»Nun sag schon, was ist passiert?«, drängten sie weiter.

Also fing ich an zu erzählen. Von dem Gedicht, das ich vor der Meereskulisse aufsagte, von Enzino, der plötzlich hinter mir stand, mich packte und zu Boden warf... ich erzählte alles, na ja, fast alles: Für ein paar Dinge, die ich getan hatte, schämte ich mich zu sehr. Dafür, dass ich ihn getötet hatte, schämte ich mich nicht.

»Aber hat er dich... hat er dich...«, hob Onkel Tore an, brachte aber nicht den Mut auf, es auszusprechen.

»Nein, er hat mich nicht vergewaltigt, er ist nicht dazu gekommen.«

»Und wie hast du ihn...«

»Ihn getötet? Mit einem Stein. Der muss im Garten liegen, es ist noch Blut dran.«

»Hat dich jemand gesehen?«

»Nein.«

»Und auf dem Nachhauseweg?«

»Auch nicht, ich bin querfeldein gegangen.«

»War er allein?«

»Ja.«

»Was wollte er da überhaupt?«

»Ich weiß es nicht.«

Salvatore muss allein entscheiden, und schnell. Der ältere Bruder ist weit weg, der Vater in seiner Depression versunken und die Mutter völlig überfordert. Jetzt ist er das Familienoberhaupt.

Imma sagt, dass Enzino tot ist, und sie sagt auch, dass niemand sie gesehen hat. Und falls doch, wie könnte sie eine Vernehmung überstehen?

Sie ist zwar erst dreizehn und damit nicht strafmündig, aber Don Raffaele und seine Leute scheren sich bekanntlich nicht um das Gesetz.

Ein gestohlenes Motorrad, im Sattel zwei Killer mit Integralhelm, vier Schüsse aus der Pistole, einmal Gas geben und tschüs. Ein ermordetes Mädchen mehr oder weniger, was zählt das schon.

Und danach wären wir dann dran. Vielleicht nur einer, vielleicht wir alle.

Ein Benzinkanister, der vor der Tür ausgeleert wird, ein Streichholz, und wer nicht in den Flammen umkommt, der stirbt an einer Rauchvergiftung. Und niemand hat etwas gesehen oder gehört, die Hintermänner haben bombensichere Alibis, die Mörder sind unauffindbar.

Nein.

Imma muss ganz offiziell verschwinden.

Die Carabinieri werden bestimmt eine Verbindung zwischen Enzinos Tod und Immas Verschwinden herstellen, aber sie haben keine sicheren Beweise oder Indizien, auf denen sie eine Hypothese gründen können. Sie werden eine Suchaktion starten und alle verhören, die Leute werden ein dauerhaftes Gesprächsthema haben, und wir werden unsere Rolle spielen.

Und wenn der Hurensohn nicht tot ist?

Tja, dann soll er nur herumerzählen, dass er von einem dreizehnjährigen Mädchen mit einem Stein niedergeschlagen wurde. Den Carabinieri müsste er erklären, wie es dazu kam, und das dürfte ihm nicht recht sein, und vor seinen Leuten muss er das Gesicht wahren.

Früher oder später kommt es aber auf dasselbe raus, denn irgendeinen Vorwand, uns umbringen zu lassen, wird er schon finden.

Trotzdem, später ist besser, und wer weiß, was in der Zwischenzeit noch alles passieren kann.

Plötzlich überfiel mich eine Müdigkeit, wie ich sie noch nie gekannt hatte. Es war, als wäre ich ganz weit weg. Tore sagte: Wir müssen sie wegbringen, Oma weinte, während sie die Kratzer in meinem Gesicht, von denen ich gar nichts mitbekommen hatte, desinfizierte und mir aufstehen half, mich ins Schlafzimmer führte und dort auszog, eine Salbe auf die blauen Flecke an Armen, Beinen und Rücken schmierte, mich wieder anzog, eine Tasche mit Wäsche und Kleidung packte. Tore gab mir einen starken Kaffee zu trinken und erklärte:

»Du kannst hier nicht bleiben, Imma. Das ist zu gefährlich.«

»Wohin soll ich gehen?«

»Weit weg. Wo sie dich nicht finden. In den Norden.«

»Für wie lange?«

»Das weiß ich nicht. Eine Zeit lang. Bist du sicher, dass du ihn getötet hast?«

»Ja.«

»Und dich hat bestimmt keiner gesehen?«

»Bestimmt nicht.«

»Ich fahre jetzt den Wagen in die Gasse neben dem Haus, du steigst hinten ein und duckst dich. Auf den Boden, zwischen die Sitze, verstanden?«

»Ja.«

Oma machte ein verzweifeltes Gesicht. Ich war verzweifelt. Sie schmierte hastig drei Brötchen mit Mozzarella und Omelett, steckte sie zusammen mit zwei Fruchtsäften in eine Plastiktüte und fragte:

»Brauchst du noch was?«

»Toto.«

»Das geht nicht.«

»Ein paar Schulbücher. Und mein Sparschwein.«

»In Ordnung. Geh sie holen.«

Wie in Trance holte ich die Sachen, Oma küsste mich, drückte mich, weinte an meiner Schulter, Toto kam aus seinem Versteck und strich um meine Beine: Ich ließ alles geschehen.

Onkel Tore kam durch die Tür herein, die auf die Seitenstraße geht, und sagte:

»Komm jetzt, steig ein.«

Ich stieg ins Auto, duckte mich, so gut es ging, denn ich hatte Schmerzen überall.

Wir fuhren los.

Vor dem Tor der Villa Manconi hielt Tore an. Er klingelte, der Summer erklang, und er trat in den Garten.

»Bleib, wo du bist«, ermahnte er Imma.

Auf der Schwelle stand Ubaldo, der zu den üblichen

Floskeln ansetzte, aber sofort unterbrochen wurde: »Ich muss mit Ihnen sprechen, mit Ihnen und Ihrer Schwester. Es ist dringend.«

Sobald alle im Salon waren, sagte er mit einer gewissen Härte: »Ich bin hier, um die Schuld einzulösen. Bei Ihnen und Rosaria.«

Dem verdutzten Ubaldo verschlug es die Sprache, sodass es Matilde war, die fragen musste: »Wie sollen wir sie begleichen?«

»Indem Sie meine Nichte Imma in den Norden bringen, zu Rosaria.«

»Wieso? Was ist passiert?«

»Enzino hat versucht, sie zu vergewaltigen, und sie hat ihn getötet.«

»Heiliger Jesus Christus! Wann denn?«

»Vor einer Stunde.«

»Hat jemand sie gesehen?«

»Nein. Es war in der Contrada Sarò.«

»Ich werde sie zu Rosaria bringen«, beschloss Matilde. »Mein Bruder muss morgen arbeiten.«

»Gut«, stimmte Tore zu, »aber rufen Sie Rosaria erst an, wenn Sie schon fast da sind. Und auch nicht übers Handy, sondern von einer öffentlichen Telefonzelle aus. Schalten Sie Ihr Handy am besten ganz aus und nehmen Sie auch die SIM-Karte heraus, zu Ihrem eigenen Schutz.«

»Wann soll ich losfahren?«

»Jetzt gleich. Aber nicht über die Autobahn, verstanden?«

»Das dauert ja ewig.«

»Egal, es ist sicherer. Und denken Sie sich eine schöne Geschichte aus, irgendein Märchen, falls jemand bei Ihrer Rückkehr fragt.«

»Großtante Augusta aus Neapel. Hörst du, Ubaldo? Du rufst sie jetzt an, aber nur um zu fragen, wie es ihr geht, dann fahre ich auf der Rückfahrt bei ihr vorbei und instruiere sie.«

»Und kein Wort über Imma, zu niemandem.«

»Wo denken Sie hin? Der Tante erzähle ich irgendwas, ich sage, dass Ubaldo nichts davon erfahren darf und sie mir helfen muss.«

»Geben Sie Rosaria diesen Umschlag mit Geld, für den Unterhalt. Und was Ihre Unkosten angeht …«

Matilde schnitt ihm in eisigem Ton das Wort ab: »Sie verlangen, dass wir eine Schuld begleichen, und wir werden sie begleichen. Auch wenn die Zinsen Wucher sind.«

»Apropos. Für alle anderen bin ich hergekommen, weil die Rechnung für den Außenspiegel des Astura noch offen ist. Sie erinnern sich doch daran, dass ich ihn für Sie besorgt habe, nicht wahr, Signor Ubaldo?«

Der Montag lässt auf sich warten. Er hatte kaputte Schuhe und konnte nicht schneller kommen. Aber er bringt keine guten Neuigkeiten, bringt nicht das Ende der Gefangenschaft. Alles was er bringt, ist Tante Rosaria, die mit fröhlicher Miene und entspannt nach Hause kommt.

»Hast du mit Alfonso geschlafen, Tante?«

Rosaria lacht: »Frechdachs! Was fällt dir denn ein?«

»Na komm, ich bin kein Kind mehr, Tante Rosaria.«

»Mit dreizehn ist man noch nicht sonderlich erwachsen ...«

»Na, wenn du meinst. Auf alle Fälle sieht man dir an, dass ihr es gemacht habt.«

»Woran?«

»Am Gesicht, deine Augen lachen. Ist es schön, miteinander zu schlafen?«

»Ja. Aber nur, wenn er dir wirklich gefällt. Und noch mehr, wenn du ihn liebst.«

»Und wenn er dich liebt.«

»Richtig.«

»Liebt Alfonso dich?«

»Ein bisschen, auf seine Art. Er ist das Beste, was ich kriegen konnte.«

»Aber ...«

»Lass gut sein, Imma, verdirb mir nicht den Abend.

Für den Moment ist es in Ordnung, wie es ist, und später sehe ich dann weiter. Und du, was hast du so getrieben?«

»Ich habe das Buch zu Ende gelesen, das ich von zu Hause mitgebracht habe, und ferngesehen. Ich habe dich sehr vermisst.«

Tante Rosaria schließt mich fest in die Arme.

»Wenn es nicht zu gefährlich wäre, würde ich dich auf eine Pizza einladen.«

Eine Pizza. Paolos Pizzeria ist nicht weit von hier. Mein Herz macht Freudensprünge.

»Komm schon, Tante Rosaria...«

Nein, nicht zu Paolo. Er würde mich Lucia nennen und mich fragen, wie es meiner Oma geht. Schon ist mein Herz gestrauchelt.

»Besser nicht, Imma. Ich möchte diese Verantwortung nicht tragen.«

»Dann eben ein andermal«, seufze ich. Mein Herz hat nun gebrochene Beine.

»Dafür kochen wir heute Abend was Leckeres zusammen. Hast du Lust?«

»Au ja«, sage ich, obwohl ich nicht die geringste Lust auf Kochen habe.

Nach dem Abendessen sitzen wir noch am Tisch, und die Tante sagt: »Du hast mir nie von der Reise erzählt.«

»Der vom Dorf hierher?«

»Genau.«

»Ich lag die ganze Zeit auf dem Boden zwischen den Sitzen, unter einer Decke. Mir tat alles weh, vielleicht hatte ich auch Fieber.«

»Auf jeden Fall. Als du hier ankamst, hast du geglüht.«

»Matilde hat so gut wie nichts mit mir geredet, sie konzentrierte sich aufs Fahren und auf den Weg. Drei Mal hielt sie an: Einmal zum Tanken, einmal weil wir auf Toilette mussten, und einmal um dich anzurufen. Richtig geschlafen habe ich nicht, dazu war es zu unbequem, höchstens ein bisschen gedöst.«

»Dafür hast du hier dann acht Stunden am Stück geschlafen, neben Matilde, die sich auch ein paar Stunden ausgeruht hat, bevor sie sich auf den Rückweg machte.«

»Neben Matilde? In deinem Bett? Daran erinnere ich mich nicht.«

»Vielleicht weil ich dir Fiebertropfen gegeben hatte, oder weil du so erschöpft warst.«

»Und wie war Matilde?«

»Ätzend, wie immer. Sie freute sich, mir Ärger bereiten zu können. Anfangs habe ich dich nämlich als genau das gesehen, als ein Ärgernis, ein Unglücksfall, obwohl du mir leidgetan hast.«

»Und jetzt?«

»Jetzt bist du meine Nichte, mehr als das, du wirst mir sehr fehlen, wenn du fortgehst.«

»Wann gehe ich denn fort?«

»Wenn deine Familie es sagt, das weißt du doch. Aber wenn du hierbleiben würdest, wenn die Gefahr mal vorbei ist, würde ich mich sehr freuen. Und du?«

»Ich weiß nicht. Also, ich würde mich freuen, hier bei dir in der Stadt zu sein, aber ich würde auch meine Familie vermissen.«

»Du könntest doch mit ihnen telefonieren, sie ab und zu besuchen. Und du könntest raus, würdest in die Schule gehen, Freundinnen finden und später einen Freund.«

Paolo, denke ich. Ich würde ihn in der Pizzeria besuchen, ihm sagen, dass ich Imma heiße und nicht Lucia und dass ich nicht anders konnte, als ihn anzulügen.

»Ja, Tante Rosaria, ich würd gern bei dir bleiben.«

»Abgemacht. Wirst sehen, das Ganze ist bald vorbei, und dann gehen wir zusammen raus, ich zeige dir das Viertel, die Geschäfte und die Innenstadt, und wir werden ein gutes Gespann sein.«

»Und wenn dein Notar dir im Sommer freigibt, fahren wir zusammen ins Dorf und gehen an den Strand.«

»Nein, zu meiner Familie gehe ich nicht mehr zurück.«

»Doch nicht zu deiner Familie! Zu meiner. Mein Zimmer hat zwei Betten und noch eine Liege, falls eine von Angelas Freundinnen übernachtet. Dann kannst du mal die Pizza von Oma Assunta probieren, die Vermicelli alla puttanesca, ihre Fleischklößchen, die Krapfen …«

»Weihnachten wäre auch schön, da fällt mir hier immer die Decke auf den Kopf und ich fühle mich so einsam … Du wirst sehen, nächstes Weihnachten feiern wir im Dorf.«

»Ist das dein Ernst?«

»Ich weiß nicht. Aber die Hoffnung stirbt zuletzt. Sag mal: Dieses Buch, das du von zu Hause mitgebracht hast, ist das schön?«

»Ich finde schon.«

»Wovon handelt es?«

»Von einem Mädchen, das zur Frau wird und sich in einen Marchese verliebt, der sie aber auf jede erdenkliche Art erniedrigt, doch sie nimmt alles hin.«

»Du hast es schon ausgelesen, oder?«

»Ja.«

»Dann lese ich es. Er erniedrigt sie, sagst du, und sie nimmt es hin…«

Ich hoffe weiter. Die Tage sind wie Schnecken, die immer gleiche Schleimspuren zurücklassen. Dienstag, Mittwoch, Donnerstag, Freitag… Ab und zu gehe ich raus, aber ohne Ziel macht es weniger Spaß, ist nicht so interessant. Ich gehe auf den Markt: Wo früher der Bücherstand war, steht jetzt ein chinesischer Schuhverkäufer. Die Schuhe kosten zwischen fünf und zehn Euro, Blasen und Schwielen sind im Preis inbegriffen, schätze ich.

Eines Morgens habe ich meinen Mut zusammengenommen und bin zu der Pizzeria gegangen, in der Paolo arbeitet, und da ich hoffte, ihn zu treffen, habe ich mir vorher genau ausgemalt, wie die Begegnung ablaufen sollte.

»Lucia, das ist ja schön!«

»Ciao, Paolo, wie geht's?«

»Gut. Wie kommt's, dass du hier bist?«

»Ich hatte in der Nähe zu tun, und wo ich schon mal hier war, dachte ich, schaust du dir mal die Pizzeria an.«

»Und wann kommst du mal vorbei?«

»An einem der nächsten Samstage, dachte ich.«

»Komm lieber donnerstags, da ist es nicht so voll und man muss nicht so lang warten.«

»Donnerstags bin ich in der Schule.«

»Ach, stimmt ja, hab ich ganz vergessen. Hast du's eilig?«

»Nein, Oma geht's zurzeit etwas besser.«

»Dann lass uns doch auf einen Cappuccino in die Bar eine Straße weiter gehen, die Croissants da sind echt lecker.«

»Mit Nutella?«

»Mit Nutella oder Marmelade.«

»Wie geht's deinem Onkel?«

»Gut. Er bereut es schon, dass er den Gewerbeschein zurückgegeben hat, aber er freut sich, dass er immer noch mit Büchern zu tun hat.«

»Und du, wie läuft's an der Uni?«

»In ein paar Tagen habe ich Prüfung.«

»Bist du vorbereitet?«

»Ich denke schon.«

Hier endet der Film, weil mir nichts mehr einfällt. Er endet vor der Bar.

Aber die Pizzeria ist sowieso verschlossen, und Paolo ist irgendwo, jedenfalls nicht hier.

Rosaria schließt einen prall gefüllten Aktendeckel und betrachtet ihn befriedigt: Die Frucht eines ganzen Jahres harter Arbeit: Anträge, Recherchen, Telefonate, Faxe, Korrespondenzen mit Gott und der Welt. Ein Unterfangen, das sie wider alle Erwartungen zu einem guten Ende geführt hat. Es geht um eine Schlossruine mit vielen Hektar Land: Erstere im Besitz eines Dutzends desinteressierter, träger Erben in Europa und den USA; Zweiteres aufgeteilt in winzige Parzellen, deren Besitzer dauernd wieder ihre Meinung änderten. Aber nun sind alle Vollmachten erteilt, alle haben in den Verkauf eingewilligt, es kann beglaubigt werden.

Rosaria zögert eine Minute, seufzt, dann gibt sie sich einen Ruck. Sie nimmt die Akte und klopft an der Bürotür des Notars.

»Sie dürfen mich loben, Signor Ossola, ich hab's geschafft.«

»Was denn?«

»Die Ruine von Schloss San Chiaffredo einschließlich Grundbesitz. Alles bereit zum Verkauf.«

»Ein Wunder, das haben Sie wirklich gut gemacht, Signorina Rosaria.«

»Danke, Signor Ossola. Es wäre schön, wenn zu dem Lob ...«

»Ja?«

»Ich möchte eine Gehaltserhöhung. Ich bin jetzt sechs Jahre hier und bekomme noch immer den tariflichen Mindestlohn.«

»Ach so. Hm, ja. Hundert Euro im Monat, einverstanden?«

»Mit hundertfünfzig wäre ich noch mehr einverstanden.«

Der Notar denkt nach und rechnet ein bisschen: Das Honorar für den Verkauf von Schloss San Chiaffredo ist so hoch, dass er Rosarias höheres Gehalt davon auf Jahre begleichen kann. Und unerwartet kommt es auch.

»Einverstanden«, sagt er, »ich sage dem Buchhalter Bescheid.«

Rosaria verlässt das Büro. Heute Abend wird mit Sekt gefeiert, denkt sie.

In diesem Augenblick klingelt ihr Handy. Alfonsos Nummer erscheint. Nein, jetzt nicht, ich geh einfach nicht ran. Und wenn er sauer wird? Soll er doch.

Mich interessiert viel mehr, was Signor Polito dazu sagt, wenn ich es ihm erzähle. Ich rufe ihn gleich an.

Es ist Mitte Dezember. Die Straßen sind schön dekoriert mit Lichterketten, aber tagsüber sind sie ausgeschaltet. Weihnachten werden wir hier verbringen, die Tante und ich allein, und wenn ich nur daran denke, wird mir finster ums Herz.

Wie jeden Tag sitze ich am Fenster, hinter den Gardinen aus falscher Spitze, und warte auf die steinerne Stunde. Heute lässt sie ein bisschen auf sich warten, doch als sie kommt, hat sie den gleichen Zauber wie immer. Kein Passant auf dem Gehweg, kein Auto, Motorrad, Fahrrad auf der Straße. Die Grillbude und die Gewerkschaft haben geschlossen, niemand kommt aus der Bar oder von dem Friseur. Stille. Die Stille der Stadt, ein bisschen dreckig und grau, nicht sauber und hell wie die in meinem Dorf, aber auch schön. Schön wie eine abbröckelnde Mauer mit ihren Rissen und den paar Grashalmen, die einen Fingerhut voll Erde zwischen zwei Ziegeln gefunden haben. Schön wie die weiße Decke auf Omas Bett, die früher ihrer Mutter gehört hat und davor ihrer Oma, die überall Flicken und ausgebesserte Stellen und vom vielen Waschen zerschlissene Fransen hat. Alte, schäbige Dinge können wunderschön sein, aber oft sehen die Leute das nicht und werfen sie weg. Die schäbigen Sachen vom Chinesen sind wirklich nur schäbig und nicht schön. Oder sie sind nur in unseren Augen nicht schön, weil wir keine Schlitzaugen haben und deshalb etwas anderes sehen.

Der Zauber ist vorbei: Ein großes schwarzes Auto kommt angefahren, gleich dahinter noch zwei. Das erste fährt links ran, die beiden anderen fahren weiter. Ein junger Mann mit einer Art Irokesenschnitt kommt aus dem chinesischen Friseurladen, das schwarze Auto fährt langsam rückwärts, vielleicht sucht es einen Parkplatz. Der jüngere Barmann tritt vor die Tür, um eine Zigarette zu rauchen. Der Besitzer der Grillbude kommt gebückt unter dem halb heruntergelassenen Rollladen hervor, zieht ihn ganz nach unten, schließt das Vorhängeschloss, steigt in den kleinen weißen Lieferwagen, der praktisch vor der Tür parkt, lässt den Motor an und fährt davon. Das schwarze Auto setzt rückwärts in die Lücke, die der Lieferwagen freigemacht hat.

Alles wie immer.

Als ich gerade aufstehen will, um das Radio einzuschalten, steigen zwei Männer aus dem Auto, jung sehen sie aus, zumindest von hier oben aus, wo ich ihre Gesichter nicht erkennen kann. Sie gehen zur Bar, wechseln ein paar Worte mit dem Barmann, drehen sich um, legen den Kopf in den Nacken und schauen nach oben.

Ich lasse mich auf den Stuhl fallen, meine Knie sind ganz weich, ich kriege kaum Luft, mein ganzer Körper zittert.

Mimmo der Blinde und Peppuccio Koksnase, Enzinos Handlanger.

Sie sind hier. Vor der Haustür. Sie schauen nach oben.

Ganz tief drinnen habe ich gespürt, dass es kein Happyend geben würde wie im Film.

Dass die Bösen im wirklichen Leben immer gewinnen, oder fast immer.

Dass sie mich früher oder später ausfindig machen würden.

Dass es vielleicht sogar meine eigene Schuld ist, wegen meiner riskanten heimlichen Ausflüge.

Jetzt bin ich wie aus Stein. Reglos hinter der Gardine.

Die beiden Gangster betreten die Bar.

Zehn Minuten sind vergangen. Ich zittere nicht mehr, mein Atem geht wieder normal.

Ich muss überlegen.

Ich bin erst dreizehn, aber ich bin intelligenter als die beiden Bestien, die mir auflauern. Ich lese, ich denke nach, mache mir Gedanken.

Jetzt muss ich ganz ruhig nachdenken. Aber nicht trödeln.

Einen Wohnungseinbruch am helllichten Tag können sie sich nicht leisten, weil sie nicht in ihrem Revier sind. Aber sie können Tante Rosaria abpassen, wenn sie von der Arbeit kommt, mit ihr die Treppe hinaufgehen und sie zwingen, die Tür zu öffnen.

Und dann? Dann werden sie den Fernseher laut stellen, ein paar Schüsse mit Schalldämpfer abgeben und gehen.

Wenn es gut läuft. Pistole, Messer oder Schlinge können auch erst hinterher kommen.

NEIN.

Ich bin, besser gesagt wir, Tante Rosaria und ich, sind kein Schlachtvieh.

Ich muss sie warnen. Aber wie, wo ich doch kein Telefon habe?

Und selbst wenn ich sie warnen könnte, was sollen wir dann machen?

Wir könnten in die Wohnung von Alfonso, aber das wäre sinnlos. Die würden einfach morgen bei ihrem Büro auf sie warten und ihr nachgehen, und statt uns hier zu töten, würden sie uns in Alfonsos Wohnung töten, damit wäre also nichts gewonnen.

Sie sind noch immer in der Bar. Sie warten. Sie lauern mir auf.

Ich muss mich entscheiden.

Schluss mit dem Schweigen. Schluss mit dem Versteckspiel.

Ich ziehe die Reisetasche vom Regal in der Kammer, lege etwas Wäsche, zwei Jeans, zwei Fleecepullis und Paolos Bücher hinein. Die Tasche ist nicht allzu schwer. Ich tue noch Geld, ein paar Schulbücher, einen Schraubenzieher und eine Schere hinein. Jetzt ist sie voll.

Ich hole den Schlüssel aus der Kommodenschublade. Ziehe meine neue Jacke an.

Um mir Mut zu machen, trinke ich ein Gläschen Limoncello.

Ich schaue nach unten: Die Gangster sitzen an einem Tisch hinter der Scheibe.

Ich verlasse die Wohnung.

Im Treppenhaus ist niemand.

Ich schließe die Kellertür auf, schlüpfe hindurch und schließe hinter mir sofort wieder ab. Ich erinnere mich, dass der Schalter links ist, ich schalte das Licht ein, gehe die Treppe hinunter.

Der Kellergang ist lang und biegt am Ende nach rechts. Ich weiß nicht, ob sich die Tür zum Nachbarhaus mit demselben Schlüssel öffnen lässt. Ich kann es nur hoffen. Wenn nicht, muss ich mit Schere und Schraubenzieher ran. Und beten, dass mich niemand hört.

Ich habe Glück: Das Schloss ist ganz simpel, ein Riegel, der sich von innen vorschieben lässt.

Ich mache die Tür hinter mir wieder zu, öffne die Haustür und gehe hinaus.

Jetzt stehe ich auf der Straße. Es ist die Seitenstraße rechts von Tante Rosarias Haus.

Ich gehe los, weder schnell noch langsam, ganz normal.

Ich drehe mich nicht um, weil ich den Mut nicht aufbringe, und weil es auch nichts bringen würde. Im Stillen singe ich *In der Stadt Mantua* vor mich hin.

Nur wenige Leute auf der Straße, leider.

Es ist kalt, aber als ich beim Haus mit der Aufschrift CARABINIERI ankomme, bin ich schweißgebadet.

»Wo willst du hin?«, fragt mich die Wache an der Tür.

»Da rein.«

»Wozu?«

»Ich will mit dem Maresciallo sprechen.«

»Der Maresciallo ist nicht da.«

»Dann mit dem, der hier das Sagen hat.«

»Ach ja, tatsächlich!«

»Ja. Wer hat hier das Sagen?«

»Hauptmann Loperfido.«

»Ich muss mit ihm sprechen. Es ist wichtig. Lassen Sie mich rein.«

»Meinetwegen. Aber der Hauptmann ist beschäftigt.«

Vor der Innentür, nach dem Eingangsbereich, steht ein zweiter Carabiniere:

»Was ist in der Tasche?«

»Wäsche, Kleidung, Bücher.«

»Aufmachen.«

Ich mache die Tasche auf, er kramt darin herum.

»Und was ist das hier?«, fragt er und hält Schere und Schraubenzieher hoch.

»Schere und Schraubenzieher.«

»Willst du mich verarschen, oder was?«

»Nein. Die habe ich mitgenommen, um eine Tür aufzubrechen.«

»Moment mal, du läufst rum und klaust Sachen?«

»Glauben Sie, ich würde herkommen, wenn ich Sachen klaue?«

»Wie heißt du?«

»Das kann ich nur Hauptmann Loperfido sagen.«

»Hör sich einer die an ... Stell die Tasche ab, ich bringe dich hin.«

Danach muss ich fast eine Stunde auf einer unbequemen Bank sitzen und warten. Drei Carabinieri fragen mich nacheinander, was ich will, und dreimal antworte ich: »Mit Hauptmann Loperfido sprechen.« Der Name verspricht nichts Gutes.

Schließlich erscheint noch ein Carabiniere, ein älterer mit dickem Bauch, und sagt: »Mitkommen.« Er führt mich ins Obergeschoss, ins Büro des Hauptmanns.

Der Hauptmann ist eine Frau. Groß, schön, dunkler Teint. In Uniform, aber mit einem Lächeln.

»Setz dich«, sagt sie, während der ältere Carabiniere hinausgeht. »Wie heißt du?«

»Meinen richtigen Namen sage ich Ihnen gleich, und ich werde Ihnen alles erzählen, aber vorher müssen wir meine Tante Rosaria Latella bei Notar Ossola anrufen, wo sie arbeitet, und ihr sagen, dass sie unter keinen Umständen nach Hause gehen darf, sondern herkommen soll.«

»Hör mal, kleines Mädchen, kann es sein, dass du zu viele Krimis im Fernsehen guckst?«

»Nein. Ich sehe fast nie fern.«

»Und was machst du stattdessen?«

»Lesen. Lernen. Radio hören.«

»Warum darf deine Tante Rosaria nicht nach Hause gehen?«

»Weil dort zwei Gangster auf sie warten. Zwei von der Camorra.«

Die Polizistin seufzt und sieht mich an. Ich schaue auf die Uhr, zwanzig vor vier: Um halb sechs hat die Tante Feierabend, das reicht, um alles zu erzählen, aber ich muss sie überzeugen. Und um sie zu überzeugen, sage ich meinen richtigen Namen. Aus der Jeanstasche ziehe ich meinen Ausweis mit Foto, gebe ihn ihr und sage:

»Ich heiße Immacolata Schettino.«

Die Polizistin betrachtet den Ausweis, mustert mich und sagt:

»Dann erzähl mal.«

Und ich fange an zu erzählen. Alles, angefangen mit dem Tag, an dem Marika starb.

Originaltitel: L'ora di pietra
Originalverlag: Mondadori

Die vorliegende Übersetzung wurde gefördert durch
ein Arbeitsstipendium des Deutschen Übersetzerfonds e.V.

Das Motto von Amos Oz auf Seite 7 wurde der Übersetzung von
Ruth Achlama entnommen. *Eine Geschichte von Liebe und Finsternis*,
Suhrkamp, Frankfurt 2004.
Das Gedicht *Die Schnecke* von Federico Garcia Lorca
auf Seite 280 wurde übersetzt von Thomas Brovot.

MIX
Papier aus verantwortungsvollen Quellen
FSC® C014889

Das für dieses Buch verwendete FSC®-zertifizierte
Papier *EOS* liefert Salzer, St. Pölten.

1. Auflage

Gestaltung und Satz: DVA / Brigitte Müller
Gesetzt aus der Fabiol
Druck und Bindung: Friedrich Pustet KG, Regensburg
Printed in Germany
ISBN 978-3-421-04553-9

www.dva.de

Beryl Bainbridge

Die Frau im gepunkteten Kleid

Roman

Aus dem Englischen von Andrea Ott
280 Seiten, gebunden
ISBN 978-3-421-04537-9

Im Sommer '68 macht sich die Engländerin Rose auf nach Amerika, in ihrem Gepäck ein gepunktetes Kleid und ein Ticket ohne Rückfahrkarte. Gemeinsam mit dem zwielichtigen Harold ziehen die beiden wie Bonny und Clyde kreuz und quer durch ein von Rassenunruhen geschütteltes Amerika, bis in Los Angeles ein Schuss fällt, der die ganze Nation erschüttert.

»Viel Temperament, dunkler Humor und haufenweise Leichen: *Die Frau im gepunkteten Kleid,* Beryl Bainbridges letzter Roman, ist die unwiderstehliche Krönung ihres Gesamtwerks.« *The Sunday Times*

Nataša Dragnić

Jeden Tag, jede Stunde

Roman

288 Seiten, gebunden
ISBN 978-3-421-04516-4

Sechzehn Jahre haben Dora und Luka sich nicht mehr gesehen, obwohl sie einmal unzertrennlich waren: Wunderschöne Sommertage verbrachten sie als Kinder in dem kleinen kroatischen Fischerdorf miteinander. Doch dann zogen Doras Eltern nach Frankreich, und Luka blieb allein zurück. Als Mittzwanziger treffen sie sich überraschend in Paris wieder, und es ist klar: Sie gehören einfach zusammen. Drei glückliche Monate folgen, aus denen ein gemeinsames Leben werden soll; nur kurz will Luka in die Heimat zurück – und dann meldet er sich nicht mehr …
Ein Liebesroman, wie er sein sollte: poetisch, von großer emotionaler Strahlkraft, mitreißend erzählt.

»Dieses Buch haut einfach alle um. Ich bin der Liebensgeschichte zwischen Dora und Luka, die eigentlich ›Jeden Tag, jede Stunde‹ füreinander bestimmt sind und es doch so gründlich vergeigen, auch sofort verfallen.«

Angela Wittmann, *Brigitte*

DVA
www.dva.de